湖猫、波を奔る《うみねこ、なみをはしる》

弟子吉治郎

Deshi Kichijiro

——湖猫《うみねこ》、波《なみ》を奔《はし》る　目次

イラスト　松本結樹
装　　丁　岸田詳子

湖猫、波を奔る

プロローグ

プロローグ

ゆらりともせず船は停まった。

琵琶《びわ》湖に浮かぶ神の坐《ま》す島、竹生島《ちくぶしま》。西の湖底洞窟《どうくつ》の鏡と見紛《まが》う湖面の上だ。

船頭に手を添えられ花嫁がゆっくり立ち上がると、船の周りに浮かんでいた桜の花弁が花嫁の美しさにごくりと息を呑む。

白無垢《しろむく》の花嫁は、ほっそりした顔に笑窪《えくぼ》さえ浮かべて青空を見上げた。

いや、花嫁が嫁入り船の船首で空を見上げたりするものか、青空が花嫁の顔を見たくて斜め上から見下ろしているのだろうよ。


花嫁は、現在の滋賀県高島市今津町で江戸時代から廻船問屋《かいせんどんや》を営んできた旧家の娘、名は深雪《みゆき》という。今津から大津へ湖上を船で嫁いで来たのは、明日から新しい自分を育てていくために、今日を限りに笛を吹くのをやめ、竹生島の神さまたちに最後の笛の音を聞いてもらおうと考えてのことである。

花嫁は手にしていた綾錦《あやにしき》の袋の紐《ひも》を解《ほど》き、その中から蒔絵《まきえ》が施されている笛を取り出し、両手で捧げ持って竹生島に向かい頭《こうべ》を垂れた。

花嫁が眼を閉じた。

目尻に差した紅を長い睫毛《まつげ》が刷《は》いた。

花嫁が口をすぼめて小さく息を吐いた。
花嫁の真っ白な指が笛の穴に添えられた。
花嫁の唇に笛の吹き口が当てられた。
花嫁の強い心が笛に激しい流れを作った。

最初の音が湖面に穴を切り開いて水底を穿《うが》った。
次の音は洞窟の崖を駆け上り、竹生島の宝厳寺《ほうごんじ》と都久夫須麻《つくぶすま》神社に届いた。
三つ目からの音は四方へ波を蹴立てて放射した。

北へと向かう針先のような音は葛籠尾崎《つづらおざき》と賤ヶ岳《しずがたけ》を目指した。東の伊吹山《いぶきやま》への音は波長が長く、波の上をたゆたいながら転がって行く。南へ向かう凛《りん》とした音は、嫁ぎ先の大津市坂本とその背後で見守る比叡《ひえい》の山並を登り、明日からの深雪の暮らしを黙って見てくれるのだろう。
生まれ育った今津は竹生島の西の対岸だ。深雪は今奉納しているのが決意の音だからこそ、それを今津で暮らす父母に緩やかに伝えたくて、思いを込めて長く長く吹いた。

プロローグ

音が花嫁の心と同じ波長に定まると、音たちは身を寄せながらひとつの旋律になり、洞窟の中へと吸い込まれていった。

懐紙《かいし》で笛の吹き口に付いた紅を拭ってから金襴《きんらん》綾錦の袋へ納め、そっと湖面に横たえた。

笛は、水面《みなも》に浮かんだまま、まだ動かずにある。

深雪がそっと湖水を手で揺らめかせた。笛はちいさく震えてから、ゆらゆらゆらゆら湖の深い所へ向かって行く。湖水の中にまで届く陽の光が錦糸《きんし》銀糸《ぎんし》にたわむれ、反射光を深雪に返してくれる。笛は縦になり、ゆるゆる回転しながら降下していった。

深雪はなんだかうれしくなった。

笛を捨てることがうれしいはずはないのに、心が軽くなった。

第一章　波を奔る

1980〜

黒猫フーコの飼い主、斎木朱美《いつきあけみ》は日吉大社の神官のひとり娘である。

「行ってきます」

朱美は毎朝ランドセルの上にフーコを座らせ、最初の曲がり角で石垣にフーコを降ろすと、友だちが待っている公園まで走って行く。

朱美の暮らす坂本は、滋賀県大津市にある天台宗総本山比叡山延暦寺《ひえいざんえんりゃくじ》への参詣拠点として栄えた町で、今も宿坊《しゅくぼう》が軒を連ね、往時の繁華を偲ばせている。織田信長の安土《あづち》築城以来、名を馳せることになった穴太衆《あのうしゅう》と呼ばれる石積み職人の町でもある。一見緻密な計算なしに積んでいるように見えるが実際は堅固な穴太積みという独特の石垣が、町のあちこちに残っていて、風雅で落ち着いた雰囲気を漂わせている。

フーコは朱美を見送った後、石垣の上をゆったりした足取りで歩き始め、すぐ近くの日吉大社の苑内を散策する。

神官たちが竹箒《たけぼうき》で参道を掃き清め、巫女《みこ》が社殿の拭き掃除や供物を供えたり、慌ただしく朝の用事を済ませた後、開門時間の九時までのしばらくの間は神社に人影がなくなる。その時間にフーコは自分の好奇心を満たしてくれそうな今日のターゲットを探すのだ。

生まれてまだ半年のフーコにとっては、神社の中での出来事は何もかもが珍しい。なかでもいちばん気に入っているのは結婚式である。きれいな着物の花嫁さんとにやけた花婿さんが着なれない着物で歩きにくそうに拝殿に上がり、親戚一同が神妙な表情で床几《しょうぎ》に腰かけると、どどーんどどーんと腹に響く太鼓が鳴り出す。これはたいてい若い神官たちの役割だ。それを合図に、しゃんしゃんしゃんしゃんと鈴の音がして、緋色《ひいろ》の袴《はかま》に白い着物の巫女さんたちが恭《うやうや》しく神前に舞を捧げる。続いて神主さんが御幣《ごへい》でお祓《はら》いを始めると、笙《しょう》、篳篥《ひちりき》、龍笛《りゅうてき》などが加わって、優雅な中にもにぎやかな雅楽の演奏になる。フーコはこの笛の音が大好きで、ぴーひゃらおひゃらかと演奏が聞こえてくると、うきうきしてぴょんと木の股に乗っかり、するすると木登りをしてはしゃぎまわる。

朱美は学校から帰ると大急ぎで宿題を済ませ、社務所にやって来ては手の空いている神官に雅楽の手ほどきをしてもらう。初めのうちは形の面白さと音の不思議さで笙に魅かれた。十五本の長い竹や短いのが束になっていて、寒い時に息で手を温めるような恰好《かっこう》で吹くと一度にいくつもの音が出るし、その音がまるで雲の間から朝日が広がるような大らかな気分になる笙が面白くてたまらなかった。次に音の出る部分にヨシを使った縦笛の篳篥をしばらく習った後、音域が広く華やかな龍笛の魅力に取りつかれた。

杜《もり》の中は静かで練習にはうってつけの場所なのだが、何かの拍子に背中がぞぞっと寒くなることがあり、得体の知れないものが近くにいるような気がした。そういう時に子猫のフーコがそばにいてくれると安心できた。フーコがじっと耳を傾けてくれるのが朱美にはとてもうれしかったが、テンポの速い曲になると、神社の参道を全速力で駆け回ったり、木に登ったりさえしてくれる素敵な聴衆になってくれた。何ヶ月かすると、フーコはメロディーに合わせて首を振ったり尻尾を振ったりするようになった。

フーコは朱美が笛の練習をしている間は神社の杜を散策して待っているが、朱美がお稽《けい》古《こ》を終えて社務所を出たところで龍笛を鳴らすと、どこからか現れて朱美といっしょに家へ帰って行く。

母親の深雪《みゆき》は朱美が一生懸命に笛を練習している姿を見ると、「朱美ちゃん、上手に吹けるようになったね。でもお勉強も運動もがんばってね」と、いつも同じことを言う。朱美にはそういうことを言う時の母の顔が決まって淋しそうになるのがいやで、家の中では吹かずに神社の杜で練習をすることが多くなってきた。

小学四年生になった日に朱美は、母が掃除と洗濯が終わってひと息つくタイミングを見計らい、思い切って頼み事をした。

「お母さん。朱美の一生のお願い聞いてちょうだい」

「あら大変。朱美ちゃんに一生のお願いと言われたら、お母さんは断れないかもしれないわね。どんなことかしら」

「うーんとね、あのね」

「ちゃんと言ってごらんなさい」

「朱美、浜大津《はまおおつ》へ行きたいの」

「お船に乗りたいの？」

「んーん。おうちの近くで龍笛の練習してると、朱美ちゃんって変な笛吹いてるんだねって言われるからいやなの。だからお友だちに見られない浜大津まで行って公園で練習したいの」

と真剣に頼むので、交通安全、買い食いはダメ、などいくつかの約束事をして許すことにした。

「最初だけはお母さんもいっしょに行きます。それからバスケットにフーコを入れて連れて行きなさい。変な人が来るといけないから、フーコのバスケットに大きくあなたの名前とお父様の名前を書いておきます。もし迷子になっても、安心できるでしょ。いい？」

「うん。それでいい」

日曜日に浜大津まで京阪電車石坂《いっさか》線に乗って出かけ、港のそばにある公園で練習することを許してもらった。朱美は健康だし学校の勉強も出来たから、母も大目に見ることにしたのだ。

それから天気の良い日曜日になると、リュックサックにお弁当と水筒とハンカチとティッシュを入れ、バスケットにフーコを入れて電車で通った。朱美は紺色に深い緑のストライプの入ったジャンパースカートに白い半袖のブラウス、白いソックスに黒い革の靴。帽子だけは少し模様の入ったものを身に着け、きちっとした服装でやって来た。浜大津駅の近く、港のはずれにあるあまり人の来ない芝生広場が朱美の練習場になった。フーコは公園まで来ると、そこで地面に下ろしてもらい自由に散歩させてもらえる。

港ではまずひと通り龍笛で雅楽の練習をしてから、次にラジオの人気洋楽番組で聞き覚えたヒット曲や懐メロの一節を篠笛《しのぶえ》で練習した。篠笛でも演奏しやすい「ジャニー・ギター」「テネシー・ワルツ」「小さな花」「ラブ・ミー・テンダー」などのスローバラードが得意だった。

母には雅楽の練習をすると言って来るのだが、実際、浜大津ではポピュラーソングを吹くことのほうが断然多かった。まだ幼女の面影を残す朱美が制服のような折り目正しい服装でポップスを吹いているのだから、朝の散歩に来る人々の中には物珍しげに立ち止まって聞き入る人も増えてきた。

「あの娘《こ》はどこの子やろ。あんなに上手に笛吹く子、見たことないなぁ」「そうや。いつも浜大津で京阪降りて来《き》やるからなぁ」「あの笛は結婚式とかお祓いやら祝詞《のりと》上げてもらう時に神社で吹く笛やろ」「そうやそうや、雅楽の笛や」「どっかのお宮さんの子かなぁ」

「そんな笛であんなジャズ吹いたら宮司さんに叱られるさかい、ここまで来て練習してんのやろ」「それにしても、あの猫もかわいいがな。前足と鼻の頭だけ白いのが愛嬌あるなぁ」「ほれ、蓄音器《ちくおんき》に耳傾けて聞いている犬いたやろ」「ビクターや」「あれと似てるな。ちょこんと座っておとなしゅうに聞いてるがな」

　朱美がどんどん上達し周りにちょっとした人垣が出来るようになると、フーコはときどき朱美の側を離れて散歩することを覚えた。子猫の好奇心は港に繋留《けいりゅう》中の汽笛の音やエンジンの臭《にお》い、人々のざわめきに向けられた。朱美が演奏している間に少しずつ散歩の距離を伸ばした。岸壁のすぐ側まで近寄りたいとも思ったが、水はちょっと怖いので岸から少し離れて歩いた。何週間かすると水までの距離を縮めても何ほどのことはないことも学習した。

外輪船《がいりんせん》ミシガンが就航した日の浜大津の港は沸き返っていた。

　昭和五十七年四月二十九日に定員七八七人のミシガンが就航するまで、琵琶《びわ》湖遊覧の花形は玻璃丸《はりまる》であった。戦争が終わったのが昭和二十年、玻璃丸が就航したのが昭和二十六年。湖国だけでなく日本全国が、今日食べる米、明日の暮らしを考えるのが精一杯の時代であった。ようやく生活が安定し高度成長時代に入ったと言われ、一部の人々が余暇だレジャーだと言い出すのは昭和三十五年、一九六〇年台に入ってからだ。

あの頃の玻璃丸は滋賀県に住む者にとって何とも言いようのない存在であった。どこで玻璃丸のことを聞いてきたのか不意に大人たちが口にする。

「琵琶湖に凄い船が出来たそうやでェ、知ってるか」「なんやそれ」「玻璃丸ちゅうんやァ」「玻璃丸。なんのこっちゃ」「船や船。遊覧船や。ガラスがいっぱい使《つこ》うてあってかっこええから玻璃丸ちゅう名前になったんや」「アホらし。関係ないわそんなもん」「豪華客船やで。浜大津から出航して竹生島《ちくぶしま》ァ行って帰って来んねん。六五一人乗りのでっかい船や。気持ちええらしいでェ」「琵琶湖なんかわざわざ船に乗って見んでも浜まで自転車で行ったら見えるがな。そんなもんに使う金、どこにあんねん。米もろくろく買えへんのに」「金がないからこそ、夢見て働くんやないかいなァ」「ええか、うちの嫁はんやら子供には絶対そんな話せんといてや。その気になられて連れて行ってくれ言われたらどもならん」

こんな会話が交わされてはいたが、それに乗ったという滋賀県人は稀《まれ》だった。玻璃丸は京都や大阪に住む戦前からのお金持ちや特別な観光客が乗るものであって、地元のものが軽々しく「玻璃丸に乗りたい」と口に出すような対象ではなかった。「琵琶湖の女王」と呼ばれ流線型の優美な姿と湾曲したガラス窓の操舵室《そうだ》は、琵琶湖の周辺で生活する者には眩《まぶ》しく異質のものであった。子供はもちろん大人たちも、いつかあの船に乗って琵琶湖一周したいものだと心のうちで思っていても、それを口にすることはなかった。

その玻璃丸が引退したのは、朱美が五年生だった時だ。大津から竹生島まで行き琵琶湖を一周して帰ってくる航路は人気であったが、三十年の航海を終えて玻璃丸は退役した。琵琶湖一周航路を引き継いだのはインターラーケンⅡという現代的な船で、引き続き大津から竹生島への航路を担当した。

引退した玻璃丸人気のさらに上を行ったのはミシガンだ。大津から琵琶湖大橋までを周遊して帰ってくるクルーズ観光船ミシガンは、船尾《せんび》に輪っかを付けた外輪船で開拓時代のアメリカの船を彷彿させ大人気を呼んだ。

ミシガンの就航日に浜大津駅に来た朱美は眼を回した。朱美は猫を抱いたまま、

「今日、ミシガンが就航するんや。あれ見てみいな。フーコ、あんたに見えるか。大きいやろ。今までの流線型の玻璃丸もよかったけどなぁ、ミシガンはなんやバタ臭うてええやろ。お前を連れてあれに乗ってみたいなぁ」

と顔をほころばせた。フーコがミャアと鳴いた。朱美がのどを撫でてやるとゴロゴロ喜んで頭と首をこすりつける。

朱美がミシガンに心を奪われている間にフーコが腕からするすると地面に降りた。子猫を誘惑してやまない港の雑踏は極限にまで達していた。いつもなら笛の練習中は公園内を

散歩させているからフーコの姿が見えなくなっても朱美が大騒ぎすることはないが、今日ばかりは普通の混雑ではない。フーコはたちまち雑踏にまぎれて姿が見えなくなった。

朱美は必死になって「フーコ、フーコ」とあたりを探しまわった。しかし大勢の人でごった返している上、ミシガンの就航を祝って特設ステージでブラスバンドが大音量で演奏していて、とても子猫を探すことはできなかった。泣きたくなるのを我慢して一時間あまり探し続けたが見つからず、諦めて坂本の家に戻り母に報告した。


フーコは朱美の心配をよそに人々の足元を器用に掻《か》き分けながら別の桟橋《さんばし》に向かっていた。人々の目がミシガンに吸い寄せられている隙《すき》に繋留中のインターラーケンⅡに近寄り、何食わぬ顔をして、出航準備で忙しい船員の傍らを通ってタラップを登っていった。乗船してから甲板《かんぱん》で注意深く周囲を見回し、なんとなく自分にとって安全そうに思える船底に身を隠した。何回か汽笛が鳴って船は桟橋を離れ、それからしばらくは心地よい振動にゆらりゆられて波枕《なみまくら》。

朝、大津港を出た船は沖島《おきしま》と竹生島に上陸し、夕方、大津港に帰る予定になっている。

フーコは人々が竹生島に上陸している間に船内を注意深く探索し、おおよその構造を把握した。乗客の食べ残した弁当でお腹《なか》を満たし、帰りの船でも気持ちよく、うつらうつら眠っていた。船が桟橋に着き、客と船員が下船したあとにフーコは悠然とタラップを降りた。いつもの公園の片隅で用を済ませ、何事もなかったような顔をして、かなり遠かったが見覚えのある京阪石坂線の線路伝いに坂本まで歩き、無事、朱美の元へ帰った。

ミャオ、と朱美の部屋の前で鳴いてみると朱美が飛び出してきた。

「フーコ、あんた、どこ行っとったんや。湖《うみ》に落ちたんやないか思うて探したがな、アホ。心配かけさして」

まるで迷子になった我が子と再会したようである。

「いつもうちのそばにおらんとあかんで。湖かて、はまったら死ぬんやさかいにな。ええか、分かったな。今度こんなことしたら二度と浜大津には連れていかへんさかいにな」

フーコが朱美の頬を舐め回して飼い主と猫の間の騒動はひとまず終わったかに見えたが、騒動はかえって大きくなって続くことになった。

朱美は日曜日になると浜大津まで龍笛を吹きに来て、フーコを胸に抱いたまま出航するミシガンを見送った。船尾に付けられた外輪が今までの観光船とはひと味もふた味も違って朱美の気持ちをくすぐり続ける。太平洋に船出するわけでも何でもない、たかが琵琶湖の南のほうをぐるっと回ってくるだけの船になぜこれほどまでに胸を締め付けられるのか分からないまま、ミシガンの出航を見送ってから笛の練習に取りかかるのが決まりになった。

　そんな朱美の気持ちがふっと冷める日が来た。あの玻璃丸が朱美を傷つけたのだ。三十年間、琵琶湖遊覧の女王の座を守り続けてきた玻璃丸が浜大津で観光物産船として再生され、そのことが朱美の夢を壊してしまった。色は剥《は》げ、あちこちに錆《さび》が浮き、細かい衝突の痕跡が随所にみられる船の末路は憐れである。大津生まれ大津育ちの朱美の少女時代は玻璃丸と共にあったのに、それがただの売店として老醜をさらしたのである。風邪をひいても怪我をしても神社の杜の間から遠くの波間《なみま》を行く玻璃丸を見ていたあの時代は戻ってこない。玻璃丸に抱いていた夢をミシガンが違う形で引き継いでくれていたのに、玻璃丸の観光売店化は朱美の玻璃丸への思いともにミシガンへの夢も消してしまい、朱美の足はしばらく港から遠ざかった。

　朱美が港に連れて行かなくなってからのフーコは、朱美が学校へ行っている間におぼろげな記憶を呼び起こし、京阪電車の線路沿いに浜大津を目指して歩いてみた。少しずつ距離を延ばしても迷わずに帰って来られるようになった。

　秋も深まった頃、フーコはどんよりと雲が垂れこめている空を見上げながら朝のうちに港まで辿り着き、記憶に従って竹生島行きの観光船インターラーケンⅡに潜り込んだ。大津港から沖島を経て沖《おき》の白石《しらいし》と多景島《たけしま》を見ながら竹生島に至る琵琶湖一周航路である。

だが思わぬ苦難がフーコを待ち受けていた。フーコが乗船したのは湖国に冬が訪れるには少し早い十一月三十日で大津港は穏やかな晴天だったにもかかわらず、草津沖、安土《あづち》沖、彦根沖と北に向かうにしたがい風が強くなり、長浜沖では琵琶湖にもこれほど激しい波が立つのかというぐらい湖が荒れた。この悪天候が船底の子猫を翻弄した。猫だって船酔いする。ようやく船が竹生島に接岸して静かになった時、たまらずよろよろと下船した。耐えられない吐き気は猫の判断を狂わせ、ゲーゲー吐きながら人気のない桟橋のはずれで休息しているうちに船が桟橋を離れてしまった。そこはフーコが知っているいつもの大津港ではなく竹生島の桟橋である。その後にも何隻かの船が出入りしたが、フーコの馴染みのインターラーケンⅡは戻ってこなかった。島にひとりも人が残っていないのさえ気付かないままに夜が来た。

フーコが船酔いで竹生島に下船したのは、折悪しくこの定期遊覧船が冬の運航休止に入る前日であった。その日から猫の寒くて淋しい毎日が始まった。土産物屋の屋根の上や、島の高い場所、神社の社務所の屋根から、来る日も来るも湖を見張ったが、港に入るのは小さな船ばかりで身を隠せるほどの船底などありそうになかった。

春が来て再び観光船インターラーケンⅡが姿を湖面に見せた時には、不覚にもニャアと鳴き声を上げてしまうほどうれしかったが、ここでは大津港のように荷物の積み下ろしをするわけではなく、猫がこっそり乗船するチャンスはなかった。すでに島の生活に馴染み始めたフーコから冒険心は失せ、観光船に戻る意思をなくしていた。

ときおり都久夫須麻《つくぶすま》神社から雅楽が聞こえてくる。ひょっとして笛を吹いているのは朱美かもしれないと覗きに行ってはみるが、音は小さな機械から流れているだけで、飼い主の姿は見当たらずがっかりして帰る。フーコは島の中で水飲み場を確保し、さまざまな方法で食べ物を調達した。昼は寝て夕方から朝まで島をくまなく探検して自分の生活パターンを徐々に作り上げてきた。眺めているだけでフーコを慰めてくれるようなものは何もないし、誰かに見つかることだけは避けなければならない。

厄介なことも起きた。以前はいなかったカワウが島にきて巣を作ったことでいくつか影響が出始めた。昆虫が恐がって寄り付かなくなり、糞害《ふんがい》で緑が枯れ、飲み水が不足気味になった。いちばんいやなことはカワウがうるさくて汚いことだ。フーコは朱美に大事に育てられてきたからきれい好きで、竹生島でも身辺をきちっと整え静かに暮らしてきたのに、カワウが来てからはそうも言っておれなくなった。坂本の静かな生活が懐かしくなった。


春、真っ盛り。

竹生島の観光客が浮きたっている。海津大崎《かいづおおさき》の桜の断崖を観光船の船上から見て、その凄さに圧倒されたまま上陸する人々は、この島が神の住む島であるとか、西国三十三所の札所であることなど忘れて、花見気分の延長で下船する。

まして謡曲「竹生島」にも謡《うた》われている由緒正しき島であることなど、そんなことには無頓着で、無邪気に「ああ、しんど。酒飲んでこの石段を歩いて登らせるのは殺生《せっしょう》やで。こういう石段をエスカレーターにしたら観光客も増えるやろになぁ」と他愛もないことをのたまいつつ、それでも神仏に手を合わせる。

猫のフーコはそんな愛すべき人々の毎年繰り返される能天気な様子を見ているのが大好きだ。花見のついでに竹生島詣でを済ませた観光客が帰ってしまう日の夕暮れは少し淋しい。そんな時は島の北側にある岩場に降りて行き、対岸の海津大崎の桜を遠望して、ニャオと小さく鳴いてみる。海津大崎の桜の花弁が風と波の具合で岩場の波打ち際まで打ち寄せられてくると、フーコはそれを器用に手で引き寄せて独り花見を楽しむ。

猫は今までに何度か島からの脱出を考えたことがある。しかし観光船に乗って島を出て行くことはどの季節であれ無理だということが分かった。桟橋で働く人の目と乗船客と船員の目を盗むことは不可能である。船が接岸して出発までの間に身を隠しておく場所がないからだ。

たったひとつの可能性は島の点検に来る木で出来た船である。船頭が一人でやって来て二時間あまり島内の点検をしていくのだから、乗船するのは100％安全である。フーコが船の内部がどのような形になっているのか確かめようと潜り込んでみると、船首に身を潜《ひそ》める場所もある。この船ならいつでも大丈夫であると確信が持てた。それが分かった段階でフーコは、今日、島を出るのはやめて次の機会でもいいやと思い始めた。

そんなことを繰り返しているうちに歳月は何度も巡って、フーコは今さら知らない場所に移り棲《す》むより何不自由のない竹生島の生活の安定性を捨てられなくなってしまった。面倒くさいのが嫌いな人間様に似てきたようだ。

フーコがいなくなってからの朱美は、笛の稽古や勉強に身が入らなくなってしまった。育ち盛り食べ盛りなのに食欲も落ちて痛々しい。

……今日は帰ってくるかもしれない。でも、もう諦めよう。いや、探しに行こう……

……道に迷ってるんだわ、お家を忘れたのかな……

……誰かに連れて行かれたのかもしれない。港に落ちて死んでしまった、自動車に轢《ひ》かれた、電車に轢かれた……

「お母さん。今度で最後にするからもう一度だけフーコを探しに行かせて。私が浜大津で笛を吹けば、フーコがどこからか出て来るような気がするの」

「もう何度も何度も探しに行ったけどねぇ。いいわ、今度はお母さんもいっしょに行ってあげましょう。浜大津から湖岸沿いに膳所《ぜぜ》まで歩いて探そうか。途中でお腹がすいたら困るからお弁当持っていこうね。今度の日曜日でいいわね」

六年生になって、四月としてはかなり暑い日曜日に、母と子は猫探しに浜大津へやって来た。母の深雪は黒のスラックスに水色の長袖ブラウス、日除けに鍔の広い帽子を被っている。朱美はピンクの半袖ポロシャツと紺色のスカート。ふたりとも歩きやすいようにスニーカーを履いてきた。公園の片隅にある倉庫から始めて港周辺の施設をくまなく探した。港で働く人たちにも片っ端から「鼻と足先だけが白い黒猫を見ませんでしたか」と聞いて回った。しかし確実な情報は何も得られなかった。

「お弁当にしようか」

いたたまれなくなった母は、新しく整備された公園のベンチに朱美を誘った。

「たこさんウインナーとホウレン草の入った玉子焼き、ミンチボールとインゲン豆。おにぎりはかつお節とたらこ。麦茶は水筒に入ってますからね」

「はぁい。おいしそう」

お弁当の時だけ朱美に元気が戻って来た。でも話はフーコのことばかりである。

「朱美ちゃん。お母さんはね、フーコはきっとどこかで元気に生きていると思うの。でも何かの事情があって朱美ちゃんの前には出て来れないのだと思うわ」

「フーコは死んでいない？　生きてるってこと？」

「大丈夫よ。フーコはお利口さんだけどちょっと元気がありすぎたでしょ。お宮さんの屋根に上って降りられずにニャアニャア鳴いていたこともあるし、比叡山の登山道のほうまで行ったこともあったでしょ。あの子はいたずら好きだからどこかに隠れているだけよ」

「そうやね。大丈夫やね。あの子が死ぬわけないよね。絶対生きているよね」

「今日か明日か、来月か来年か分からないけど、あの子はきっと元気に帰ってくるよ」

「でも何を食べてるんだろう。猫はネズミを食べるって言ったって、今はネズミなんかどこにもいないでしょ」

「誰かにおにぎりをもらってるかもしれないわよ」

「そうだ。お母さん、朱美、いいこと思い付いた。帰りにこのたこさんウインナーをひと切れだけいつもの公園の倉庫の影に置いて帰ってもいい？　あの子ウインナー大好きだったから」

「いいわよ。ひと切れなら」

　ごはんのあと周辺の小学校、中学校、幼稚園などを中心に探してみたが手掛かりはなかった。浜大津に戻って来た段階で深雪はフーコ探しをそろそろお終《しま》いにしようと決めた。

「朱美ちゃん、もう三時を過ぎてしまったわ。あまり帰るのが遅くなるとお父さんが心配するから、そろそろ引き上げましょうか」

「うん、分かった。最後にもう一度だけ篠笛を吹いてもいい？　あの子のいちばん好きな曲やから、これを聞いたら出てくるかもしれへんし」

「なんていう曲かな。母さんも知ってる曲かしら」

「知ってると思う。有名な曲やから。『ラブ・ミー・テンダー』っていうの」

「あらまあ、そんな曲が吹けるんだ。朱美ちゃんが『ラブ・ミー・テンダー』やなんて、ちょっと似合わない気もするけど」

「お家でこんな曲を吹いたら絶対叱られると思ったから、港の公園でしか吹かないことにしていたの。この曲をフーコがいつもうれしそうに聞いてくれたのよ」

「そうね。お父さまが聞かれたらびっくりされるでしょうね。エルビス・プレスリーだものね」

「ラジオで聴いたのを真似しているだけで正確やないから恥ずかしいけど、この曲を聴くとフーコがみゃおみゃおってうれしそうに鳴くからいつも最後にこれを吹いてお終いにしてたの。ちゃんと雅楽も練習したあとに吹いていたんだからね」

「『ラブ・ミー・テンダー』はお母さんもとっても好きな曲なの。全部英語で歌えるよ。

さあ、吹いてみて」

朱美がうれしそうに頷《うなず》いて波打ち際まで歩いて行った。笛を唇にあてると真剣な表情に変わった。スローバラードだから足でゆっくり拍子をとり、身体を大きく揺するように吹き始めた。小学生の演奏としては驚くほど見事な演奏だった。

母の深雪はなぜか胸を締め付けられる思いで聞いていた。知らない間に遠巻きにして何人かの聴衆が聞き入っている。

一曲を吹き終わって朱美はあたりを見回したがフーコは現れていない。猫はいないが、周りには二十人ほどの人が集まっていて、演奏が終わると大きな拍手をくれた。母と子は思わぬ展開に恥ずかしくて頬を染めながら頭を下げた。頭を上げた深雪はその人たちの中に見覚えのある和服の男性がいるのを目の端で捉えたが、それが誰だったかしっかりとは思い出せずに、朱美を急がせ早々にその場を立ち去った。


フーコがどこへ行ったのか、生きているのか死んでしまったのかも分からないままに時間が過ぎ、朱美は中学校へ進むことになった。母の深雪は娘がこのまま同じ環境で暮らしていては何かの拍子に壊れてしまいそうな気がして、思い切って大津にある附属中学に進ませることにした。附属中学は良家の子女が多く成績優秀で何かにつけて洗練されている感じの強い学校だから、朱美が将来どんな道に進みたいと考えても選択の幅を広く取れるだろうと考えてのことだ。朱美には大津への行き帰りにフーコと会えるチャンスがあるかもしれないという勧め方もした。朱美は中学校に入学してからも浜大津での日曜日の早朝練習を欠かさなかった。

課外活動では音楽クラブを選んだ。音楽クラブの顧問の谷村先生は芸大卒の太っちょ先生で、中学生が音楽を楽しみながら才能を伸ばせるようにクラブ活動にいろんな工夫を凝らしている。

最初の日に音楽教室に入ると先生が、

「今から二年生と三年生が新入生の歓迎演奏をします。これは毎年行っているもので、一年生は聴衆、二年生はコーラス、三年生は楽器の演奏ということを恒例にしています。今年の三年生は七人です。変則的な楽器編成ですが、ピアノ、フルート、トロンボーン、ギター、バイオリン三人。二年生は混声合唱です。私が編曲、指揮、そしてリードボーカルです。曲はみんなもよく知っている滝廉太郎《たきれんたろう》の『花』です。来年と再来年、自分がどのパートを担当するのか考えながら聞いてください」

と前置きの後、まずピアノ伴奏で歌い出した。ゆっくりしたテンポで堂々たるバリトンの歌声が教室に響き渡った。新入生が圧倒されて聞いていると、途中から二年生のコーラスが加わり、二番は他の楽器も加わっての演奏だった。一年生が驚いたのは三番である。先生が「ワン、トゥ、ワン、トゥ、スリー、フォー」とカウントすると突然演奏がジャズに変わった。ピアノ、ギター、フルート、トロンボーンは分かるが、バイオリンまでジャズ演奏をする。二年生のコーラスは「シュバダバシュバダバ」とスキャットになるし、太っちょ先生はなんとタップダンスまで披露した。

衝撃的な「花」であった。時間は延々十五分。途中でピアノソロやフルートソロ、ギターソロが入り、ある部分ではバイオリン以外は全員が手拍子だけという素敵にかっこいい音楽になった。演奏が終わると新入生は全員が立ち上がって拍手した。先生がメンバーをひとりひとり紹介した。まるでジャズコンサートのラストのようになった。

こんな調子で先生はクラシック音楽だけでなく、ジャズやポピュラー音楽、カントリーミュージックの代表曲、タンゴ、フォルクローレ、正調の日本民謡まで幅広く鑑賞させてくれた。楽器もひと通り弾いたり吹いたり出来るようにしてくれた。ピアノはもちろんギター、バイオリン、フルートやトランペット、ドラムなど。その一方でヨーロッパ古典音楽とジャズや沖縄音楽などの独自の音階や独特のリズムなどを解説しながら、音楽の基礎理論を教えてくれた。音楽鑑賞はレコードだけでなく、演奏会を見に出かけたり、芸大の大学時代の友人に頼んで音楽教室でミニコンサートを開いてくれたりもした。ただ谷村先生は和楽器はぜんぜん触ったことがないということで、京都から三味線《しゃみせん》、鼓《つづみ》、太鼓、笛などのお師匠さんを呼んでくれた。朱美がいちばん驚いたのは横笛のお師匠さんによる演奏であった。

袴《はかま》を穿《は》き信玄袋を提げて教室に現れたお師匠さんを谷村先生が紹介した。

「藤舎完峰《とうしゃかんぽう》お師匠さんです。完峰先生は横笛奏者として日本一の先生で、お能や歌舞伎の世界で大活躍されています。どうしてそんな有名な先生をみんなのためにお願いできるかというと完峰先生と私は京都でいっしょにお酒を飲む友だちなんです。いちど私の音楽クラブの生徒に教えてくださいな、って頼んだら快く引き受けてくださいました。では完峰先生よろしくお願いします」

「はい。まずは挨拶代わりにみんなのよく知っている曲を二曲吹いてみましょうかな。それで感想を聞いてから、何をどういうふうに教えるかを決めましょう。最初は篠笛で次は龍笛です」

完峰先生が信玄袋から篠笛を取り出して、「トルコ行進曲」の最初の部分を演奏し始めた。朱美は音の大きさに驚いた。自分も篠笛を吹くがこんな音量では絶対吹けない。朱美はぽかんと口をあけてお師匠さんの演奏を見ていた。凄まじい迫力のある演奏である。日本一の先生なんだから早いパッセージを吹くのはなぜか当たり前のような気がして驚かなかったが、篠笛で息継ぎなしであんな大きな音を出し続けたら自分なら貧血で倒れるに違いないと思った。

続いては「朧月夜《おぼろづきよ》」である。「菜の花畠《ばたけ》に　入日《いりひ》薄れ　見渡す山の端《は》　霞《かすみ》ふかし」という抒情的な曲である。先生はこのスローな唱歌を龍笛で吹いた。龍笛は息を叩きつけるようにしなければいい音がしないはずなのだが、先生は軽々といかにも春のゆったりした雰囲気を漂わせて演奏されるのだ。

朱美の常識では「朧月夜」は篠笛で嫋々《じょうじょう》と奏で、「トルコ行進曲」は龍笛で勇ましく吹けばよいのにと思ってしまう。曲のテンポと笛の種類がなんだか逆のような気がした。

演奏が終わってお師匠さんが朱美の隣の友人に感想を聞いた。

「どうしたか。篠笛は万能の笛でっさかいな、お祭りでも舞台でもチャンバラ映画でもどこででも使えるんですよ」

友人が頬を染めて答える。

「篠笛で『トルコ行進曲』が演奏できるなんて想像もしていませんでした。先生の指の動きの速さにびっくりしました」

「指の速さはお稽古したらどんだけでも速うなります。毎日十時間ぐらい吹いたら私とおんなじように出来ます」

「十時間も練習するなんて絶対無理です」

「そうやね。無理やね。せやけどね、無理なことをやるのがお稽古ごと、芸事なんです。その無理なことの中でも人のやらんとびきり無理なことをやったら、日本一にでも世界一にでも歴史に残る人にでもなれますのや。でもやっぱり無理は無理やね」

先生が朱美の前に立った。

「斎木朱美さんの感想はどうですか」

「はぁ」

先生が私の名前を知っている。どうしてなんだろう。完峰先生がご存じなのはどういうわけだろう。朱美はどぎまぎしているばかりだ。

「演奏にびっくりしたのではなく、私があんさんの名前を知っていることにびっくりしましたか。あんさんは私のこと知らはらしませんが、私はあんたのことをよお知ってるんですよ」

朱美は何がなんだか分からず、顧問の谷村先生に助けを求めようと頭をめぐらした。だが先生は朱美の困った顔を見てにっこり微笑んでいるばかりで何も言ってくれない。朱美は顔を真っ赤にし声を絞り出して率直に答えた。

「はい。あまりにも音が大きいのにびっくりしました。笛を聴いているというよりオーケストラを聴いているみたいな迫力がありました。それからぁ……、先生が演奏された曲と使われた笛の組み合わせが逆だったみたいな気がしました」

「ほぉ。どういうことでっしゃろな」

「はい、普通やったら『トルコ行進曲』を龍笛で吹いて『朧月夜』を篠笛にしたほうが吹きやすいはずなのになぁって思いました」

「そうやね。朱美さんは龍笛を吹けるからそれに気が付いたんやね」

「……」

「あんたが浜大津の公園で龍笛を吹いてるのを、たまたま通りがかりに聴かせてもろたことがあるんです。上手いもんやったなぁ。大人顔負けやった。そやからあんたの名前を知ってるんや」

「あっ、私が浜大津で吹いていたのを聴かれたんですか」

「浜大津やったかな、打出《うちで》の浜かな。いっぺんだけやないんや、あんたの練習を見たのわな」

「でも……私の名前までどうして……」

藤舎完峰が少し慌てて話をそらした。

「それは、まあそれとして、今、朱美さんが曲と楽器が逆やないですかちゅうことを指摘したけど、それは朱美さんの言う通りやな。ゆっくりの曲は篠笛で吹く。急テンポの曲は龍笛で吹くのが普通ですやろな。ただ今日は谷村先生に普通のことやのうて、けったいなことを教えてやってほしいと言われてましてね、それで逆にしてみたんです。谷村先生そうでしたな」

「そうです。藤舎のお師匠さんに頼んだのは、この時間は正規の音楽の授業じゃなくてクラブ活動ですからね、授業なら小学校でも大学でもとにかく普通のことを勉強しなければいけませんが、クラブ活動は別のもんやと考えています。昔からこれが正しいとされていることをみんなで勉強するのが授業です。でもそれは過去の知恵や技術や学問や芸術の集大成に過ぎません。未来のものではないですね。私はクラブ活動というのはみんなの中にあるかもしれない未来の音楽的な才能を見つけることやと思っています。……新しいことは昨日起きませんでした。今日も起きていません。でも明日はきっと新しいことが起きるはずです。それを追求するのが芸術です。音楽です。だからみんなには常識にとらわれないことをやってほしいんです。お師匠さんに変なことをやってくださいと頼んだ理由はそれです」

再び藤舎完峰が演奏をしようとしている。

「斎木朱美さん。あんたはいつも『ラブ・ミー・テンダー』を篠笛で吹いてましたよね」

「は、はい」

「私が今からそれを能管で吹いてみます。能管は篠笛や龍笛よりも厄介な笛でしてな、西洋音楽のメロディーを吹くのには向いていませんが、チャレンジしてみます」

完峰が音楽教室の窓に近付いた。二階にある教室の窓の外には運動場があって、その向こうに琵琶湖が見える。朱美の住む坂本は琵琶湖を挟んで北西方向だ。晴れていれば坂本の町の後ろには比叡山が望める。完峰の暮らす京都は比叡山の向こう側だ。じっと琵琶湖を見ながらしばらく演奏方法を探っている様子があった。信玄袋から紐《ひも》を取り出して襷《たすき》を掛けた。ずっとガラス窓を向いたまま数分間手順の確認が続く。

やがて藤舎完峰の恐るべき「ラブ・ミー・テンダー」の演奏が始まった。

最初の一音が出た。剣が空を切るような音。笹の葉を切り裂く疾風のような音。大気圏に突入する隕石のきしんだ高周波の音。完峰は「ラブ・ミー・テンダー」のメロディーに含まれている音符を順不同、断続的に吹き口に叩きつける。トビウオが海面をかすめる時に発する音、研ぎ澄まされた鎌で氷柱を切る音。「優しく愛して、ラブ・ミー・テンダー」とラブソングを歌う音作りではない。普通に吹けば心に沁《し》みる旋律を、管楽器で尖らせて、原曲とは似ても似つかぬ音楽に作り替えている。笛の音圧を受けた窓ガラスが激しく振動する。

フッ、ヒッ、シュッ、ヒュー、ピュッ、フッと七音か八音続けた後に、突然完峰が自分の声で歌い出した。「ラブミー　……　テンダー　……ラブ　ミー　……スイー　……ト」とワンフレーズずつをブチ切りながらたっぷり間をとって肺腑《はいふ》にこだまさせながら歌う。生徒だけでなく谷村先生も驚きのあまり釘付けになっている。「スイート」と歌い上げた後は再び笛の音が急ピッチの打楽器のように聞こえる。能楽や長唄では謡《うたい》や唄のバックで鼓と笛が対照的な音を旋律に縫い込むように演奏し、そのことで歌に緊張を強いるように演奏することがあるが、藤舎完峰はその状況をひとりで作り上げ、唄と笛と鼓をいっしょに操っているように聞こえる。

驚くべきことが起きた。ガラス窓がなんどもなんどもびんびん振動していたが、とうとうその一枚が割れてしまった。それでも演奏をやめない完峰の目から涙が滴《したた》り落ちてきた。自分で演奏しながら、その音楽の深さに入り込みすぎて、完峰は自分を見失ったのだろうか。谷村先生が直立不動で見守っている。生徒たちの顔が引き攣《つ》っている。

プレスリーが歌う原曲は二分少しのはずなのに、完峰は十分近く演奏し続けた。終わった時には、精魂尽き果ててその場にしゃがみこんでしまった。間《かん》、髪《はつ》を容《い》れず、朱美が完峰のもとへ駆け寄った。朱美は演奏に刺激されて興奮状態だ。完峰先生の肩に手を置いて激しく揺する。

「お師匠さん。私のフーコを知りませんか」

　唐突に尋ねる。完峰はそれを聞いているのかいないのか。

「鼻と足の先だけが白い黒猫のフーコです。私が『ラブ・ミー・テンダー』を吹くとうれしそうにミャオって鳴いていたフーコです。ミシガンが就航した日に浜大津の港から消えてしまったのです。『ラブ・ミー・テンダー』の大好きなフーコを先生の能管で呼び返してください。先生、お願いします。フーコを助けてやってください」

　谷村先生はふたりがどうなってしまったのか分からなくなった。だからどうしてよいのか見当がつかない。生徒たちも目の前の異様な光景に固まっている。ようやく谷村先生が気を取り直して今日のクラブはこれでお終いにしようと言って生徒たちを解散させた。

　しばらくたって完峰も平常心を取り戻したが、朱美はずっと「フーコ、フーコ」と泣き続けている。完峰が谷村に言った。

「朱美ちゃんが心配だから私が家まで車で送っていきますわ。お母さんに電話しておいてくれますか。先日浜辺で見た時にそんな気がしたんやけど、たぶん朱美ちゃんのお母さんは学生時代に私と同じ師匠に笛を習った人やと思う。名乗って出るのも気後れして黙っていたんやけど、挨拶がてら送って行くわ」

「分かりました。そうしてもらえると安心です。道々、笛の面白さや恐さをもう少し教えてやってくれれば、なおありがたいです」

朱美は完峰の車で坂本の神社まで送ってもらった。

出迎えに出て来た母の深雪は完峰を見て息を呑んだ。目の前にいるのは学生時代同じ師匠のもとで能管を習い、自分は笛を捨て、片方はいずれ人間国宝になる名手になっている藤舎完峰だ。

浜大津で朱美が吹く篠笛を聞いていた聴衆の中にいた見覚えのある人物はこの人であった。クラブの顧問の谷村先生からあらましを電話で聞いて「もしや」と思っていたが、巡り合わせとはいえあの完峰が娘の朱美に笛を教えてくれ、娘は娘で恐ろしいまでの感動的な演奏を聴き錯乱状態に陥ったという、その藤舎完峰が自分の娘を送って来てくれた。

笛を捨てた自分と笛を始めようと決心した娘。その両方に関わり合っている藤舎完峰。学生時代、決して嫌いな人ではなかった。尊敬も敬愛もしていた。それ以上になったかもしれなかったが、ならなかった。いや、しなかった。

深雪は高島市今津で江戸時代から廻船問屋《かいせんどんや》を営んできた旧家のひとり娘。当時としては珍しく京都の女学校にやらせてもらった。お能のクラブ活動では能管のお稽古にのめり込んでいた。美人で聡明でお能まで出来るとなるとかえって近郷の町村には適当な結婚相手がなく、気が付くと当時としては婚期を逸したも同然の二十八歳。ようやく坂本にある神社の神官さんと結婚話がまとまって嫁ぐことになった。

嫁いだ以上は笛のお稽古なんかしてはいけない、これからは良妻賢母として生きていこうと決意した。そして笛を捨て学生時代のあらゆる思いを捨てた。なのに今、娘の朱美が遠かったはずの学生時代を連れ戻して来た。それがうれしそうで寂しそうな深雪の表情の理由だ。

挨拶もまともに出来ないまま、車に戻る完峰の背中に深くお辞儀をして見送った。

完峰が帰った後に朱美はこのまま笛の道を進みたいと言い出した。深雪は「それはいいかもしれないね」と答えた。だが朱美がさらに「今度の日曜日には最後の最後のフーコ探しをお師匠さんに手伝ってもらう約束を取り付けた」と言うと深雪の心は乱れた。平静を装いながら深雪はお礼かたがた自分も浜大津について行くと言った。

約束の時刻は早朝の五時であった。藤舎完峰は京都から車でやって来た。朱美も始発電車が出る前の時間帯だから母に車に乗せてきてもらった。

母は挨拶をした後、少し離れた場所でうれしそうな寂しそうな複雑な表情をして娘と完峰のやり取りを眺めている。

「ええか朱美ちゃん、まずいちばん基本的なことやさかいよう覚えておくんやで。龍笛を大きな音で吹こうと思ったら絶対上を向いたらあかん。笛を吹くと言うけども、吹き口に自分の存在の全部を叩きこむんやから上を向いたら気持ちも音もみんな抜けてしまいよる。女々しい顔したらあかん。怒って吹くんや。どんな美しい物語でも楽しい歌にでも心が弾むシーンででも龍笛吹きはにこっと微笑んだらお終いや。かわいい顔してたら龍笛は吹けん」

「鬼さんみたいに吹くんですか」

「違う。鬼やないで、笛は神さんみたいに怒って吹かなあかん」

「えぇぇ、神さんて怒ってるんですか」

「そうや。空も地面も山も海も川も湖も全部神さんが作らはった。もちろん人間もや。それやのに神さんが作らはった空を汚し、山を削り、川には洪水、海は汚染させてしまい、人間は自分たちでどんどん堕落してしもた。せやから神さんはいつも怒ってはる、神さんの代わりに恐い顔して笛に穢《けが》れのないきれいな息を吹きこんで世の中を美しゅうするのが笛吹きの仕事や」

「そんなこと、初めて聞きました」

「せやからな、ほんまは女の人は笛を吹かんほうがええんや。笛吹いてたらお母さんになった時に優しい顔が出来へん。美味しいご馳走も出来へん」

「私は笛吹きながら優しい顔したい」

「朱美ちゃんなら出来るかもしれん。なんせお父さんもお母さんも神様に仕えるのがお仕事やからな。さぁ、吹いてみよか」

母は聞こえてくる完峰の言葉を噛《か》みしめていた。自分は朱美に優しい顔が出来ているだろうか。いい妻であり母であるだろうか。笛を吹かない自分は美しいだろうか。何よりも神さんとちゃんと向き合っているだろうか。完峰が話を続ける。

「フーコは今も大津近辺にいると思うけど、ひょっとしたら船に乗って沖島まで行ってるかもしれんし、竹生島に棲んでるかもしれんやろ。篠笛では竹生島までは届かんけど龍笛に力を込めたら波が音を乗せていってくれる。琵琶湖の波は物を運び人間を運び魚を運び、音楽も運んでくれるんや。気持を波に向けて、さぁ、吹いてみなさい」

朱美が「ラブ・ミー・テンダー」を龍笛で吹き始めた。篠笛と違ってたいそうな力をかけなければ吹ききれない。完峰から叱咤が飛ぶ。

「あんたは神さんや。琵琶湖の神さんや。優しい顔してたら悪い奴が寄ってくるで。剣のように、稲妻のように、笛の音で世界をきれいにするんや。黒猫フーコも『あっ、朱美ちゃんの笛や』ってきっと喜んで聞いてるはずや。力や、笛は気持ちやない、力や。『ラブ・ミー・テンダー』って言うたかて、愛することは力や、優しいだけやったら負けてしまう。『ラブ・ミー・テンダー』こそ力で吹くんや」

お稽古の間、母の深雪が何度も何度も頷いている。

「ええですか。音楽ちゅうのは私たち人間に出来る神さんへの恩返しなんやで。地面を作ってくれはって、食べるものをくれはって、仲の良い家族がいっしょに住めて、子供が出来て孫が出来て、笑って暮らせるようにしてくれてはる神さんへの恩返しや。あんたは神主さんの子供や。ええな。そこをよう分かって吹いてくれなあかんで」

深雪には完峰が龍笛を吹くと音が波の上を渡っていくのが見えるように思えた。知らず知らずに謡曲「竹生島」の一節を口にしていた。

緑樹《りょくじゅ》影沈んで
魚《うお》木に登る気色《けしき》あり
月海上《かいしょ》に浮かんでは
兎《うさぎ》も波を奔《はし》るか
面白の島の景色《けしき》や

波の上を兎が奔るとは何のことなのか今まで見当がつかなかったが、琵琶湖の波はお米も人も暮らしも戦争も花嫁も石もフナもアユもなんだって運ぶ。音が波を奔ることだって不思議ではない。ひょっとしたらフーコだって波の上を奔ったのかもしれない。深雪は、フーコはきっと竹生島にいるだろうと思った。船に乗って行ってしまったのだろうと確信した。朱美がフーコに会えるのは龍笛が自在に吹き切れるようになった時だろうから、しばらく自分のこの思い付きは朱美には黙っていようと思った。

ふたりの龍笛のお稽古は人々が集まり始める七時過ぎまで続いた。

湖上を去っていく観光船が夕映えの波間に溶けると竹生島の一日が終わる。

琵琶湖最北端に浮かぶ竹生島には国宝建造物の宝厳寺と都久夫須麻神社があり、港のそばには参拝者相手の土産物屋と茶店が軒《のき》を連ねている。だが、夕方に定期観光船がそれぞれの港に戻って行くと、僧侶も神官も船着き場で働く人たちも後片付けと戸締りをして、自分たちの住む対岸の町へ小舟で帰ってしまう。島は無人になり、もう何も起きない。

竹生島は琵琶湖の北部に浮かび神の住む島と言われている。

江戸初期に選ばれた近江八景、「比良暮雪《ひらのぼせつ》」「矢橋帰帆《やばせのきはん》」「石山秋月《いしやまのしゅうげつ》」「勢多《せたの》（瀬田）夕照《せきしょう》」「三井晩鐘《みいのばんしょう》」「堅田落雁《かたたのらくがん》」「粟津晴嵐《あわづのせいらん》」「辛崎《からさきの》（唐崎）夜雨《やう》」は、対象が大津市近辺の滋賀県南部地域に集中している。

が、昭和二十五年に新たに定められた「琵琶湖八景」には、湖南地方の「夕陽《せきよう》　瀬田・

石山の清流」、湖東地方の「春色《しゅんしょく》　安土《あづち》・八幡《はちまん》の水郷《すいごう》」「月明《げつめい》　彦根の古城《こじょう》」、湖西地方の「煙雨《えんう》　比叡の樹林」「涼風　雄松崎《おまつざき》の白汀《はくてい》」、湖北地方の「新雪　賤ヶ岳《しずがたけ》の大観《たいかん》」「暁霧《ぎょうむ》　海津大崎の岩礁《がんしょう》」が選ばれ、なかでもそのひとつに「深緑《しんりょく》　竹生島の沈影《ちんえい》」を数え上げた先人は炯眼《けいがん》というべきだろう。島近くの湖水は透明度が高く水面下10メートルまで透き通っているから、切り立った島の深い緑を吸い取って、その神秘の樹影が水底まで届いている。竹生島の影が細波《さざなみ》の湖面に映っているのではなく、深い緑の竹生島の影が湖底に沈んでいるのだ。

その竹生島に笛好きの黒猫が一匹棲みついているのを知っている人はいない。猫は島で生活する人間たちが早朝に船で桟橋に着き、それぞれの仕事場で一日何をして過ごし、夕方に自分たちの住む対岸の家に船で帰って行くまでの生活習慣をこと細かに知っているから、彼らに近づいて得することが何もないことがよく分かっている。彼らの生活圏と生活時間帯を避けて暮らすことで十五年以上無人の島で安穏に棲み続けてこられた。

島には猫を脅かすものは何もない。生命を脅威にさらす肉食獣も毒を持つ動物もいない。もちろん自動車がないから交通事故の心配もない。地震や台風、落雷などの自然災害に見舞われた経験もない。雨に濡れる心配と雪で凍《こご》える心配さえしていればいい。食料は贅沢を言わなければ意外に豊富だ。人間たちは自分たちの食べ残しや訪れた観光客のごみを見事に島から持ち帰ってしまうので残飯に頼ることはできないが、雑食の猫にとってさほど食べる苦労はない。ネズミとモグラ、鳥の卵、ミミズやクモ、バッタ、セミなど動物性のもの。熟した渋柿や木の実だって食べる。

食料ではないが、この島に何本も自生しているサンショの木ほど、このお猫様にとって蠱惑《こわく》的なものはない。猫たちのすべてがその匂いに蕩《とろ》けてしまうマタタビこそ見当たらないものの、この猫様にとっては山椒の木肌の匂いはマタタビに勝るとも劣らない誘惑的なのである。どうやら山椒には猫の中枢神経を麻痺させる成分が含まれているらしく、この刺激臭に出会うと浮世の憂《う》さも孤独の身の上もすべて忘却できる。木のそばに寄るだけで口が半開きになり鼻がピンクになる。木の下で仰向けになってしどけなく腹を見せて転がるかと思えば、自分の尻尾を追いかけるし、尻ふりダンスはするし、あの節度ある黒猫とは思えぬ体《てい》たらくである。身体ごと幹にこすりつけ、爪を研ぎ、高さ3メートルにもなる木に登ったりしては狂喜惑乱する。

今日も最後の定期船の航跡が水に馴染み終わり、湖面は鏡になって月を受ける。天空の絵師は西の空をパパイヤ色から金柑《きんかん》色に染めた後、頭上の雲を熟柿《じゅくし》色に塗り込め、取って返してもう一度西の空を山葡萄《やまぶどう》色に変えて一日の仕事を終える。

栈橋の猫一匹は初冬ならではのライティングショーを楽しんだ後、その場で二度三度くるりと回って溜息らしきものをつき、ヨガの猫のポーズそのままに背伸びをし身体を伸ばし切ってニャオと鳴いた。そして桟橋が鎮まり返って夜が始まる。島に棲む一匹の老いた黒猫の眠れぬ夜が始まる。いつもの冬のいつもの夜のような。猫は水面の月に漂っていた自分の影が船着き場の水底に届くのを確かめると顔を撫でて考えた。さてさて、今夜のねぐらはどこにするか。昨晩は港の事務所裏にある物置で寝た。その前は宝厳寺の本堂に通じるわずかな隙間《すきま》に身を捩《ね》じりこんで本堂で寝た。観音堂から都久夫須麻神社につながる重要文化財舟廊下《ふなろうか》はお気に入りのねぐらであるが、いつか起きそうな特別の日のためになるべく寝ないで大事に取ってある。

しばらくじっと湖面を見つめていた猫が何かに驚いて慌てて石段のほうに駆け去った。東の崖で大きな音がした。何かが、からから、がらがらと転がって、水にざぶん、ざぶんざぶんと落ちる音がしたのである。どうやら桟橋の東側の崖から小さな岩がいくつか剥落《はくらく》して湖に落下したようだ。珍しいことではないが、この音だけは好きになれない。音が鎮まるのを待って猫は桟橋から宝厳寺の本堂に続く一六五段の石段を一段ずつ登り始めた。小さな踊り場が何ヶ所かあってそこで何度か折れ曲がってはまた登る。

途中でふと立ち止まり、船の消えた波間を振り返って、もう一度桟橋の先端まで戻って来た。月夜だから桟橋近くで規則正しい波の音を聞きながら眠るつもりなのか。これが真夏なら、昔飼い主がラジオで聞いていたエルビス・プレスリーの「ブルー・ハワイ」や「ムーンライト・スイム」に波音をなぞらえて、ゆらゆら気持ちよく眠ることだって出来るが、間もなく今年も終わるこの寒々しい季節に波打ち際のコンクリートのベッドは似合わない。年寄り猫に寒さは応える。今夜はムードよりも実益を選択すべきだ。さっきまで赤々とストーブが燃えていた観光船の待合室に潜り込もうと決めた。

待合室の中はまだ温もりが残っていた。島のどこにも誰もいないのが分かっている猫はミャーオーと満足の声を長くあげて部屋を見渡した。ある、ある。段ボール箱が三つある。自分としてはいちばん上の40センチ角ほどの段ボールがよい。少し窮屈なフィット感は自分の好みに合っている。ゆっくりと足場を確かめ、ひとつ目の段ボール箱の上に乗り、ふたつ目に上り、そして三つ目の箱の上蓋《うわぶた》から少し強引に中に入り込んだ。何回か寝心地のいいポジションを探って最高の場所に落ち着いた。さあ眠ろう。クフッ。猫は小さな幸せを感じて鼻を鳴らした。前足と鼻の頭だけが白く、そのアクセントが黒猫特有の威厳や妖しさを消し去っているおかげで、どこかに間の抜けた愛嬌がある。

こんな黒猫にひとつの楽しみがある。季節や日によってその方向は違うが、竹生島の四方の対岸から笛のような音が聞こえてくるのだ。

春先、朧月が夕空に浮かぶ頃、東のほうから菜の花の匂いに乗って葦笛《よしぶえ》の童謡が聞こえてくる。猫はゆったりとした気分に身体をとろとろにして、いつもより丁寧に顔を洗ってみたりする。

西からの音は冬の初めに冷たい風に乗ってくる。ピーピーと鳴くヒヨドリの声のようでもあり、トンビの幼鳥の鳴き声のようでもある。笛ではなくシベリアから飛来してくる渡り鳥が鳴く声かもしれない。

北から聞こえる怪しげな音の正体は見極めてある。島には人が近づくことを禁じられている湖底洞窟《どうくつ》があるのだが、音はいつもその出口でする。冬の強い風が洞窟に吹きこむ時、入り口付近の木の枝と葉がマウスピース代わりになって震える音なのだ。そんな音でも猫はじっと耳を傾ける。

なかでも夏の早朝に南のほうから聞こえてくる音には身体の芯が疼《うず》く。階段を上り切ったところにある鳥居や建物の屋根や石段や桟橋などあちらこちらを走り回って少しでも音がよく聞こえる場所を探す。その音は自分が子供のころにじっと耳を傾けていた音といっしょだと思う。吹いている笛の形を覚えている。聞いていた場所も思い出す。その音を出している人のことをまざまざと思い浮かべることが出来る。湖のはるか南の端から波頭をころころ転がるように届いてくるのだ。うれしくてうれしくて思わず涙が滲《にじ》み出てくる。

音に合わせて少し身体を揺すってみたりもする。早朝にその音を聞くとその日一日は落ち着かない気分で島中を歩き回ったり、カワウを追いかけたり、木にさえ登ることもある。木から木へジャンプして落ちることも何度か経験している。かっ飛び猫のひとり夏祭りみたいなものだ。

波の静かな夕方、竹生島に棲む淋しい猫フーコが島の東端にある窪《くぼ》んだ岩に座った。ここで待っているともうすぐ笛の音が聞こえてくる。音は向こう岸から湖水の表面を撫でるように渡ってくる。その響きは赤ん坊が這い這いしながら近づいて来るように愛らしい。誰かが吹く葦笛だ。

フーコが朱美のことを思い出し気持ちが揺れ動くのがこの笛の音である。子猫の頃、神社の杜で朱美の雅楽の練習に付き合い、やがて日曜日ごとに浜大津の公園で少しおしゃれな音楽を演奏するのを間近で聞いてきたのだから、フーコの中で笛の音は朱美の思い出に直結している。

湖の向こうから聞こえてくるこの笛の音が朱美の龍笛でないことはすぐに分かったが、なんだか春霞《はるがすみ》のようなふわふわした音色に身体がすっかり馴染んで、聞いているうちにうとうとと眠り込むこともある。笛が聞こえなくなると小さくニャオとアンコールをかけるが、実現したためしはない。

梅の花の蕾《つぼみ》が大きく膨らんだ頃に東の湖面から笛の音が聞こえなくなった。あんなに毎日聞こえていたのに、フーコは淋しくて何だか切なくなった。いつものアンコールより大きな声で鳴き声を上げてみたが、もう葦笛は鳴らない。湖面からは春の香りだけが漂って来るが、フーコに花を愛する気持ちはなかった。

音が途絶えて一週間経った。今日、笛の音が聞こえなければ、この岩の窪みで眠ることはやめようと思いながら首を伸ばして音を待っていると、対岸から、ぽわぁんという音が流れてきた。いつもの葦笛の音ではない。その響きは湖面を引っ掻きながら、フーコが背伸びしている岩に届くと、湖面に小さな細波が立った。フーコはあたりをキョロキョロ見回し、耳をピーンと立ててその音の正体を確かめようとした。音は一度きりでやんだ。それ以来、東の方角からの音は完全に途絶えた。

ぽわぁんが葦笛を吹いていた老人の葬送のクラクションの音だと猫が知る由はなかった。

第二章 穴を掘る

1985〜

中学二年生の林盛太郎《もりたろう》が庭にスコップを突っ込んだ。

土は思いのほか軟らかく、たいして力を入れなかったのに一気に30センチほど掘れた。スコップの縁に長靴の底を当てて突き立てると小気味よい音がする。適度に湿り気を帯び、適度に砂と小石が混ざって適度に締まっているから、力の入れ具合とスコップの角度によって、ザクッ、ザザッ、ザザン、ザバッ、ジュッと、その都度違う音がする。傍らに土を掘り上げ、またザクッとスコップを入れた。大きな抵抗はなく、都合60センチの深さまで掘れた。

「これは面白いぞ。簡単に掘れるやん」と気分を良くしてまた掘る。

盛太郎の住まいは彦根藩三十五万石井伊直弼《いいなおすけ》の城下町、滋賀県彦根市にある。家の敷地は内堀と中堀に挟まれた内曲輪《うちぐるわ》（第二郭《かく》）の跡地で、江戸時代には一千石以上の重臣の屋敷が建ち並んでいた。盛太郎の家の北側にある幅20メートルの内堀の対岸は、かつて十七棟の米蔵が並んでいた米蔵跡である。堀には土塁が築かれていて、その一ヶ所に石組みの水門があり、そこから船で蔵米を大津にある藩の蔵屋敷に運搬していた。湖国近江の生活は琵琶《びわ》湖と分かちがたく成り立っている。

この一帯は明治維新後も裁判所、拘置所、中学校、高校、大学など公の建物だけが建っている場所で、盛太郎一家と隣家数件の他に一般の人家はない。明治末期に来日し千六百棟もの西洋建築を手がけたアメリカ人建築家ヴォーリズが近江経済大学に勤務する外国人教師用の宿舎として建てた家を、外国人教師がいなくなった後、教養課程で土木工学を教えている盛太郎の父、林賢次郎《けんじろう》に官舎として提供されているのだ。

木漏れ陽の間に暖炉の煙突が目立つ瀟洒《しょうしゃ》な洋館で、浴槽とトイレが同じ空間にあったり、当時の日本家屋の常識では考えられない斬新な建築であった。二階にある盛太郎の部屋の窓から手が届くほどの位置に「月明《げつめい》　彦根の古城《こじょう》」と呼ばれる国宝彦根城天守が見える。

同級生たちの多くはクラブ活動に熱中していたし、そうでない者たちは広場で野球をしたり自転車に乗って琵琶湖まで釣りに行ったりしていたが、盛太郎はあまり外に出ることなく、家で真空管ラジオを組み立て雑音だらけの大阪からのラジオ放送を聞いたりするのが趣味だった。

ある日の夕ご飯で母からこの家が建っているのは彦根藩士の屋敷跡だということを聞いて、「庭には武士たちの生活を偲ばせるものが何か埋まっているかもしれない。ちょっと掘ってみるかぁ」と庭を掘り始めたのだ。

盛太郎の母、愛子は彦根藩主井伊家に所縁《ゆかり》のある家の生まれで優雅で気品があって、それでいて笑顔を絶やさない。庭に花を植えるとか野菜を育てるといった趣味が全然なく、外へ出るのは洗濯物を干すのと買い物だけだから色が抜けるように白い。読書好きの愛子は、彦根で生まれ育った家柄土地柄もあって、歴史書や歴史小説、古寺や古い建築物、能歌舞伎などに関する書物を愛読していた。

盛太郎は母の蔵書と父の書庫から自由に本を取り出して読ませてもらっているから、中学生ながらもなかなかの博識である。ただ読書のしすぎでだんだん近眼がひどくなり、メガネをかけなければならなくなっていた。盛太郎の知識では明治九年に廃刀令が出されて士族は刀を処分したはずだが、それが実際のところ役人に取り上げられたのか、売り払ったのか、捨てたのか、鉈《なた》などに転用したのか、どのような方法で処分したのかまでは分からなかった。だとすると、時節が来ればまた刀が必要になるだろうからと、隠し場所に困って庭に埋めた可能性も大いにある。

長靴を履き、軍手をはめ、長袖のカッターシャツの袖をまくって、午後の陽ざしの中で身体を動かしていると、冬は去り春が近いことを実感する。

「うーん。何も出ん。刀でなくても小柄《こづか》でも鍋や釜でも茶碗のかけらでもええのになぁ」

盛太郎が期待した埋蔵物は刀や武具であったが、掘り上げた土をスコップの先端で突ついたり引っ掻《か》いたりしても、出てくるものは土と石だけ。骨も化石も茶碗のかけらも腐った木も虫も小動物も出てこなかった。

「お侍の屋敷跡なんやから何か出そうなものだけどなぁ。小判は無理にしても寛永通宝《かんえいつうほう》の十枚や二十枚、うまくいけば天保銭《てんぽうせん》ぐらいは埋まっているはずだ」と思っていたが、影も形もなかった。

額に浮きあがる汗を腕で「エイヤッ」と拭って作業を続ける。

「今度は幅を広げようかな」と独り言をいい、スコップを30センチ横にずらして掘り下げる。十数回この作業を繰り返すうちに、幅60センチ長さ90センチ深さ60センチの穴が掘れた。

「よしよし。この速度なら何かを掘りあてるのにそんなに時間はかからんやろなぁ」

土曜日、日曜日を使って穴を掘り進んでいるうちに、盛太郎の気持ちが少しずつ変わってきた。いつの間にか土の中から何かを掘り出すことが目的ではなくなってしまい、穴を掘ることそのものが面白くなってきた。穴を掘るという行為に自分が興味を掻き立てられる要因が分からないけれども、どういうわけか気持ちがウキウキして愉快になってきたのである。第一に汗をかくのが良い。次にやっていることの結果がはっきり分かるのが魅力だ。そして意外なことに庭の穴掘りという作業にはその日その時の結果は出るが、これで終わりという終着点がない。それがいいのかもしれないと思い始めた。だから穴は初めに軽く考えていたよりずっと深く大きくなってしまった。

しかも初めのうちは筋肉だけを使う作業だったのに、今ではそれなりに知恵を求められる知的行為に変わってきた。まず自分と家族の安全性を確保する必要がある。体力のない母が、万が一、穴に滑り落ちた時に怪我をさせてはならない。そのためには途中に何らかのセイフティネットが必要だから、縄梯子《なわばしご》のようなものをロープで作って柿の木からぶら下げておいた。それでも怪我をするかもしれないから救急箱も用意した。

深さが1メートルを超えた頃、穴の底と壁からジュワーッと水が浮き始めた。城の防御《ぼうぎょ》の最前線である堀の石垣は、最初に大きな石を並べて次に細かな石を詰め、さらに粘土で固めてあるから、周囲に水が漏れだして崩壊するようなことはない。つまり今滲《にじ》み出てきた水は堀のものではないと考えられる。庭の地下水が滲み出てきたのであろう。この出水対策は急務であるが中学二年生の盛太郎にとっては極めて大きな難問である。土中の水は毛細管《もうさいかん》現象で上部へ上がってくるのだから、それを止めるには穴の壁面と底を粘土で固めればいいと思うが、そんな大量の粘土を入手する方法がない。となるとこれ以上掘り進めるには、出てくる水をお堀に捨てるしかないのだが、子供の時からお堀には一切物を捨ててはならないという父母の教えが頭にあって、水とはいえ濁った泥水を捨てるのは憚《はばか》られた。

「いろいろむつかしいことになってしもた。これからどうしたらええんやろ」

腰と背筋を伸ばし、ひと息吐いて呟《つぶや》いた。

埋め戻すか、掘り進むか、どちらかしかない。

しばらく穴を見つめながら盛太郎が思い付いたのはもう一つの方法である。掘り上げた土を元の穴に埋め戻すのではなく、今まで掘った穴のさらに横にも別の穴を掘って、その土を元の穴に放り込めばよい。穴をシャクトリムシ形式で順番に移動させれば、庭に埋まっているかもしれない何かを探すことは継続できるというものだ。

「よし、そうしよう。まだまだ当分掘れるぞ」とにんまりした時に母がやって来た。

「盛太郎さん、お紅茶が入りました。今、お父さまもここへいらっしゃいますから、ケーキといっしょに召し上がれ」

ゆったりした辛子《からし》色のワンピースに白い割烹着《かっぽうぎ》を着た愛子が、ガーデンセットの上に紅茶とケーキを用意した。

「はい、手を洗ってからいただきます」

盛太郎は幼時から勉強が出来ておとなしくて分別のある子であったから、父も母も盛太郎のすることには一切口出しをしない。

盛太郎が庭の水栓《すいせん》をひねって手を洗い、ついでに汗をかいた顔も洗い、腰からぶら下げていたタオルでごしごし拭いている間に父賢次郎が現れた。深さ1メートル50センチ、幅2メートル、長さ3メートルの、個人の庭にはいかにも巨大な穴の周囲を興味深げにひと回りし、穴の角が切り取ったように直角に掘られているのを見て「ほぉー」と声を上げた。父は度の強い近眼のメガネをかけている。少しウエストが余り気味のズボンにおしゃれなクリーム色の長袖シャツを無造作に突っ込んで庭下駄を履いている。

「盛太郎。これだけ掘ったのだから、何か面白いものは掘り出せたのだろうな」

「いいえ、まだ何も出てきません。初めのうちは刀とか武具が出ないかなぁって期待していたんですが、掘っても掘っても土と石ばっかりです」

「それは残念だったな。ここは武家屋敷跡だからここを掘れば何か出そうだと君が思うのも無理はないがなぁ」

「でも掘っているうちに、何かを掘り出すことより穴を掘ること自体がだんだん面白くなってきて、とうとうこんなに大きな穴を掘ってしまいました」

　母が紅茶をひとくち口にしながら、

「盛太郎さん。せっかく大きな穴が掘れたのですから、秘密の地下室でも作ったらどうですか。お友だちもびっくりなさいますよ」

「それは無理です。もうこんなに水が溜まっていますし、何かの拍子にお堀の側の壁が壊れてしまう危険もあります。僕には力の計算が出来ませんが、たぶん僕が掘ったあの部分はお堀の水の重さというのでしょうか圧力というのでしょうか、それをまとめて受けているような気がします」

「それを言い表すなら応力《おうりょく》という言葉が適当だな。盛太郎の言うように、土を掘り出した部分の壁の強度は明らかに落ちているだろうから、穴の中で遊ぶわけにはいかないな」

「はい。ですから、ここ二、三日はそろそろ穴を埋め戻そうと思っていましたが、なぜか掘るのをやめられなくて、これからは北の方向に穴を掘って掘った土を南の端に埋めて順々に穴を移動させようと思っています」

「そうですね。でないとお庭が全部穴になってしまって、お洗濯したものを干すところもなくなってしまいますものね」

「すみませんでした」

「どういたしまして」

ケーキを食べ終えた父が真顔で盛太郎に問うた。

「母さんの話だと君は穴を掘りだすと脇目も振らずに熱中していたそうだけれども、君が庭に掘ったこの穴はいったいどういう意味を持つのかな」

「どういう意味って……、どういう意味ですか」

「君にとってでもいいし、世の中にとってでも構わない。夢みたいな話でもいいし、地球にとってでも宇宙にとってでもいい。お父さんにはこの穴には何か意味がありそうに思えるのだがね」

盛太郎はしばらく考えた。父も母も盛太郎がじっくり考え、何か答えるのを興味深そうに待っている。

「僕自身でもあまりよく分かっていないのですが、最初のうちは掘る前の地面と土を掘って出来た穴との間に何か違いがあるとは思っていませんでした。つまり穴は単純にへこんだ地面でした。でも、どの段階からか、掘った場所はへこんだ地面じゃなくて、それとは別の独立した穴だというふうに思えてきました。穴は間違いなく地面と続いているのですが地面と穴が違ってきました」

「ふーん。ひとつのものであった土が地面と穴に分かれたということなんだな」

母は中学二年の我が子のものの考え方の深さにただ呆気《あっけ》にとられている。

「それともうひとつ。スコップが当たって削り取った地面の表面、つまり空気と触れている土の表面全体を穴と呼ぶのか、そうではなくて何もなくなって空気だけが詰まっている空間が穴なのかも分かりません」

父の目つきも我が子を見る目つきではなくなった。学者の顔になっている。

「表面を穴と呼ぶなら、この穴は地球上のあらゆる場所の地面とずっとつながっています。そうじゃなくて空気だけが詰まっている何もない所を穴というのだとすると、それは空や宇宙につながっています。空気があろうとなかろうと僕の掘った穴は月の表面に直接つながっていることになります。火星にも土星にもつながっていると思います」

「そうだな」

「今まで、彦根は彦根、僕は僕。確かに堀の水は琵琶湖につながり、琵琶湖は瀬田川《せた》に注ぎ大阪湾で海といっしょになりはします。でも彦根城のお堀はただお堀だと思っていました。僕、林盛太郎は彦根に生まれて彦根で育っている中学生にすぎませんが、盛太郎もどこかへ、しかも遠くて広くて明るくて暗くて深くて浅くて、どこでもないのにどこかの場所にまでつながっているんです。うまく言えなくてすみません。この穴が宇宙に通じている……僕の掘っているこの穴こそがあらゆるものと隣り合わせにくっついているんだと、ふと思ってしまったのです」

父がじっと聞き入っているところへ母が緊張しながら口を挟んだ。

「お父さん。私、今、凄いことに気が付いたのですが、井伊のお殿様の開国のお考えにはひょっとしたらそんな哲学的というか思想的な意味もおありになっていたのではないでしょうか」

「どういうことだね」

今度は盛太郎が口をあんぐり開けて母の話に聞き入る番だ。

「盛太郎さんの掘っている穴が宇宙に通じているというほど壮大な話ではありませんが、地面の下はアメリカにもロシアにもイギリスにもつながっている……日本があのまま鎖国を続けて日本だけで生きていくという考え方はそもそも無理な話であって、つながっているものはつながっていると考える、海を通して開いている国は友好的に明け放ってこそ島国としての威厳も利得も保てる……」

「ああ、そんな考え方のほうが聡明な井伊直弼公にふさわしいと私も思う」

「お若い時を不遇で過ごされた埋木舎《うもれぎのや》、まさに地面に埋まった木から花が咲くことをご存じだったからこそ、大老というお仕事にお就きになった時に七つの海を越えてやって来る諸外国と正々と粛々《しゅくしゅく》と堂々と相手をしようとお考えになったのでしょうね」

「余談だがね、埋もれ木は朽ちないのだよ」

「え、土の中で腐っていくんじゃないのですか」

「乾燥しているほうが腐りやすい。こういう湿気の多い土の中では、木や竹は腐らずに残っていることがよくあるし、炭化して石炭のようになることもある。湖北の尾上《おのえ》浜の遺跡からは古代の丸木舟が腐らずに掘り出されている。弥生時代の遺構でも古墳時代でもそんな例はけっこうあるものだよ」

「朽ちない埋もれ木っていかにも象徴的ですね」

「さあ、今日のおしゃべりはこれぐらいにしようか」

と父が大きく背伸びした。盛太郎が慌てて聞く。

「もうひとつだけいいですか」

「ああいいよ」

「穴の中は空っぽですから何もありません。でも穴というものがあります。考えの整理が出来ないのは、穴というのは何もないものですが、何もない穴という名前のものがあるのです。僕がこの穴を土で埋め戻すと僕が仲良くしていた穴は消えます。空っぽにすると出来て、中に詰めると消えてしまうのです。謎々みたいで、ややこしいのですが、そんなことを考えながら掘っていました。スコップを入れるたびに考えることが面白くなってやめられなくなってしまいました。これからどうすればいいのでしょうか」

「それは難しいことに気が付いたんだね。何もないのが穴だけど名前だけはあるんだよな」

昼下がりの一家のやりとりは樹間にある洋館にふさわしい響きであった。しばらく他愛もない話をした後で父が盛太郎に言った。

「よし今度の日曜日に面白い穴に連れて行ってやろう。きっと君の喜ぶ場所だ」

「はい。どこか分かりませんが、お願いします。母さんもいっしょですか」

「いや、自転車で片道二時間ぐらいかかるからお母さんには無理だ。君とふたりで行こう。

お母さんに弁当を作ってもらって持っていくぞ」

「では腕によりをかけておいしいお弁当を作りますわ。盛太郎さんの好きな甘い玉子焼きとウインナソーセージを入れましょう」

「お願いします」

盛太郎が親子らしからぬ行儀のよい仕種で母親に頭を下げ、その後、父に向かってにこっと笑った。

「お父さん、次の日曜日に出かけるってことは、つまりこの穴掘りはそろそろお終《しま》いにしなさいってことですよね」

「そういうことになるかな」

「分かりました。では早速今から取りかかります」

盛太郎が残っていた紅茶をごくりと飲み干した。

「盛太郎さん、よかったわね。盛太郎さんがお父さまとお出かけするなんて、いつ以来でしょうね」

「はい、僕が覚えているのは小学五年生の時、お母さんもいっしょに琵琶湖一周に連れて行ってもらいました」

「そうでしたね。お船の名前は忘れましたが、素敵な船でしたね」

「僕は覚えています。インターラーケンⅡという最新式の船でものすごく速く走りました」

「そうだった。人気のあった玻璃丸《はりまる》が引退した後で、大津の姉妹都市、スイスのインターラーケン市にあやかって付けた名前だったな」

「素敵な船でしたね。玻璃丸には結局一度も乗ったことがありませんでしたが、浜まで行って沖を走っているのを何度も見に行ったことがありましたわ」

「僕、インターラーケンに乗った時には言いませんでしたが、多景島《たけしま》を過ぎてしばらくすると、船の中でミャーオって子猫の鳴くような声が聞こえたんです。まさか船に猫が乗っているわけはないけど、気になって子猫を探しに船の中を探検したんです。そしたら船員さんだけが通れる狭い階段の下に鼻の先が白い黒い子猫が一匹いて、僕を見てミャァオって鳴いたんです。船員さんが飼っておられたんでしょうね」

「あら、そんなかわいい子猫ちゃんがいたのなら、言ってくだされば良かったのに。私、本当は猫大好きなんです。でもお父さまは犬も猫も小鳥も何でも生きているものが苦手でしょ、だから飼うのを諦めていたんです」

「子猫に手を差し伸べた時に、もうすぐ竹生島ですっていう船内放送があったので甲板《かんぱん》に戻りました。そのまま、今日まで忘れていました」

「そうなの。子猫が船に乗っていたの。あれがお父さまとお出かけした最後ですよね。あれからは家族で出かけたことってないですよ」

「そうです。そうです。あの時からどこにも連れて行ってもらってません」

父が少しむっとした表情を作った。

「お前たち何を言っているんだ。そんなことはない。六年生を終わった春休みに河内《かわち》の風《ふう》穴《けつ》に連れて行ったじゃないか」

母と盛太郎が顔を見合わせた。

「あっ、そうでした。すみませんでした。河内の風穴に行く途中は桜が咲いていたのに、近くになったら寒かったんです。でも風穴の中はふわーんと暖かかったことを思い出しました。それから地下にあんな巨大な穴があるなんてびっくりです。地底王国みたいでした。凄いですよね」

母は風穴にはあまり興味がないらしく「帰りにお多賀さんの前で糸切餅《いときりもち》をいただきましたね。かわいくて美味しいお餅ですよね」と微笑んだ。

盛太郎の脳裏に河内の風穴の様子がまざまざと思い出された。河内の風穴は彦根市に隣接した犬上郡多賀町《いぬかみぐんたがちょう》にある鍾乳洞《しょうにゅうどう》である。滋賀県東部の山沿いは石灰岩の多い地層で、関ヶ原の鍾乳洞や米原《まいはら》の霊仙山《りょうぜん》一帯ではカルスト地形が見られるし、伊吹山《いぶきやま》などは全山石灰岩で出来ているといってもよいぐらいである。この鍾乳洞に一般の観光客が入れるのは入り口から数百メートルまでであるが、今まで何度かの探検隊の踏査にもかかわらず、いくつもの階層に分かれた複雑な構造と巨大な地底湖と急な流れの地下水に阻まれて、まだ全貌が明らかになっていない。県の天然記念物に指定された当時は全長320メートルと言われていたが、何度かの調査で6800メートルの長さが確認され、その後も総延長距離を伸ばしている。地下にこんな巨大な空洞があり、しかも川が流れているのは大変な驚きだった。空洞は長い年月をかけて洞穴《どうけつ》の上部の石灰岩が二酸化炭素を含んだ地下水に浸食されて出来上がったものだと説明されたが、いずれ空洞の上部にある岩石や土砂の重みで陥没することはないのだろうかと心配になった。

「君たちの生きている間にはそんな想定外の天変地異は起こらないよ」

と気休めを言われても、この百年ほどの間にメキシコやロシアで隕石がぶつかって地面に巨大な穴があいているし、学校では死火山であると習ったはずの御嶽山《おんたけさん》が噴火したし、現実にアラスカとかチリでマグニチュード9・0を超えた巨大地震があっても、そんなことは日本で起きるわけはないと関心はなかった。極々一部の学者以外は9・0の地震なんか例外中の地震として研究対象にさえしてこなかった。でも「想定外のことが起きることを想定しておく」ほうが賢いのではないだろうか。

盛太郎の時間の尺度は一個人の青春とか人生とか、人類とか生物とかが持つ固有の時間を超越して、地質年代の長さと対応しているのかもしれない。

　父が話してくれた河内の風穴にまつわる昔話にも度肝を抜かれた。

「河内の風穴は何階にも階層が分かれていることと、巨大なホールから次のホールに通じる部分がたいてい狭くて急な勾配になっているから、全貌が分かるには相当時間がかかる」

「専門の探検家は奥深く入っているんですよね」

「調べられないことのほうが調べられることのほうよりずっとずっと多いのは事実だ。それとは別の面白い話がある。あくまでも空想の世界の話だが、この洞穴が山の中や地面の下を通って延々伊勢神宮まで通じていると信じている人がいるんだ。盛太郎は『お伊勢お多賀の子でござる』という言葉を聞いたことはあるかな」

「いいえ」

「神話の世界では多賀大社の御祭神は伊邪那岐大神《いざなぎのおおかみ》と伊邪那美大神《いざなみのおおかみ》で、伊勢神宮の御祭神である天照大御神《あまてらすおおみかみ》の両親なのだ。つまり神話の世界での伊勢と多賀のつながりと地学的な伊勢と多賀のつながりを関連付ける想像力だな。伊吹山の山頂はかつては海底だったし、多賀でアケボノゾウの化石が発見されているのだから、学問をする人間の想像力はどれほどたくましくてもたくましすぎることはない」

「学問って、僕は思い付きとか想像とかしてはいけないもので、こつこつこつこつ調べ上げていくものだと思っていました」

「実証が大切なことは言うまでもないが、どこかで大胆なイマジネーションの世界と融合しなければ、発展がないことも確かだな」

「分かりました」

「それともうひとつ。これは土地に伝わる伝説で、河内の風穴に迷い込んだ犬が伊勢で見つかったというのもある。多賀大社の伝承と河内の風穴の伝説の両方に共通のポイントは伊勢との関連だ」

盛太郎は自分の知識と想像力を総動員して父に話しかけた。

「具体的に言えば、お多賀さんから車で山に入った場所にある河内の風穴が伊勢神宮のどこかにつながっているということですか。多賀と伊勢が鈴鹿山脈の下で通じているのかもしれないということですね。そう言えば地下の洞窟《どうくつ》の中に川が流れていましたね。あれが何か関係あるかもしれませんね。つまり……そうか、河内の風穴の地下が伊勢神宮の標高より高い所にあれば地下でも川はお伊勢さんに向かって流れることは出来ますね」

石灰岩の多い滋賀県湖東地方の風穴がどこかで三重県伊勢に通じていてもおかしくないなぁという思いだけが盛太郎の脳裏に刻まれていた。

「あの時に行った河内の風穴は五〇万年かかって地球が自分で作り上げた穴だが、今度の日曜日に行く所は人間が掘った見事な穴だ。水はけが悪くて水害に苦しんでいた人たちが排水のために山に掘った穴だ」

「最近作られた穴ですか」

「違う。江戸時代の末期だ。井伊直弼公も視察されたトンネルだ」

「そうなんですか」

「湖岸の道を自転車で行くのだが、かなり遠いぞ。松原を越え、磯から筑摩《ちくま》、世継《よつぎ》、長浜、尾上を越えて高月《たかつき》まで行くんだ。たぶん片道30キロはあるだろう」

「うわぁ、大変です。僕、がんばって自転車をこぎます」

「よかったですね。盛太郎さん」

父と母は穴の決着がついたので機嫌よく家の中に入って行った。台所の窓から母の歌声が聞こえてくる。滝廉太郎《たきれんたろう》の「花」だ。

春のうららの隅田川、
のぼりくだりの船人が
櫂《かひ》のしづくも花と散る、
ながめを何にたとふべき。

盛太郎はうず高く積まれた土と深く大きな穴を交互に見ながら考えた。母の機嫌のいい間に埋めてしまうことが最優先。でも、未練たらしいが何でもいいから見つけたい。となると、先ほど掘り始めた場所を掘り返しながら、その土をいちばん深い場所へ戻すのが一挙両得という結論に達した。

作業にかかって五分ほど経過した段階で、もとの穴は底から30センチばかり埋まり、落とした土が溜まっている水に混じって泥沼状態になってしまった。盛太郎は穴の中のことには構わず、新たに掘り返した土を放り込んでいく。掘り上げるのと違って力が要らないから面白いようにことが運ぶ。十数回スコップを入れたところでスコップの先に何かがあたった。スコップを止めようとしたが、調子よく掘っていたところだから、それはそのままスコップに引っかけられて穴の中に落ちてしまった。

「何だろう、今落ちたのは」

盛太郎は色めきたった。穴の中に落ちたのは長さ40センチ、縦横が10センチの箱のようなものである。盛太郎は拾い上げようと急いで穴の中に降りた。だがそこは完全な泥沼化していて、足を動かすたびに逆にずぶずぶとめり込んでいく。必死にもがけばもがくだけ泥をこねてしまい、ますます泥が足にまとわりつく。こういう時のために用意していた縄梯子は先ほどの休憩時間の時に引っ張り上げてしまっているから一大事だ。

やむを得ない。母を呼んだ。

「お母さぁん。ちょっとすみません」

台所にいる母は「花」から「荒城《こうじょう》の月」へと歌を変えている。ご機嫌な様子が続いているが、救いを求めるのは母しかいない。盛太郎がいっそう声を張り上げた。

「お母さん。助けてください。穴から出られなくなりました。お願いします」

だが歌いながら食器を洗っている母の耳には盛太郎の声は届かず無反応だ。書斎にいた父がこの声を聞きつけて、飛び出してきた。

「どうした」

「あっ、お父さん」

盛太郎は穴に落ちて出られなくなっていることをごまかすために、掘り当てた箱らしきものを大慌てで父に差し出した。

「これを掘り当てました。宝物です」

「そんなことより。どうやってそこから上がるつもりだ」

「すみません。後先考えずに降りてしまいました。そこの縄梯子を下ろしてください。慌てて飛び降りてしまったら泥の中で足が抜けなくなってしまいました」

「君はもう少し慎重な人間だと思っていたが。やれやれ」

と苦笑いしながら父が縄梯子を下ろしてくれた。

父が母を呼び、泥だらけの足を洗いズボンを穿《は》き替えてから、一家三人で掘り出したものを開けてみた。

柿渋紙《かきしぶがみ》で何重にも包み密閉した箱を開けると、中からまた幾重《いくえ》にも油紙にくるまれた一本の笛が出てきた。

「あらまぁ。立派な龍笛《りゅうてき》ですわ」

「龍笛って何ですか」

「うーん。雅楽を演奏する時になくてはならない笛。篠笛《しのぶえ》より難しいですが、昔のお姫様なんかでもお吹きになられた方があったそうです」

「それがどうしてこんな所に埋まっていたんでしょう」

「盛太郎さん。この笛、私に貸してくださいな。きれいにして調べてみたいから」

「それはもちろん。ひょっとしたら江戸時代のものを僕は掘り当てたのでしょうか」

母が木箱の裏をかえして陽にかざし、書いてある字を判読した。

「よく分からないですが、箱書に庚申《かのえさる》と書いてあるのは読めます。これは昔の年号の表し方の十干十二支《じっかんじゅうにし》ですね。うーん。大変なものかもしれませんね」

「どうしてですか」

「庚申というのは安政七年、一八六〇年のことです。まさに井伊のお殿様が桜田門外でご難に遭われた年ですわ」

父と母が顔を見合わせて頷《うなず》いた。

「桜田門外の変とこの笛に何か関係があるのでしょうか」

「うーん、どうでしょうか。直接あるとは考えにくいですが、ここに住んでおられたどなたかが穴を掘って埋められたとすれば、何かしら桜田門外の変に関わりをお持ちの方で、事変をきっかけに笛をおやめになったということは考えられることですね。そうだとすれば、よくこんな土の中で腐らずに残っていたものですね」

「まさに埋もれ木だ」

「私が盛太郎さんからお借りして調べたいのは山々ですが、埋蔵文化財の可能性もありますし、ともあれこの庭は大学の土地ですから、まずは大学と教育委員会や警察にもお届けしたほうがいいですね」

「その通りだな。じゃあ、月曜日に私が大学に届けることにしよう」

盛太郎は思わぬなりゆきに興味津々だったが、父母に任せることにした。

後日、教育委員会の鑑定の結果、文化財的価値はないものの、貴重な歴史資料ということで市が保管することになった。発見者である盛太郎には感謝状と図書券が贈られた。母は市から委嘱を受け笛にまつわる周辺調査を引き受け、笛の添付資料を作成することになった。

滋賀県北部のことを地元では「湖北」と呼ぶ。湖北の高月町に住む奈須《なす》一家で、今年最後の鴨鍋《かもなべ》が始まろうとしている。

普段は台所に続く居間で食事をするのだが、鍋の日は座敷で食べる。円形のちゃぶ台の真ん中に直径30センチほどの穴があいていて、そこへ七輪《しちりん》をはめ、その上に鍋を置く。火は炭火だ。床柱《とこばしら》を父和茂《かずしげ》が背負い、七輪の下部にある小さな長方形のブリキの窓を開け閉めしながら火の具合を調整している。

「善行《よしゆき》、今日でわしは引退するさかい、来年からはおまんの番や。うちの家は昔から総《そう》領《りょう》息子が鴨鍋の担当て決まっとるのに、お前はいつまでたってもやろうとせん。こんなことではどもならん。ええな。来年からはおまんがやるんやぞ」

「ああ。何べんも言わんでも分ってるわいな。わしかてやるつもりはあるんやが、親っさんの味付けが天下一品やさかい後を継ごうにもとても足元にも及ばんのやがな」

「うまいこと言いくさって、親をなぶってどうするつもりや」

奈須の家では鴨鍋の差配は先祖代々一家の主がすることに決まっている。すでに二年前の古稀《こき》の祝いの席で家督《かとく》は善行に継がせると宣言して、和茂夫婦が新築された隠居所《いんきょじょ》に住むようになったのだから、鍋も善行がやらなければならないのだが、善行はなんだかんだと言い訳をして親父の和茂に鍋をやらせている。

女ふたりがセリとネブカをざくざくっと切り、こんにゃくと焼き豆腐を用意した。冬の間雪の中に埋もれていたネブカはこの季節になっても甘味が豊富である。

「カモがネギを背負《しょ》ってくる」などというが、湖北人はもう少し正確に言いたがる。

「春間近でシベリアへの帰り支度が整い脂の乗ったカモが、冬を雪の下に埋もれ糖度を増したネギを背負ってくる」と。

五歳になる孫の美穂《みほ》がばあちゃんの膝の上に乗って三世代五人の鍋が始まった。

「だいたい料理屋の鴨鍋は上品に作りすぎや。こんなもん、にごはちに作るから美味いんやぞ。さあ出来《でけ》た。ばあさんも久恵《ひさえ》さんも食うた食うた。美穂ちゃんも鴨好きやもんなぁ」

「うち、鴨、大好き」

「そうかそうか。やっぱり湖北の子やで。さぁ、ぎょうさんよばれてや。ばあちゃんにふーふーしてもらわんと熱いでぇ、火傷《やけど》するさかいにな」

「親っさんは、なんか言うたらすぐに、にごはちでええぞって言うけどな、わしが子供の時分に見ていた親っさんは、我が親ながら、ちゃーんとした教師やったのに、今ではあの頃の面影は、ちょびぃっともあらへん」

「たいがいたいがい、にごはちにごはち、そこよかれそこよかれ。なんなら教師らしゅう英語で教えたろかい」

「親っさんは英語も出来たんかいな」

「オフコースじゃ。よう聞けよ。ゲッティング・ベター・イズ・ベスト、ルージング・ベスト・イズ・ワーストちゅうやっちゃ」

「初めて聞いたな、そんな言葉」

「そらそうや。わしかて今思いついて初めて言うたんやさかいにな。ガハハハハ」

和茂が上機嫌で鍋を煮ている。

「ほんまに、かなんなぁ。これが教育者の一皮剥《む》いた真実の姿でござりますかいな」

「浮いたかひょうたん、浮いたかひょうたん。この世のことはこの世で始末できる。これがこのあたりの長寿のおまじないじゃ。命あっての物種や、なっ、美穂ちゃん」

「うち、そんなこと分からへんわ」

「親っさん。にごはちちゅうのをあんたの大事な孫にまで教えるのはやめといてんか。二三が六、二四が八、二五ぉ十が正解や、二五ぉ八では困る。美穂は立派な普通の大人になるんやからなぁ」

「わしが普通でないみたいやな。まっ、子供がにごはちでは、どもならんわな。もちろん教育と鴨鍋はいっしょにならんけどもや、鍋はにごはちが一番や。善行、ちょっと熱燗《あつかん》くれや」

　善行も少し酒がまわって上機嫌になってきた。

「また盃《さかずき》空っぽかいな、なんぼでも注《つ》ぐけどあんまり飲みすぎんときや」

注がれた酒をひと息に飲み干して、また盃を差し出した。善行が和茂の取り皿に鴨とネギと焼き豆腐を入れた。

「さあさあ酒ばっかり飲んどらんと鴨を食べんと。まだまだ気張ってもらわなあかんし、なんせ鴨は今日で来年までの食い納めやさかいな」

「よし。ばあさん、ご飯よそてくれ。漬けもんもくれるかな」

「私がやります」

　嫁の久恵が立ち上がるのを妻が制して、よっこらしょと立ちあがった。

「ほうや。久恵さんにはまだ聞かせてなかったな」

「何のお話ですか」

「カモの捕り方じゃ」

和茂は山盛りのご飯と鴨鍋を食べながら嫁に話を始めた。

「カモは散弾銃で撃つのでしょ」

「ほれは昭和の時代の昔話や。今では滋賀県は禁猟になってしもたからな、カモは北陸からもって来るんや」

「そうでしたね」

「あっちでは川で捕る時には水の中に網を張って捕まえるし、金沢に行けば三角の網を空に投げて捕まえるんや」

この話が始まると和茂の機嫌がかなりいい証拠だから、嫁は初めて聞くような顔をして頷くのだ。もう十回は聞いている話だ。

「ええかな。北海道ではちょっと違うなぁ、カモはな、ごんべえさんが獲るんや」

「美穂ちゃん、じいちゃんのカモとりごんべえさんのお話やで」

「うん、聞いてあげる」と美穂がませた口をきく。

「シベリアから飛んで来たカモは北海道みたいな寒いとこでも、シベリアに比べたらああ温《ぬく》といなぁ言いながら、田んぼの落ち穂や水草や小さな虫なんぞをのんびり食うてるんや。来たばっかりでまだ寝る所が決まってへんさかい、ほのまま薄く水の張った田んぼで寝てしまいよる。ほやけど夜中のうちにどんどん寒なって朝までには田んぼにあった5センチほどの水がビシーッと凍《こお》ってしまうんや。翌朝のこっちゃ。カモとりごんべえさんが、手に鎌、背中に籠を背負ってやって来よる。ほしてやな、凍りついて身動きとれないカモの足を稲刈りの要領でスパッスパッと刈り取っては背中の籠に放り込んでいくぞ。ほうすると田んぼには足だけのカモの残骸がいっぱいになるがな。ほこから春になると芽が出てくる。ほれが大きい育って飛んでいくと、これがカモメちゅうわけや。どうや面白いやろ」

「いやぁ、面白いですねぇ。初めて聞きましたわ」

嫁の久恵が大笑いして見せたが、孫の美穂はすっかり聞き飽きていて「そんなん嘘《うちょ》や」と喜ばなくなってしまった。

和茂は座布団を枕にごろりと横になって話を続ける。

「わしもそろそろ年やでな、鴨鍋の次は西野水道の顕彰会もおまんにやってもらいたいと思てる」

「親っさん。顕彰会の会長はそんなつもりやったんか。初めて聞いたがな」

「わしも初めて言うたけど、ほれがええと思わんか」

「まあな」

水道という名が付いているが西野水道というのはいわゆる水道ではなく、山に穴を穿《うが》って川の水を通すために作られた江戸時代の水路トンネルで、国宝十一面観音立像《りゅうぞう》で有名な向源寺《こうげんじ》のある高月町の町はずれ西野地区にある。地形上、極端に排水が悪く大雨長雨の時になるとすぐに洪水に見舞われる村の難儀を救おうと、江戸時代末期に僧侶が先頭になって山腹をくり貫《ぬ》いた岩穴で、幅が1メートルから1メートル50センチ、高さが1メートル50センチから3メートル、長さが228メートルのトンネルである。現在は滋賀県の文化財に指定されている。

奈須和茂は五年前に小学校の教員を定年退職してから、自分で音頭を取り西野水道顕彰会を作って会長をしてきた。善行は和茂が徐々に悠々自適生活に入り始めたことを喜んでいるし、あとは西野水道顕彰会のお守《もり》をしてそれなりに身体を動かし頭を使って健康で過ごしてもらうことだけが望みである。

善行は教育者の父和茂の影響で、高校で社会の教師をしている。大学の卒業論文を書くために調べた琵琶湖水運の面白さに取りつかれ、奉職してからもずっと琵琶湖水運史の調査研究を続けてきた。その延長線上で江戸時代初期から昭和まで使われてきた琵琶湖特有の船、「丸子船《まるこぶね》」の再建・再現に熱を入れ、俸給の大半を投じてとうとう自分の丸子船を作ってしまった。船舶免許を取得し何十回か航行テストを繰り返して安全性を確かめた上で、その丸子船を長浜市に寄贈した。長浜市では奈須善行先生だけに操舵を任せる前提で、社会科の見学用に使うことにした。将来は何らかの観光目的に使わせてもらうことも寄贈時に話し合われた。

丸子船は西回り廻船《かいせん》が定着するまで、越後、越中、加賀、越前などからの荷物をなるべく早く京、大坂に大量に安全に運ぶための工夫を凝らしてあった。琵琶湖は北部は水深が深いが南部は浅いので、たくさんの荷物を積んでも船底をすらないように喫水《きっすい》を浅くしてある。スピードを犠牲にして座礁《ざしょう》したり転覆《てんぷく》することのないようにしたから、港湾を選ぶことなく岸に近い浅瀬でも安全に動かせた。

「それからもう一つ大事なことを言うとかなあかん」

「大事なことってなんやいな」

「この間からちょこちょこ話したけんど、わしの眼には西野水道が捩《ね》じれているのは間違いないように見える。北が沈み、南が隆起しているのがだんだんだんだんはっきりしてきてるさかい、早いうちに専門家に調査依頼をせんといかんがなぁ、証拠がないさかい、うっかりしたことは言えんのじゃ」

和茂が言うのは、

「西野水道と、昭和二十五年に作った余呉川《よごがわ》放水路と、さらに規模を大きくした新余呉川放水路との継ぎ目の部分が微妙にずれている。入り口では1センチ北が下がり、出口では

2センチ南が下がっている」

というのである。測量して言っているのではないが、昔の岩とコンクリートを打った現在の放水路の連続部分に何らかの歪《ゆが》みが生じてきたことを自分の目で計測しているのだろう。善行は自分の専門外だが、いちど友人の教師に聞いておくと答えたままになっている。和茂からいずれ西野水道の守を引き継ぐのであれば、正確な測量も必要だろうと思っている。平凡なはずの教員親子に微妙な問題が沸き起こってきたのかもしれない。

鴨鍋を食べ終わり、父と祖父の話を興味深げに聞いていた美穂が、突然うれしそうに母に向かって話す。

「こないだなぁ、じいちゃんの自転車に乗せてもろて西野水道の向こうまで行って夕焼けを見てなっ、じいちゃんが竹生島に向かって夕焼け小焼けの葦笛《よしぶえ》を吹かはったんや。そしたらなっ、島で猫がニャアって返事したんやで、なぁ、じいちゃん」

美穂が目を輝かして話し始めた頃には和茂は高いびきだ。ばあちゃんがじいちゃんの代わりに美穂の相手をする。

「美穂ちゃんなぁ、竹生島は神さんだけが住んでやる島やでな、人はもちろん猫も犬もおらへんのやで。鳥は飛んでくるからしょうがないけどな」

「嘘ちゃう、うち何回も猫が鳴くの聞いたもん、じいちゃんは耳が遠いさかい、美穂が今、猫が鳴いたで、言うても聞こえへんのやけど、うちにはちゃんと聞こえるもん」

善行は少し困った顔をして美穂を膝の上に抱き寄せた。

「美穂、いつか竹生島へ連れて行ったるさかい、自分で探検して猫を探してみよか」

「うん、美穂、早《はよ》う大きいなって竹生島まで泳いで渡るわ。お父ちゃんは丸子船でついて来て」

「よし、そうしよか」

祖母が和茂じいちゃんにそっと毛布を掛けた。


三月末のよく晴れた日曜日。林賢次郎と盛太郎親子は朝六時に起き、七時に自転車二台で西野水道目指して出発した。父は明るい空色のシャツを着て首にタオルを巻いた軽快な姿でとても学者には見えない。盛太郎は学生服とズック靴というおいつものまじめな通学服。自宅を出て十分ほどのところに彦根城の外堀が琵琶湖につながっている場所がある。昭和四十五年までは彦根城の外堀に「港湾」と呼ばれる港が作られていて、琵琶湖一周の観光船や竹生島航路の拠点の港になっていた。その港湾から琵琶湖へ出る直前の場所に県道が走っているため、船が通る度にふたりの男が人力で橋を九十度回転させて船を通した。盛太郎たちが朝早く出発したのは、この回転橋の回転時間に遭遇すると橋が元に戻るまで三十分近く待たなければならないからだ。

回転橋を渡り左手に遠浅の松原水泳場を見ながらしばらく走ると米原になる。彦根から米原にかけては湖岸から東に20～30メートル入るとかつて松原内湖《ないこ》、入江内湖であったことをしのばせる小さな川が縦横に流れている。自宅からわずか十五分ばかり走った所で、小川の岸に葦が群生し、枯れ残った茎から元気な芽が出ている琵琶湖の原風景を見ることが出来た。

大学で土木工学を教えている父の説明では、琵琶湖の東側はかつて相当広い面積が内湖だったり湿地だったりしたが、太平洋戦争前後の食糧増産のために埋め立てられ田地になり、戦後はその田畑がさらに工場や住宅地に転用された。能登川《のとがわ》、安土《あづち》、近江八幡の大中《だいなか》の湖《こ》干拓地が規模としては最大で、米原の入江内湖は現在の東海道新幹線の線路近くまで広がっていて、どぶ川は線路の東側の警察署の近くまであったことなど、盛太郎の知らない大規模な土木工事のことを教えてくれた。

米原の湖岸にある筑摩神社に差しかかった所で父が自転車を止めた。

「盛太郎、ここの浜はお父さんたちが子供の頃には水泳が出来た。松原水泳場に比べるとすぐに深くなっていたから、泳ぎが得意じゃない子供にはあまり面白くはなかったがな」

「お父さんは泳げたんですか」

「いや、金槌《かなづち》に近かったな」

「へぇ、そうなんだ」

「そのことはどうでもいいんだが、昭和四十年ぐらいまでは水泳が出来たこの浜が今はコンクリートの護岸になってしまっているのをどう思う?」

「そうですね。何かもったいない気がします」

「この浜は湖底の角度が急でな、大きな波が来るたびに砂や砂利が深い湖底へ転がり落ちて浜がなくなってしまったんだ。だからそのまま放っておくと道路の下の土まで湖底に滑り落ちることになるから、やむを得ずコンクリートで護岸工事をしたんだよ」

「僕が掘っていた穴といっしょですね。深い場所があると周囲の土はどんどんそこへ流れ落ちて行きますもんね」

「そうだ。水は低きに流れると言うが、土も低きに流れるんだ。だがなぁ、ここの浜ではもっと凄いことが起きたらしい」

「凄いことって何ですか」

「鎌倉時代に描かれた古地図には、この道路より湖の側にひとつの集落が記されているんだ」

「この護岸のところにですか」

「もっと沖のほうかもしれないが今はその集落はない。琵琶湖周辺では百ヶ所以上の湖底遺跡が確認されているのだが、それは琵琶湖の謎というほどのことはなくて、地震による地滑りが原因で集落ごと湖底に滑り込んだのだろうが、別に大きな地震がなくても、台風や冬の強風で浜が強い波で洗われれば村ごと湖に消えることはそれほど突飛な出来事ではない。奥琵琶湖の菅浦《すがうら》や海津《かいづ》などの波の激しい湖岸の集落では、自己防衛のために湖岸に石で頑丈な護岸を築いているんだ」

「へぇ、そんな簡単に村が消えるのですか」

「簡単という言葉には語弊があるな。自然の力の凄さは、瞬間的に巨大な強さを見せるケースと、ひとつひとつは小さくても長い時間の繰り返しの中で計り知れない大きな力を発揮するケースと二種類ある。琵琶湖の水位はこの二千年ほどの間に3メートルほど上がっている。つまり二千年前に湖岸にあった集落が今3メートル湖底にあるのは理屈に合う。百以上もの湖底遺跡の多くは水位の変化と地滑りによるものだろうが、一部は局地的な陥没によることも考えられる」

「はい」

父は湖のはるか彼方におぼろげに見える竹生島に目をやっている。父の話は興味深くいつまでも聞いていたかったが、父が出発を告げた。

「さぁ、ここで道草していては今日中に帰れなくなるから出発しよう。朝妻《あさづま》、世継付近なら沖島と多景島と竹生島のすべてが見通せる景色のいい所があるが休憩するにはまだ早いから、がんばって長浜港や豊公園《ほうこうえん》も通り過ぎ、姉川の河口まで行くとしよう」

ふたりは再び自転車をこぎ続け長浜を過ぎた。姉川河口に打ち寄せられている朽ち木に座り汗を拭《ぬぐ》ってお茶を飲んだ。ここからは竹生島がだいぶん近づいて見える。

「もう半分は過ぎましたか」

「あと10キロぐらいだから、このスピードなら一時間かな」

「琵琶湖ってほんとに広いですね」

「そうなんだ。でも琵琶湖の広さを滋賀県の面積と比べると面白いことが分かるんだ。盛太郎は滋賀県生まれの滋賀県育ちだからまさか間違えることはないと思うが、念のため質問してみよう」

父がにっこり微笑みながら息子に聞く。

「はい。琵琶湖のことなら大丈夫です」

「よし。では質問だ。琵琶湖が占める面積は滋賀県の面積のどれぐらいだと思う」

「それはちゃんと学校で習ったから簡単です。六分の一です」

「その通りだ。滋賀県の面積は４０１７平方キロメートル、それに対して琵琶湖の面積は

670平方キロメートルだから六分の一ってわけだ。他府県の人にこの質問をすると琵琶湖は滋賀県の半分って答える人がけっこうたくさんいる。実際、琵琶湖は淡路島より大きいのだからそう思うのも無理はないのだろうが、私が教えている大学でも新入生に聞いてみると琵琶湖の大きさを滋賀県の三分の一という学生がいちばん多い」

「そうなんですか。みんな琵琶湖が大きいことは知っていても、滋賀県のことはあまり知らないのでしょうね」

「それだけじゃないよ。学生に琵琶湖の水はどこへ流れるのかって聞いて、淀川から大阪湾に注ぐって答えられるのは、関西出身の学生だけだ。関東出身の学生はけっこう木曽川ですかって答えるんだよ」

「そう言われれば、十和田《とわだ》湖や諏訪《すわ》湖から流れ出た川が何川でどこに流れて行くのか僕も分かっていません」

「十和田湖は奥入瀬《おいらせ》川から三沢市近くの太平洋岸へ流れ出るし、諏訪湖は天竜川から浜松近くの太平洋だ」

「恥ずかしいけど勉強のやり直しです」

　小休止を終えて父が立ち上がった。

「さぁ、そろそろ出発しようか。あと一時間も走れば目的地に到着だ」

走り始めると道端の菜の花が鮮やかに目に入ってくる。遅い紅梅、早い花桃、レンギョウ、コブシなどが畑の中に植えてあって心を和ませる。この季節だけは湖北も湖南も同じように明るい陽光が空に映える。滋賀県全部が春だ。姉川河口からしばらく走っている間は竹生島が左手に見えていたが、その姿が斜め後ろになるとそこは尾上《おのえ》温泉と尾上漁港のある尾上の集落だ。

「いいか盛太郎。彦根から北へ北へと走ってくる間ずっと左手に琵琶湖を見て来たが、私たちは間もなく琵琶湖から離れることになる」

「この道路ってずっと琵琶湖のすぐ傍を一周しているのだと思っていましたが違うのですか」

「滋賀県の地図を思い浮かべてごらん。彦根から南に下がるとすると、芹《せり》川、犬上《いぬかみ》川、宇《う》曽《そ》川、愛知《えち》川などの川を渡っていく間、右手に沖島が見えている。大中の湖干拓地を過ぎて長命寺では湖が足元まで迫ってくるし、守山、草津、石山とずっと琵琶湖は視界に入っている。瀬田川を渡って大津、坂本からもう一度北上して、堅田《かたた》、近江舞子、高島、今津、マキノ、海津と湖岸を走り葛籠《つづら》尾崎《おざき》、塩津《しおつ》、飯浦《はんのうら》、賤ヶ岳《しずがたけ》まで琵琶湖が見えないことは一度もない。でもそこを過ぎて7～8キロ、尾上までの間だけ湖岸に道路がない」

盛太郎があたりを見回しながらペダルをこいでいる。

「そうだったのですか」

「なぜだか、分かるか」

「いいえ、分かりません」

「左手を見てみなさい。湖のすぐそばまで山がぐっと迫っているだろう。山や断崖がすとんと落ち込みいきなり湖になっているから、平地がなくて道路の作りようがなかったんだ。少し学問的に言えば、琵琶湖の東にあった山並みの先端が陥没なり沈降して湖に落ち込んだ結果、このあたりの湖岸は断崖になっている」

「確かに湖のすぐそばまで山が迫っています」

「大雑把にいえば琵琶湖の北の端は四〇万年前からずっと沈降し続けているし、南の端は埋まり続けてきた。しかもそれは琵琶湖の湖底だけが沈んでいるのではなく、周囲の丘陵や断崖もまた沈んでいる。あの竹生島だって昔は島ではなく、北の葛籠尾崎とひとつの山地だったのに、途中の陸地部分が沈降して島になったと考えたほうが理解しやすい。今から行く所はそういうことにも関係があるんだ。さぁトンネルをくぐるぞ。自動車に気を付けなさい」

「はい。気を付けます」

「前方にも山が迫って来たが、あそこで右へカーブしてトンネルをくぐることになる。片山隧道《ずいどう》という」

「こんな湖のすぐそばにトンネルがあるんですか」

ふたりは上り坂をこぎながら前照灯をつけて片山隧道を通り抜けた。

「ありゃあ！　ここは今まで走って来た場所と全然風景が違います。どうしてですか」

一面の田んぼが広がっている。水が張られている田でグワッグワッと変な鳴き声をあげているのはゴイサギだ。タニシかドジョウでも探しているのだろうか。畦道《あぜみち》や乾いた田にはレンゲが花盛りでのどかな風景だ。

「こういう景色が湖が見えない滋賀県の典型的な田園風景だよ。滋賀県の風景は琵琶湖があるかないかに尽きる。琵琶湖が私たちの生活に与えてくれる恩恵は計り知れないが、ことによると恩恵の最大のものが景色かもしれない。豊かな水、安全な湖水、母なる湖ってところかな」

「お父さん。僕、お腹《なか》すきました。目的地はもう近いのですか」

「もう少しの辛抱だ。そこの田んぼ道を通って行けば五分もかからない。向こうでいろいろ勉強することがあるが、着いたらまず母さんが作ってくれたお弁当を食べることにしようか」

父が連れて来たのは滋賀県指定文化財「史跡　西野水道」がある高月町西野地区だ。小さな公園と管理事務所とトイレがあり、西野水道の詳しい説明看板があった。

「目的地はここだ。さあ盛太郎、自転車を止めてこちらに来なさい」

公園の周りには真っ白な花を付けたユキヤナギと黄色のレンギョウが植えこんであるが、日蔭のここはまだ満開には遠そうだ。父について行くと石で堤防を組んだ幅1メートルほどの人工の小川があって、その先の山腹に幅が70センチぐらい、高さが1メートル半ほどのトンネルが見える。入り口は苔で覆われてジメジメとしている。

父がこの高月町西野という場所の特徴を説明してくれた。

「滋賀県の川は琵琶湖に向かって東西南北から注ぐのだが、湖北だと姉川がいちばん大きくて次が高時《たかとき》川だ。この高月町を流れている余呉川は川幅が狭い上に曲がりくねっているからなかなか厄介な川なんだ。滋賀県と福井県との県境から南に流れてきて、高月町内でいったん西を向き、つまり琵琶湖のほうに向かおうとするのだが、行く手に山があるために曲がることが出来ず、出口を探すように西野でまた南向きに流れを変える。そしてくねくね曲がりながら相当遠回りして琵琶湖に注ぐ。大きな川でも曲がるところでは洪水が起きやすいのだが、余呉川は雪解けの時や梅雨時、台風の時などには細い川の能力を超えて大水が襲いかかってくる。そうすると低地に位置しているこの村が水浸しになってしまう。今いる場所の周囲を見てごらん」

父が指さす北と西の方向に山が迫っている。特に西側は琵琶湖を隠すようにずっと南まで山が見える。マツやスギのような常緑樹の間に若葉が少し混じっているが、まだまだ本番の春には遠い感じの寒々とした風景である。本来、琵琶湖に流れ込むべき場所に山があるのだから、溜まった水は逃げ場所がなく、洪水になると雨が止んで水がゆっくり引いていくのを待つしかない。

「山ばかりですね」

「そうだ。山だ。木が生い茂っているから分からないかもしれないが、ここは岩山で岩盤の上に木が生えているんだ」

「山っていうのは大きな土の上に木が生えているって思っていましたけど、岩の上にも木は生えるんですか」

「そうだ。岩が風化して表面が砂や土になるとそこに草が生え、草が土になり小さな木が生え、またそこに土が出来て、だんだん大きな木が育つこともある」

いつも排水の悪いこの村の人々は、春には腰まで泥につかって遅い田植えをし、秋は田《た》下駄《げた》を履き、田舟《たぶね》を押して稲刈りをしなければならなかった。天明三年（一七八三）、同七年（一七八七）、文化四年（一八〇七）の大洪水と飢饉で西野は壊滅的な打撃を蒙《こうむ》った。米の収穫はほとんどなく、人々はドングリの実やクズの根を掘って飢えをしのいだという。

村人たちの願いは洪水から村を守ること、というより洪水のない村を作ることであった。江戸時代末期に琵琶湖に向かって山腹を穿って排水用にくり貫いた岩穴が西野水道なのだと教えてくれた。

盛太郎が父の話にじっと耳を傾けていると、不意に駐車場の車の中から声がした。

「どっから来たんかいなぁ」

七十歳を超えた老人が軽トラックを降りてふたりに近付いてきた。

「彦根から来ました」

「自転車でかな」

草臥《くたび》れた背広に長靴、頭にヘルメット、右手に懐中電灯を持っている。着古した紺の背広を普段着にしているらしい。角ばって日焼けした顔がちょっとこわい。

「はい。息子にどうしても西野水道を見せたくて朝七時に出て来ました」

「そりゃまた遠いところをお先途《せんど》さんやったな。息子さん、そこの帳面におまんの住所氏名とお父さんのお名前を書いとくれるか」

「はい」

老人が盛太郎が書いた名前を読んだ。

「林盛太郎君やな。よう勉強が出来そうな顔してるな君は。学校で一番やろ」

「はい、まぁ」

老人が笑顔を作ったが皺《しわ》の中に埋もれている。

「あはは、おっちゃんはなぁ、ちょっと前まで学校の先生やったんや。ほやから、子供の顔見ただけで優等生か出来んぼか、ちゃんと分かるんや。盛太郎君は彦根城高校へ行って京大、阪大、東大までいける顔しとるわ。ぎょうさん勉強して偉《えろ》うなってや」

「先生、申し遅れましたが盛太郎の父で林賢次郎と申します。近江経済大学の教養課程で土木工学を教えておりまして、調査というほどでもないのですが、ときどき湖北に来ては遊んで帰っています」

「近江経済大学の林先生ですか。こちらこそ失礼しました。私はつい五年前まで小学校の先生をやらせてもらっておりまして、退職してからこの西野水道顕彰会の会長をやってるんです。いえ、誰に頼まれたちゅうんやないんですわ。自分で音頭とって顕彰会作ってそれで会長してます。はい、奈須和茂と言います、どうぞよろしじゅう」

ヘルメットの前を少し持ち上げて挨拶した。

「こちらこそよろしくお願いします」

「土木工学がご専門なら岩や石には詳しいですな。いろいろ教えてもらわなあかんことがあるんですわ。わしはこのトンネルが大分県耶馬渓《やばけい》の『青の洞門《どうもん》』に比べてあまりに評価されないのが悔しくてな、六十の手習いよろしく古文書の読み方を習って歴史のことはだいたい調べ上げたんですけど、技術的なことやら鉱物のことにとんと疎《うと》いもんで、ときどき見学者に質問されて困りますんや。ええ機会やし、いっしょにトンネルにもぐらしてもらいましょうかいな」

「それは願ったり叶ったりです」

盛太郎の腹がぐーっと鳴ったが、奈須は気が付かないようだ。

「盛太郎君は青の洞門のことを書いた菊池寛《かん》の『恩讐《おんしゅう》の彼方《かなた》に』という本は読んだかな」

「はい。母さんが本を読むのが好きなんで、母さんに借りて去年の夏休みに読みました。人を殺した侍が罪滅ぼしに鑿《のみ》と槌《つち》だけで洞門を掘り始めるのですが、そこへ殺された人の子供が仇討《あだうち》にやって来るんです。でも仇討をせずにその人もいっしょになって三十年がかりで穴を完成させるというお話でした。とても面白くて半日で読みました」

「そうかそうか。さすがは優等生。この西野水道の話はマンポの向こうで話すことにして、まずは百聞は一見に如かず。マンポを探検しよまいか」

「奈須先生。そのマンポという言葉、久しぶりに聞きましたよ。懐かしい響きですね」

「お父さん、何ですかマンポって」

「盛太郎は知らないだろうな。マンポというのは要するにトンネルのことだけど、微妙にトンネルとマンポは違うような気がするな。奈須先生、そうですよね」

「言われてみれば、わしらもトンネルとマンポを微妙に使い分けてますな。さっきはうっかりこの西野水道をトンネルと言いましたが、昔はここも西野マンポと言うとりましたな」

「敢えて言えば、トンネルは新しい、長い、大きい、自動車・鉄道が通るけど、マンポは古い、短い、小さい、人・自転車、それから水が通る」

「ほうですなぁ。ほんな感じでしょうな」

「トンネルは間違いなく英語ですが、マンポはオランダ語という人やら、日本語の方言という方やら諸説ありますね」

「いやぁ、子供の頃からマンポと言うてきましたから、疑ったこともないですなぁ。まぁ、マンポはマンポ。トンネルはトンネル」

　奈須先生と林教授のニュアンスがだいたい一致したようである。まだ少し理解が出来ない盛太郎が聞いた。

「彦根にマンポはありますか」

「いや、彦根では思い当たらないが、米原《まいばら》駅には駅の東西を行き来するために線路の下を通るマンポがあるな。自転車と人しか通れないが」

「ああ、あれをマンポと言うのですか」

「草津へ行くと天井川《てんじょうがわ》の下のトンネルをマンポと言っているね。有名なのは京都の蹴上《けあげ》にあるねじりマンポだ。疏水《そすい》の水の下に人が通れるトンネルを煉瓦《れんが》で作ってあるのだが、強度を増すために捩じって煉瓦を積んである。それから三重県の大安町《だいあん》のマンポは地下用水路になっているんだが、これは凄いぞ。地下1メートルの所に延々と水路を掘ってあってな、お前が見たら大喜びしそうな素晴らしいものだ」

「先生がおっしゃった三重県のマンポ、あっちではマンボとも言うとりますがな、地下の浅い所にある水の層やら伏流水《ふくりゅうすい》を水源としましてな、横穴式の暗渠《あんきょ》を作ってあるんですが、よお出来《でけ》てますなぁ。地下集水灌漑《かんがい》施設で今も使われております」

「三重県のマンポなら河内の風穴からつながってるのかもしれないなぁ。それも見たいし、京都も行きたいなぁ」

盛太郎の目が輝いた。

「盛太郎君。ちゃんと勉強して京都大学に行けば、ねじりマンポなんか、ええデートコースになるぞ。なぁ、お父さん」

「確かにその通りです。実は私も昔、女房といっしょに行きました」

「やっぱり。あははは。さて、しゃべってばかりでは日が暮れる、きりがないからそろそろ行こかいな」

奈須の申し出をありがたく受け入れたふたりは、管理小屋に常備してある懐中電灯を手に持ち、長靴を履いてヘルメットを被った。ただ盛太郎はだいぶお腹が減ってきたとみえて小声でそれとなく父親に聞いてみた。

「お父さん。お弁当はここに置いて行くのですか」

それを聞きつけた奈須が、

「おお、ほうやほうや、弁当は持ってったらええ。今日は竹生島も葛籠尾崎もはっきり見えるはずやし、向こうで湖《うみ》を見ながら食べたほうが気持ちええわ。わしも腰弁にしよう」

と言いながら、腰に弁当を括り付けた。盛太郎と父は背中のバッグに弁当を入れて行くことにした。

マンポに入ってすぐに物々しい装備の意味が分かった。天井は入り口付近では背の高さぐらいはあったのに、すぐに頭がつかえるほど低くなり、足元はデコボコでところどころかなりの深さの水たまりもある。何よりも10メートルほど進むと真っ暗になってしまった。青の洞門は人が通るための穴だから明かりとりがあったが、西野水道は水だけを通すための穴だから明るい必要がなく真っ暗だ。

「林先生は以前にもここに来ておられるんですなぁ」

奈須が林教授に声をかけた。声が面白いほど穴の中で反響する。

「ええ、この中の岩はひと通り見ました。岩石が露出している場所ってどこにでもありそうで割にないものですから、こういう場所は我々研究者にはありがたいんですよ」

「掘るのにずいぶん苦労した記録が残っているんですがね。この岩は相当硬いんでしょうな」

「はい、入り口付近は粘板岩《ねんばんがん》が中心の地層ですからね、岩の層に沿って意外に簡単に剥離《はくり》して、工事を始めた当初はこれならすぐ貫通すると思ったでしょうね。でも内部に行くと硬い砂岩《さがん》やチャートという岩盤にぶち当たりますから、そうとう難工事だったに違いありません。チャートはきめが細かく極めて硬いんです」

「お父さん。砂岩って砂で出来ているんだからもろいんでしょ」

「砂岩と言ってもいろいろあるぞ。砂がどの深さでどのぐらいの圧力で押し潰されてきたかによって硬いのも軟らかいのもある、水を吸う砂岩もあれば吸わないのもある。黒いのも白いのもある」

「じゃあここの砂岩は硬かったんですね」

「盛太郎が庭で掘った穴は土だけだったからスコップで十分だったが、ここの硬い岩を掘ったのは鑿と槌だ。さっきの話に出てきた青の洞門もそうだ。機械のない時代、電気もダイナマイトもない時代に硬い岩を人間が掘るのはとても大変なんだ」

その時「あああぁ」と盛太郎が素っ頓狂《すとんきょう》な声を挙げた。壁の岩を懐中電灯で照らしているうちに足元を滑らせて、20センチほどの深みにはまりこんだのだ。懐中電灯は天井を照らせば足元がお留守になり、足元を照らせば天井の高さが分からない。続いて「あ痛っ」とまた声を挙げた。水から足を抜いた反動で岩の天井にヘルメットをぶつけたのだ。

「ははは、やったな。君は慎重そうだからまず大丈夫だと思っていたけど、やっぱりはまったか。このマンポは人が歩くことを考えてないさかい、底も天井も壁もデコボコだらけやわ。まっ、怪我をするようなことは滅多にないけんど」

「はい。ぶつけないように気を付けます」

「盛太郎はけっこう慌て者でしてね、先日も庭に自分で掘った穴に落ちて出られなくなったんですよ」

「そりゃまた大層な深さまで掘ったとみえますな」

「おまけに底に水がたまって泥沼化しましてどろんこでした」

「そんな穴なら楽に掘れるんですけど、ここはそうはいかんかったようでして、記録では途中で石工《いしく》が替わっております。最初に能登から呼んだ三人は琵琶湖側から掘り始め、一年で約30メートルほど掘ったんですが、そこで岩盤が硬くなり、今入って来た東側から掘り直したんですな。しかし20メートルでまた掘れんようになって、手間賃を倍にしてもらったんですが、結局自分たちでは掘れないと能登に帰ってしまいよりました。それから二ヶ月後に伊勢の石工が、自分たちは山の穴を掘るのが仕事やから硬いのは大丈夫じゃ、時間さえ貰えば必ず掘り貫いて完成させます、と請け負ったんですな。磁石で方向を探り、水盛《みずもり》で勾配《こうばい》を調整しながら三年間一日も休まず掘り続けて、弘化二年（一八四五）の六月三日、30センチ四方の穴が貫通しました。都合、五年で228メートルのトンネルの貫通です。すべて人間の力で掘ったんですからなぁ。大したもんです」

まだ出口の明かりは見えず真っ暗なままだ。

「奈須先生、こういうのが鑿の跡ですか」と盛太郎が壁の一ヶ所を懐中電灯で照らしながら指でこすった。

「ほうや。これはかなり細い鑿の跡やな。こちらのすべすべしたのんもそうやけど、この尖がったのもほうや」

「裂け目の入ったところもありますが、ここから壁が崩れることはないのでしょうか」

「表面はどうしても崩れやすくなっているが、中までは崩れないから大丈夫だ」

「ここの天井はやたら高いですよね。3メートルぐらいありますよね。どうしてですか」

「どうしてやと思う」

「うーん、さっきお父さんが言っていた、岩盤には硬い所と軟らかい所があるということと、いつか崩れることもあるということを考えると、軟らかくて簡単に掘れそうな場所は初めから掘っておいたんじゃないでしょうか。それが天井でも川床でも壁でも同じことで、少しでも水をたくさん流すためにはそのほうがいいからですか」

マンポの先に小さな明るい所がぽつんと見えた。どうやら出口が近いようだ。

「正解やな。林先生、盛太郎君はかなり成績が良さそうですな。教員というものは出来の悪い子を育てるのが大切だと言いますが、本音を言えば頭の良い子が立派に育って、なんでもいいからエライ人になってくれるのが楽しみでしてな。あはは、こんなことは退職した今やさかい言えることですけどな」

三人が228メートルのトンネルをくぐり抜けるのに20分以上かかった。工事中に何度か方向と高低を修正したらしく、微妙に折れ曲がっているし、とにかく狭く低く足元はデコボコだから恐る恐る歩いてきた。マンポを抜けるとそこは別世界であった。

「わぁ、凄い。琵琶湖や。竹生島が見える。こんな琵琶湖初めてや。きれいやなぁ」

波の静かな春の優しい琵琶湖があった。山の向こうよりいくぶん暖かいのだろうか、水際に黄色いカラシナと紫色のムラサキハナナの群落が咲き誇っている。モンシロチョウも舞っている。夏から秋にかけては雑木《ぞうき》になってしまうカワラヤナギもこの時期には大きな銀色の穂を誇らしげに伸ばしている。盛太郎はマンポのことはすっかり忘れたように水際で大はしゃぎである。

「あっ、船です、漁船です。いいなぁ。こんな静かできれいな琵琶湖は見たことがありません」

盛太郎が言うのはもっともなことで、ここは湖岸に道路がないから、建物がなく人家もなく電柱もなく、琵琶湖が昔の自然な姿を残している。

「湖の先端まで行こうかね。そこで昼ご飯にしょう」

奈須が先頭になって水際にしゃがみ込んで弁当を広げた。

「おお、盛太郎君の弁当はお母さん特製と見えてごっつぉやなぁ。わしのは梅干し弁当に塩鮭や。あとは豆の煮たのがいっぱい詰め込んだる。毎日こればっかりや。なぁ盛太郎君、相談やけどな、その玉子焼きを一切れくれたら、食後のおやつに特製のよもぎ餅をあげるがどうや。うちのばあさんのよもぎ餅は高月で一番、いや滋賀県ナンバーワンと評判のよもぎ餅やで」

「はい。玉子焼きとよもぎ餅の交換、お願いします。母の玉子焼きはかなり甘いですがいいですか」

「ええも悪いもないがな。おお、うれしやうれしや。先生はな、こう見えてもお酒飲みでな」

「そう思っていました」

盛太郎がにっこり笑って、奈須先生もうれしそうだ。

「ばれとったか。但し、酒飲みやが、甘いもんにも目がない。正月のサツマイモのきんとんで日本酒を飲んだりやな、最中《もなか》をあてにしてビール飲んだらどんなにうまいか、ねえ先生」

林教授に相槌《あいづち》を求めたが、苦笑いが返ってくるだけだった。

「先生、だまされたと思って、皮がパリッとした最中ありますやろ、最中の餡子《あんこ》には寒天が入っていてチュルンとしているさかいなぁ、あれでビールを飲んでみやんせ。どんなにうまいか」

奈須の力説及ばず、林親子は頷くばかりだったが、和気あいあいと弁当が進んだ。合間に奈須先生が西野水道の補足をしてくれた。

「これを考えたのはこの村で生まれ育った西野恵荘《えしょう》というとても賢い坊さんでな、この村の水害を救うのは西山を掘り貫いて排水路をつくり、直接水を琵琶湖に流すより他はないと考えたんやな。金の工面をする一方でな、彦根藩の了解と援助を取りつけ、村が一丸となって工事にあたることを決めたんや。当時の工事記録では、延べ人数で石工五千人、村方三千人、他村からの手伝い百人、彦根藩主よりの手伝い千五百人。石工の賃金その他の経費が千二百七十五両。完成した日には石工はもちろん、村中の人々は大喜びで三日間酒を酌み交わして祝《いお》たそうや。嘉永五年(一八五二)には藩主井伊直弼が巡見し、『領分《りょうぶん》に稀《まれ》なる普請《ふしん》』と喜ばれ、修繕料とほうびを賜ったんや」

「井伊のお殿様もここに来られたんですか。僕が通った西野マンポを巡見されたんだ。なんだかうれしいですね。お父さん、井伊のお殿様も来られたんですって」

父が黙って頷いた。盛太郎は井伊のお殿様のことを口に出す時、とてもうれしそうな口調になる。盛太郎の自慢の母がお殿様所縁《ゆかり》の名家の生まれであるから盛太郎自身も遠い縁続きになるのだが、家族以外に対してはそのことを口に出さないのが林一家の決まりになっている。

西野村のこの事業は単に洪水を防ぎ田畑を豊かにする水利事業として意味があっただけでなく、発想も計画も金策も工事もすべてを農民自身がやり遂げた事業として高く評価されている。西野水道は初めに民の発想があり、事業主体も民間であり、利益を受けるのも民間である。土木工学の専門家林賢次郎教授は、現代の土木事業のように国や地方公共団体が主体になって工事をしていると言いながら、結局はゼネコンに工事を発注しているだけという仕組みそのものが国の歪みの根本的な原因だと考えている。林教授は、土木工学ならない。

という言葉に技術は含まれているが、気持ちや暮らしが含まれていないのがもどかしくてならない。

　さて食事が済んだ。奈須がうす板に包んだよもぎ餅を開けた。うす板というのはマツの幹を紙のように薄く削って食べ物を載せたり包んだりするとても便利なものだ。そこによもぎ餅が十個以上入っている。

「これはなぁ、わしのおやつやけど同時に西野水道を見に来てくださる人にほんのお礼の気持ちとしてこさえて来るんや。さぁ食べてみてみ。ほんまにうまいさかい」

　出されたよもぎ餅は野趣に富んだもので、蒸した餅米によもぎの葉を入れ杵《きね》で搗《つ》いた餅であった。菓子店で売っている米粉で作ったよもぎ団子のようにつるりと口に入るものとは歯触りが全然違った。餡子は小豆を適当にへらでつぶした田舎仕立てで、隠し味というには少し強めの塩気がかえって甘みを感じさせてくれる。奈須先生の話によると、ヨモギの葉っぱそのものも奥さんが自分で野原で摘んでくるらしい。

「ほうや。この餅は玉子焼きを作ってくれたお母さんにも持って帰ってもらわなあかんな。お母さんにも食べてもろて。ほれでも余ったらご近所に配ってもらうんやで」

　と、残りのよもぎ餅を盛太郎のリュックに押し込んでしまった。

「ありがとうございます。うちの母さんはたぶんこういうお餅は食べたことがないと思います。洋菓子が好きで餡子のものを食べているのを見たことがありませんから」

「ほうか。お母さんはハイカラさんなんやな。ええか、盛太郎君。明日になったら堅《かと》うなるけどな、餅焼き網で少し焦げるぐらいに焼いてみ、香ばしいて、かえって美味しいくらいやさかい」

「ありがとうございます」

「さぁ、そろそろ去《い》なんと日が暮れる。彦根まではけっこう遠いさかいになぁ」

「そうします」

「ほうやほうや。ちょっと待っとくれるか。盛太郎君にもうひとつお土産をやろう」

「え、何ですか」

「これや」

奈須は背広の内ポケットから茶封筒を取り出した。中から出てきたのは20センチほどの笛だった。奈須が琵琶湖に向かって吹いてみると、素朴で柔らかいが何とも言えぬ温かい音色が鳴り渡った。林教授も興味を示した。

「いい音ですね。しかもけっこう大きな音がしますね」

「僕、こんな不思議な音を今まで聞いたことありません」

びっくりしたように聞き入っていた盛太郎父子が感想を洩らす。奈須がもう一本の笛を盛太郎に渡して口に当てさせた。

「葦笛や。琵琶湖の内湖や川縁《かわべり》にたくさんヨシが生えてるやろ。あれはいろいろ役に立つんでな、根っこに近い所から切って束ねて干して細工するんやけどな、その切った切り口に風が当たるとヒューヒューピューピューってなかなかええ音がするんや。この辺の子はほういう切り株の根っこに近い所をもっと切って錐《きり》で穴をあけて笛にして遊ぶんや。ほれがこれや」

盛太郎が口に当てて吹いてみるがなかなか音が出ない。奈須が手本を示す。

「竹生島まで届けって気持ちを込めて空気を送るんや」

盛太郎の笛から音が出た。

「鳴りました」

「うまいうまい。あとはこの穴を指で蓋《ふた》すると音が高《たこ》うなったり低うなったりするで。さぁ、これもお土産や」

盛太郎がもう一度竹生島に向かって吹いてみた。石で水切り遊びをするように波の上を音が跳ねて行った。

「ほうやほうや、その吹き方やと力の入った音がしてな、ほんまに竹生島まで届くんや」

「ほんとですか」

「ああ、夕暮れに吹くとな、島の東の突端で、確かに何かがこの笛の音を聞いている姿が見えるんや。人間はいん時間やさかい、はてはて何が聞いてくれるのか分からんけどな」

「へぇ。島でこの笛の音を聞いているんですか、何かが」

「さあ、帰りはこちらのマンポを通りますで。こっちなら五分で公園まで戻れますさかいに」

西野水道は現在では全部で三本ある。文化財に指定されているマンポと、そのすぐ南、昭和二十五年に新たに作られた放水路と、さらに南の現在使われている大規模な新余呉川放水路である。奈須が先に立って歩き出したのは真ん中の天井も高く幅も広い放水路で、現在は琵琶湖側への連絡通路になっている。

林教授がマンポの中ほどを過ぎたところで歩きながら奈須に聞いた。

「地元におられる奈須先生ならお詳しいと思うんですが、竹生島の西側に湖底洞窟がありますね」

林教授の質問に奈須の身体が一瞬こわばった。

「ああ、ありますけど。あれがどうかしましたかな」

明らかにこの話題を避けたい様子がみえる。

「あの洞窟の詳しいことを知りたいのですが。奥のほうまで潜ったことのある人は奈須先生の周辺にはおられませんでしょうか」

「いんことはないですけど、竹生島にはいろんな神さんがござるし、弁天さんも行者《ぎょうじゃ》さんもござるでな、ちゃんと許可をもらわんと、そうそう簡単に調べるちゅうわけにはいかんさかいな」

奈須の様子がさらに険しくなった。

「あの洞窟がどうやって出来たのかを詳しく知りたいのです。研究者の見解では冬の猛烈な北西風の影響で激しい波が岩肌に打ちつけ、長年の波の浸食作用で出来た『湖食《こしょく》洞窟』とされています」

「ほうらしいですなあ。学会の調査や新聞社主催の調査もありましたけど、おおむねそんな結論のようですな」

「波の影響で岩に穴があくこと自体は当然なんですが、それだけだと浸食で崖がへこむこ とぐらいは説明できても深くて大きな洞窟を作ることまでは説明できないのです」

「確かに外から見ると小さな洞窟ですけど奥は深いでな」

「入り口は1メートルほどですが、全長はとりあえず35メートルと言われています」

「とりあえずですよなぁ。確かに」

盛太郎も話に加わった。

「奈須先生。河内の風穴も分かっているだけで6800メートルですが、まだまだ長い可能性もあるんですよね」

「ほうやな。河内の風穴は入口に空気があるでまだましやけど、この洞窟はほうではない。入り口を入った部屋の奥にもうひとつさらに大きな部屋がある。その間を天井からの岩が衝立《ついたて》のように垂れ下がって塞《ふさ》いでいるんや。うっかり入ると出て来れんようになる」

「初期の洞窟が波の浸食だけで出来たとしても、波は洞窟内に入れば当然、壁と天井に当たって弱まります。しかもドーム状になっている手前の部屋の衝立の向こうまで波の威力は及びません」

　再び盛太郎。

「となると、鍾乳洞なのでしょうか。滋賀県には伊吹山をはじめあちらこちらで石灰岩が採掘されていますし、鍾乳洞もカルスト地形もありますから、竹生島の湖底洞窟が鍾乳洞ということはありますよね」

「確かにその可能性はある。竹生島全体は花崗岩《かこうがん》で出来ているとされているが、地層というものは必ずどこかで違う岩石の層と接するわけだから、一部が石灰岩で出来ていることも十分考えられる」

「林教授はご存知ですかな。竹生島の地底または周辺の湖底の鍾乳洞が若狭《わかさ》の三方五湖《みかたごこ》の地底湖につながっているという伝説があるんですけどな」

「お父さん。その話は河内の風穴が伊勢のどこかにつながっている話とまるでいっしょですね」

「その話は盛太郎君も知ってるんかいな」

「はい。河内の風穴に行った時にお父さんに教えてもらいました。あれだけ大量に流れている洞窟の中の川はどこかに流れ出なければおかしいです。僕はその時そんなことって可能なのかって考えて調べてみると、河内の風穴付近は標高が２００メートル少しあります。お伊勢さんは海に近いから海抜20メートルぐらいです。琵琶湖は海抜80メートルですから、地下で石灰岩の洞窟に沿って水路がつながっていれば、河内からお伊勢さんの裏山に流れるのはそんなに不思議ではありません。あり得ることだと思いました」

「さすがに優等生、眼の着けどころが論理的や。但し鍾乳洞の地下水はさらに地底奥深く、マグマのあるところまで岩の隙間《すきま》や砂礫《されき》の間から到達することもあるし、水圧が高ければ低い位置から高い位置へ噴出することもあるさかい、必ずしも地上の標高差は実はあまり問題にならんのやけどな」

「奈須先生のおっしゃる通りです。私はその洞窟が鍾乳洞である可能性、もう少し正確に言うと波でえぐられた所は『湖食洞窟』で、そのさらに奥が鍾乳洞で、さらにその奥というか湖底というか先に、巨大な地底湖または地底ダムがあるのではないかと思っています。もし私の考え通りだとすると、島の中心部の地底に大きな空洞を抱えていることになりますから、長い年月の中で竹生島の底全体が末期の鍾乳洞のように穴の中へ陥没してしまう可能性があります」

「竹生島が沈んでしまうのですか」

奈須の顔が引き攣《つ》るように歪んだ。議論をしている間にマンポを通り抜けた。公園のベンチに座って話が続く。

「竹生島の湖底が鍾乳洞になっていなければ島は沈みませんかいな」

奈須が深刻な表情で尋ねる。林教授も真剣だ。

「そもそも四〇万年前に出来て以来、湖底はずっと沈み続けて琵琶湖そのものがどんどん深くなっているわけですから、竹生島の底が鍾乳洞であるなしに関係なく沈むことはあり得ます。もともと竹生島は琵琶湖の誕生期から存在したのではありません。島の北の対岸にある葛龍尾崎とつながっていたのですが、間の山地が沈降して島になってしまったんですからね。やがて何かの影響で竹生島が消滅することがないとは言えません」

「とは言うても、わしの孫の孫の孫の時代ではないですわな」

「その通りです。何百年何千年単位ではなく何十万年後の可能性です」

「林先生のような専門家にこういう話をするのもおかしなもんですけど、この辺の漁師は決して竹生島の北から葛籠尾崎にかけての湖には近づかんのです。別に禁漁区でもないんやが漁をしません。もちろん神さん仏さんの島ですさかいな、畏敬の念で漁をしないんですが。それよりも竹生島直下の水底に冷水域がありまして、何かの拍子で船が転覆して沈んだ日にゃあ、あっという間に心臓麻痺を起こして助からんと言われてますんや」

盛太郎が父と奈須の顔を見比べながら訊く。

「その冷水はどこから来るのですか」

答えたのは父だ。

「うーん。それは簡単そうで難しい質問だが、いくつか可能性がある。水は摂氏四度の時にいちばん重くなるのは学校で習ったな。琵琶湖の湖底に袋のように、というか提灯《ちょうちん》のようにというか、上がすぼまって下が膨れている場所があれば、そこに入り込んだ摂氏四度の水は対流せずにずっとそこにあるままだろう。もうひとつの考え方。四度より低い水。どこかで雪や氷が溶けて地下水になったものがどういうルートか分からないが湖の底で噴き出していることも考えられる。いずれにしても恐ろしいことに変わりはない」

「新聞にも、水中ロボットを使って湖底をいろいろ調べたことが書いてありました」

「湖底のさらに地下で沈降なり、地滑りなり、地殻変動が起きていることは間違いないことだろうね」

奈須はその議論には加わらず先を続ける。

「他にもおかしな話が伝わってましてな。賤ヶ岳《しずがたけ》の合戦で敗れた武将が鎧《よろい》を着たまま葛籠尾崎から飛び込んで湖の底でゆらゆらと立っているとか、水難事故にあった人間が洞窟の奥に入り込んでしもたんやが水温が低いため腐りもせんと屍蠟《しろう》化したまんまで残されてしまう、そうなると例の仕切りで脱出することが難しくなるけども、特殊な水流が起きた時に、ざぶんと湧き出るように水死体が穴から出て来て漂うとか、様々な伝説があるんですなぁ」

「それは今まで洞窟の構造が詳しく調べられていないから憶測が憶測を呼んで、近づくと危険だということを教えるためなんでしょう」

盛太郎はあまりの恐ろしい話に背筋がぞくぞくっと震えるのを止めようがなかった。

「まだもうひとつあるんですわ。だいぶ昔のことになりますが、漁師の網の中に鉄の塊《かたまり》が入っておりました。湖成鉄《こせいてつ》というらしいですが、ひとつだけやなく10センチ以上のずっしり重い鉄の塊ですがな、それが十個以上引き上げられました。漁師たちはこれは武将の身に着けていた刀が形を変えて沈んでいたのだと言うてました」

「湖成鉄は確かに珍しいものです。琵琶湖の水に含まれている鉄分ないしは鉄の元素が、例えば貝の化石の周りに付着したり、土器を鉄化させたり、もっとダイレクトに鉄分が鉄を呼んで鉄の塊になったりしたものです。琵琶湖以外でも見つかりますが琵琶湖には多いです」

「それは何を意味するんでしょうか」

「琵琶湖の湖底は重いということになるのかもしれません。平均水深が６メートルしかない草津以南の南湖《なんこ》と対照的に、沖の白石《しらいし》や多景島以北の北湖《ほっこ》には水深１００メートルを超える深い場所があります。年月の経過の中でわずかずつ沈降を続けてきて現在の水深になっていると言えます」

「沈降と湖成鉄の間に因果関係があると言われますかな」

「沈降の原因はひとつではありません。単純な話をしますと、油の入ったよく伸びるゴム袋に水を注げば水は油を通り抜けて袋の底に溜まります。その時に袋は下に引っ張られます。そこへ砂を落とせば、いちばん下に砂が溜まります。さらに重い鉄の塊を入れれば鉄はゴムの袋をどんどん下に押し下げ、バランスが崩れれば底を破ってしまいます。琵琶湖の湖底の土中には重い鉱物があって、今もまだ自らの重みで湖底を更に深く地の底へと引きずりこんでいると言えます」

「やはり竹生島は沈む運命なんですか」

「はい。そう言わざるを得ません」

「竹生島の沈影《ちんえい》ですね」

いつの間にか陽が少し傾いてきた。林教授は盛太郎を立たせた
「これは大変だ。すっかり長居してしまった。お母さんが心配するから帰ることにしよう」

「奈須先生、ありがとうございました。大きくなったらひとりで来ます。またいろいろ教えてください」

「おお、楽しみに待ってるで」


その夜。奈須和茂は息子の善行と酒を酌み交わしながら昼間の出来事を話して聞かせた。

「今日はなぁ、近江経済大学のなぁ、林賢次郎教授と息子の盛太郎君ちゅうのが西野水道に来《ご》んしてな」

「ほらまた珍しいことやったな」

「ほうやてぇ。別に観光資源にしょうかいなーというわけやないが、西野マンポをもうちょっと見に来る人が増えんことには勢《せー》がない。日曜日はまだしも、普通の日にはひとりも来んせんがな」

男ふたりはときどき鮒《ふな》ずしをつまんだり、セリのお浸しを食べたりしながら酒を飲んでいる。

「この盛太郎君というのが中学校の二年生やが、よう出来る子や。お父さんも自慢の子やろ」

「うちといっしょや」

「あはは。アホぬかせ。おまんのどこがわしの自慢じゃ」

「仕事はきっちりするし、親孝行やし、健康で人から好かれてええことばっかりや。なぁ、久恵。自慢の夫やろ」

「はいはい、そうしておきましょ。ねえ、お義母《かあ》さん」

「ほんなことはどうでもええんじゃ。今度、あの子が来たら、丸子船を見せてやってくれんか」

「おやすいご用や。見せるだけやのうて乗せてやってもええで」

「その林盛太郎君は丸子船のことは知ってるんかいな」

「いや何も知らんやろう。あの子のことやさかい、いつか竹生島の湖底洞窟も見たいと言い出すに決まってる。もし洞窟案内をしてほしいと言われても連れて行きようがない。どっちゃにしても、残念ながらわし一人であの子を竹生島の洞窟見学させることが出来るとは思えん。ほやさかい今度来た時に紹介がてら丸子船に乗せたってくれたらありがたいんや」

奈須善行は少しずつ父親が気弱になってきているのを実感している。酒もめっきり弱くなっている。

「盛太郎君が来るのは日曜日だろうからこっちも休みやし、おやすいご用やけど、あの洞窟はわしの梃子《てこ》にも合わんと思うで。社会科の教師としてというより趣味の領域で琵琶湖水運のことは随分調べたし、水難事故の資料もひと通り頭に入れたけど、北琵琶湖の水難事故の資料がほとんど残ってないんや」

「それはどういうことや」

「資料を当たって当たって探して探して推量の余地をなくすのが研究者のすることで、こう思うとか、こうに違いないとか、こうかもしれないとか、いわゆる蓋然《がいぜん》性を持ち出すのは、学者と言わないまでも我々教育者のしてはいけないことやとは思う」

「その通りやが、何が言いたいんや」

「ほうは言うけど、竹生島から北琵琶湖にかけての一帯で難船資料がこれだけ少ないということは、普通に考えたら難船が少なかったことの証明になるんやけど、ここの風と岩場の存在から考えたら難船資料がないほうがおかしい。つまり難船事故が多すぎるさかい、資料を抹殺したとしか考えられないんや」

「ほうやなぁ。犯罪捜査でもよくあるけんど、アリバイを証明する時にどこそこにいたことを証明することは出来るけど、おらんかったことを証明することは実際問題として出来んわな。お前の言うように、船が何らかの形で沈没したり難船したらその記録が残って、ここは難船の多い場所ですということの証明が出来るが、たぶんそれが程度問題をはるかに超えて難船すればその証拠を消す可能性もあるわな。西廻り航路が整ってライバルになってからは余計に隠したかったたかもしれんな」

「湖底洞窟やその周辺、湖底そのものには相当難船の証拠になるもんがあるかもしれん。とは言うても、中学生にそのことを教えることの意味が今のところ分からん」

「しかしなぁ、あの子ぐらいの若くて明晰な頭脳が、将来我々の思いもつかん領域で能力を発揮して、新しくて素晴らしい答えを持つことが出来るかもしれんのやで。ほういうことを期待して若いもんに託すのも、わしみたいな老いた教育者に許される特権やと思うけどな」

「分かった。親っさんがほこまで惚れ込んだ子なら、わしも同じ船に乗ったる。ほの子に賭けてみようかいな」

ふたりは遠いところを見る眼つきをしてぐびりと盃を干した。

第三章　川が動く

1987〜

盛太郎《もりたろう》の母が夕ご飯の支度をしながら笑顔で聞いた。

「今度の日曜日はどこの洞穴《ほらあな》探検に行くのですか？」

中学二年生の時に父と見学した西野水道にカルチャーショックを受けて以来、盛太郎の趣味は穴を掘ることではなく、県内にあるいろんな種類の洞窟《どうくつ》やトンネルやマンポを見に行くことに変化した。

中学校を卒業し、自宅から歩いて五分の場所にある県立彦根城高校へ入学してからは、土木工学者の父から得る情報と高校の図書館や市立図書館などで自然史的な価値のある穴と文化財的価値のある穴を調べ上げ、手当たり次第見学して「滋賀の洞穴日記」として記録を取るようになった。

「今週は草津まで行くつもりです」

「あら、盛太郎さんの探検は洞穴でしょ。草津に洞穴なんかありますか」

「洞穴じゃなくて、天井川《てんじょうがわ》の下に掘られているマンポを見に行って来ようと思っています」

「へぇえ、川の底が道より上にある天井川ですよね。その下のマンポですか。なんだか面白そうですね」

「はい。お父さんの話では、彦根の周辺には天井川もマンポもあまりないから野洲《やす》とか草津まで行ったほうがいいだろう、ということでした。天井川のことは小学校で習ったのですが、実際に見たことがないので想像がつきません」

「そうですね。お母さんも天井川っていう言葉は知っていますが、彦根生まれの彦根育ちですから、どの川が天井川だって聞かれても分かりませんものね」

今夜の夕食のメニューは盛太郎の大好物のライスカレーらしい。ジャガイモやニンジンやタマネギがまな板の上でゴロンゴロンと乱切りにされている。これから小麦粉とカレー粉をフライパンで炒り始めるのだろう。

「川の底が屋根より高い所にあるというのは何とか理解できますが、川の底にトンネルを掘って鉄道がその川の下を通っているというのがどうしてもイメージできません。鉄道が川を渡る時は川に鉄橋を掛けて渡りますよね。それなのに野洲川の支流の天井川では川の底を鉄道が通っているというのですから、この目で確かめないと納得できないのです」

「盛太郎さんの洞穴探検はいろいろ種類が豊富で面白そうですね。今週もそんな遠い所まで自転車で行くのですか」

「いいえ。ホントは自転車で行きたいのですが、ちょっと時間がかかりすぎますので国鉄で行きます。時刻表を調べたら東海道線で草津まで行って草津線に乗り換え、三つ目の甲《こう》西《せい》駅で降りるのがいいみたいです。そこからは歩いて由良谷《ゆらたに》川と大沙《おおすな》川と家棟《やなむね》川を見て来ようと思っています」

「気を付けて行くんですよ」

切った野菜と角切りの肉を大きな鍋で煮て、あとは今炒めたルーを入れてことことこと煮込むのだ。盛太郎のお腹《なか》がグーと鳴った。

「美味しそうな匂いがしてきました」

「お父様もライスカレーがお好きだから、なるべく早いご飯にしましょうね」

「お願いします」

「盛太郎さんはお父さまみたいに土木工学のお勉強をするんでしょうか」

「大学進学のことでしたら、まだよく分かりません。三年生になって決めればいいと思っています。今やっている穴の見学は言ってみればクラブ活動みたいなもんです」

「そうですね、まだ一年生ですし、まだまだいっぱい見たいところがあるんですものね。それに毎週自転車の遠乗りをしていれば健康にもいいですしね」

ライスカレーの匂いとご飯の炊ける匂いが台所と食堂に広がってきて、盛太郎はとてもうれしくなった。母との会話の大半は盛太郎の穴の見学についてのことであるが、母はそれを洞穴探検と称している。父は、どこへ出かけてもいいがお母さんに心配をかけないように行先は必ず報告して出かけるように、念を押していた。同時に滋賀県に数多くあるマンガン鉱の坑道には絶対に入ってはいけないと固く釘を刺した。すでに廃坑になっているところばかりで、坑木《こうぼく》が古く腐食しているのが大半だから落盤の危険性があるし、有毒ガスが溜まっている恐れもあるから近寄るなと強く禁止された。父の注意を念頭に置いた上で彦根市内の山間部にあるマンガン鉱跡を探しに行ってみたことがあったが、案の定、雑草が生い茂り坑道の入り口すら分からなかった。

野菜の貯蔵庫として重宝されていた横穴を見に行ったこともある。粘土質の日陰の崖に掘った横穴は年間の温度差が少なく、冷蔵庫ほど冷たくならず適温だから今もまだ使われていた。せいぜい5メートルぐらいの深さで頑丈なドアが付けてあった。

盛太郎が探検した中でユニークだったのは、栗東《りっとう》市と大津市の境を流れる大戸《だいど》川沿いの農業用水「わんわんの洞窟」である。

滋賀県の川のほとんどは琵琶《びわ》湖へ注いでいるが、米原《まいばら》市から岐阜県へ流れる藤古《ふじこ》川、高島市から福井県へ流れる北川（天増《あます》川・寒風《さむかぜ》川）、甲賀《こうか》市から三重県へ流れる河合川と並んで、大戸川は琵琶湖に河口を持たない。淀川の上流・瀬田《せた》川に直接つながる大戸川の利水のために寛政年間に掘られた農業用水がそれである。

「わんわんの洞窟」という名前を知った盛太郎は現場へ行くまで、「河内《かわち》の風穴《ふうけつ》」と同じように洞窟へ迷い込んだ犬がどこか別の場所から出てきたから「わんわんの洞窟」と名付けられているのだと思っていたが、そうではなかった。この工事を請け負った男は佐渡《さど》の金山で工夫《こうふ》をしていたつわものであったが、高さも幅も1メートル弱の狭い農業用水路を掘り進むために窮屈な姿勢で長時間耐えなければならず、あまりのつらさにわんわん泣いたという。そんな言い伝えから「わんわんの洞窟」と名付けられたらしい。西野水道でもそうであったが、鑿《のみ》だけで硬い岩盤を掘り進んだ先人の努力や忍耐力に盛太郎は感嘆した。青の洞門といい、西野水道といい、このわんわんの洞窟といい、鑿と槌《つち》だけで掘ろうと決心し実際に貫通させたのだが、硬くなければ洞窟の強度は保証されない。岩盤の硬さは敵であると同時に味方である。穴を穿《うが》ちそこを通ることの出来るものは、水と空気と人間である。剛は柔を招き寄せる。盛太郎は穴を掘ることで発見するいろいろなものの見方、考え方の面白さにも惹《ひ》かれ始めていた。

夕食後、盛太郎がひとつだけ教えてくださいと父に向き合った。

「お父さん。この間、中学生の時自分で作ったラジオを修理して聞いていたら落語をやっていたんです」

「それは盛太郎にしては珍しいことがあるもんだ」

「話の中でとても面白いことを言っていました。親子連れが夜店でカメを買って帰ったら、その夜のうちにカメが死んでしまって子供が泣き出しました」

「ほぉ。それでどうしたんだね」

「買った親が翌日、夜店に行って文句を言ったんです。『鶴は千年、亀は万年っていうから買ったのに夕べ死んでしまったじゃないか。どういうことだ』って詰め寄ったんです。そしたら、夜店の親父さんが『万年生きるカメが夕べ死んだということは、ちょうど夕べがカメの一万年目の誕生日だったんですなぁ』っていうんです」

「あっはっは。面白いなぁ、その話」

「それで思ったのですが、竹生島《ちくぶしま》がいずれ沈むというのが明日とか明後日とかいう可能性はゼロなんですか、少しはあるのですか、かなりあるのですか」

「うーん。難しい質問だが、答えは明日沈む可能性がないわけではないということだ。君は学校で火山のことを習っただろうが、お父さんの子供の頃は火山には活火山と休火山と死火山があり、桜島、浅間山、伊豆大島とかが活火山、富士山のように噴火の記録はあるが現在は活動を休んでいる火山を休火山、全く活動の兆候もなく過去に噴火の記録もない火山を死火山と呼んでいた。だが、死火山と考えられていた御嶽山《おんたけさん》が昭和四十三年から活発な噴気活動を始め、昭和五十四年に水蒸気爆発を起こして、火山の定義が変わってしまった。そして、噴火記録の有無は、歴史時代になって活動の記録が文書や絵で残っているかどうかではなく、地質学的な証拠で分類することになった」

「それは知りませんでした」

「日本列島の上に住んでいる以上、滋賀県でも明日、火山活動が始まるということがプロバビリティから言えばあるということになる」

「何ですかプロバビリティって」

「漢字で言えば蓋然性《がいぜんせい》。あるかもしれないということを言うのだ」

「可能性とは違うのですか」

「微妙に違うなぁ。明日、彦根市で火山が爆発する可能性はない。なぜなら過去のデータや経験値では爆発を予期する指標が何もないからだ。でも蓋然性で言えばあると言える。データの読み方でそういうのではなく、あるかもしれないという理論的な考察から導き出されるのが蓋然性だ」

「十円玉を放り上げて裏が出るか表になるかは半分半分の可能性ですよね」

「サイコロで一の目が出るのは六分の一の確率だね」

「ですが、表が出たら必ず次に裏が出るわけではないですね」

「その通りだ。毎回半分の確率だ。ただ、回数が百回になれば五十回近くが表になることが多いということだ」

「では蓋然性の考え方で言えば、百回十円玉を投げて百回連続して表が出ることがあり得ると言ってもよいのでしょうか」

「それでいい、としか言いようがないな。竹生島の沈降がいつからどのような形で始まるかは誰も分からないが、明日から始まることがないわけではないということだ」

「竹生島の真下が全部石灰岩で出来ている可能性はありますね」

「それは間違いなくある」

「その石灰岩が水分に含まれる酸性の成分で溶けてドーナツの形をしている可能性はありますね」

「君の議論の進め方はかなり強引だが、ないことはない」

「そのドーナツのリングの縁に花崗岩《かこうがん》で出来た竹生島が乗っかているとすれば……」

「竹生島の重みと石灰岩の溶け具合が一致した時が竹生島が湖底に沈降し始める時だな」

盛太郎は何度も頷《うなず》いた。盛太郎の頭の中には新たに得た知識がマグマのように沸き立ち始めた。母の愛子がデザートに手製の蜜柑《みかん》ゼリーを持ってきていたが、ふたりの話に凍《こお》りついたように動けない。


その週末、盛太郎は草津付近の天井川を見に行った。天井川は滋賀県全域で見ることが出来る河川である。普通の川が天井川になっていく原因はほとんど同じで、基本的な条件として、上流部の地質が結晶の粗い花崗岩類によって構成されていて風化が進みやすく、上流から中流や下流へ大量の砂が流れることによって川底が浅くなり、その川底の土砂を掘っては掘っては堤防の上にどんどん積んでいくから、道路よりも屋根よりも川底が高くなってしまう。

奈良・平安時代から度重ねて行われた都の造営や大規模な神社仏閣の建立などのために、大量の木材を都に近い滋賀県から切り出して運び出した。また戦国時代には兵火による森林焼失。江戸時代には里山として薪炭材《しんたん》を切り出した。信楽町《しがらき》のような陶土の採掘による森林消失、シバの伐採も山の荒廃に拍車をかけた。

こういうことが長期的に行われてきたことで水源奥地の山林が広範囲に禿山《はげやま》状態になり、地面が剥《む》き出しにされて土砂が流出したのである。いったん禿山になると加速度的に土砂が流出し、川底が浅くなると増水してすぐに溢れるから、それを防ぐため川底を掘り下げてその土を利用して堤防を高くする。しかしまた土砂が流入する。また堤防を高くする。砂止めの堰堤《えんてい》を作れば、そこが砂で満杯になり、次から次に堰堤を作っていって階段状に堰堤が続いている場所もある。自然現象ではあるが、その自然現象を引き起こしてきたのは紛れもなく人間である。

家棟川などまさに名前の通り二階建ての屋根のすぐ上に川底があった。

砂が多くて命名されたのが大沙川である。

草津川の川底には明治二十二年に東海道線を通すためにトンネルが掘られた。道路の高さから川の土手を見上げている時にはさほど不思議ではなかったが、川の堤防から鉄道を見下ろすと何とも妙な光景であった。

盛太郎は西野水道を案内してくださった奈須和茂《なすかずしげ》先生にときどき洞窟の見学記を送っていた。なかでも「わんわんの洞窟」のことは奈須先生もご存じなくて、洪水の問題の有無があるとはいえ、その困難さにおいて西野水道と似たところがあるから興味を示された。草津近辺の天井川を見て回り、川の下に鉄道が通っていることにびっくりしたという感想を送ったところ、先生のお住まいの近所に田川《たがわ》カルバートという究極の天井川があるから見に来ないかとご案内をもらった。


夏休みに入った翌日に盛太郎は彦根から米原まで東海道線に乗り、米原で北陸線に乗り換えて虎姫駅に着いた。先生は虎姫駅まで軽四輪自動車で迎えに来てくださった。

「先生、こんにちは。ご無沙汰しています」

「おお。よう来《ご》んしたな」

盛太郎が中学三年生になる前の春にお会いして以来だから、あっという間に一年半が過ぎていて盛太郎は高校一年生の夏を迎えていた。七十二歳の先生は少し声がしわがれていたがお元気だった。

「この前、父と来た時に頂いたよもぎ餅を母がとっても喜んで、美味しい美味しいと三つも食べていました」

「あんな田舎のよもぎ餅でも食べてもらえたかいな」

「残ったお餅は餅焼き網で焼いて食べました。ご近所にお配りすることなく全部我が家で食べました。ごちそうさまでした。心ばかりのお礼ですと、これを母から預かって来ました」

　ときれいな包装紙に包んだものを手渡した。

「うれしやなぁ。何をもろたんかいな」

「母の手作りパウンドケーキです。中にお酒を滲《し》み込ませてあるので、甘党であり辛党でもある先生なら召し上がっていただけるかなと言っていました」

「これは珍しいもんをおおきにな。ばあさんにも嫁にも孫にも食べさせてやるわいな。ところで今日は田川カルバートを案内する約束やったな」

「はい。楽しみにして来ました。お時間取っていただいてすみません」

「だんないだんない。わしも君に会うのを楽しみにしとったんや。さあ、乗っとくれ」

軽四の助手席に乗ると奈須先生から質問が来た。

「盛太郎君はカルバートという言葉は調べてきたかいな」

「はっ、はい」

盛太郎に返事が少しぎくしゃくしたのは先生の運転が怖かったからだ。いきなりズーンと飛び出したかと思うと、盛太郎の顔を見ながら運転するのでハンドルが左右にぶれる。

「一応調べたのですが、この目で見ないと本の説明だけではどうしても理解できないのです」

「ほうやなぁ。どこにでもあるちゅうもんやないさかいにな」

「カルバートは土木用語で道路や鉄道の下にある暗渠《あんきょ》のこととなっていました。でもこの田川カルバートは道路の下に暗渠があるのではなく川底の下に暗渠があるのですから、カルバートという用語で呼ぶ大変珍しい例だとも書いてありました」

奈須の運転はかなり怖かったが、十五分ほどで姉川の支流高時川《たかときがわ》と田川の交叉《こうさ》する田川カルバートの碑の前までやって来た。

滋賀県の歴史に残る外国人として忘れてならないのは、林盛太郎の住んでいる官舎など瀟洒《しょうしゃ》な洋館を建てたアメリカ人ヴォーリズと、大津市のオランダ堰堤《えんてい》をはじめ数々の土木工事の指導をしたオランダ人技師デ・レーケであるが、この田川カルバートもデ・レーケの指導によるものである。

「ここの歴史も古いでな」

麦藁《むぎわら》帽子に白い開襟《かいきん》シャツ姿の奈須がうれしそうに堤防に立って一方向を眺めて右に九十度回転し眺め、また九十度右回転して盛太郎に説明を始めた。

「今、目の前に見えている幅の広い高時川の水面は、この下の田川の水面より10メートル以上高くなっているのが分かるわな。しかも水の量がうーんと多い。もし高時川の堤防が切れたら、大量の水は川幅の狭い田川に流れ込み下流は一気に濁流の海になるし、このあたりも一面、泥の海になる」

「大きな天井川の下に小さな普通の川が立体交叉しているわけですね。昔からですか」

「昔からや。幕末の安政元年、一八五四年に工事を始めて何度も何度も手を加えてきて、結局は高時川の川底にトンネルを掘ってそこに田川を流すことにした。これを田川カルバートと言うのやけど、最終的な形になったのは昭和四十一年、一九六六年やな。百年以上ああやこうやと直してきたことになるな」

「井伊直弼《いいなおすけ》さんが彦根藩のお殿様の時代に工事が始まって、ようやく一九六六年に完成したわけですか。それだけでも凄いことですよね」

「ほうやな」

「実際に見るまで、川の下にトンネルを掘ってそこを川が流れるというのがどうしてもイメージできなかったのですが、ようやく納得できました。確かに川と川が段違いでクロスしていますね。百聞は一見に如かずとはよく言ったものですね」

「ちょっとこっちへ来て見んか」

奈須先生が高時川の堤防を降りて田川の堤防沿いに少し歩いて、さらに細い幅1メートルほどの小川のそばまで盛太郎を連れて来た。小川には小さなおもちゃのような水車が作ってあって隣の田んぼに水を引くようにしてある。

「盛太郎君。この小川やけどな、なんかおかしいやろ」

「はあ」

奈須が指さした水車の向こうには、幅50センチ、長さ1メートル、深さ10センチほどの石造りの水槽があり、そこにナスとトマトと茶碗や皿などの食器が浮かんでいた。盛太郎が手を入れるとかなり冷たい。

「ええかな。この小川の水は水槽から溢れ出た水やけど、この水槽の水そのものはどこから来てると思う」

「井戸みたいな土管みたいなところから竹筒を伝って出ていますが相当な量ですね。でも小川はここで切れていますね。ということは地下水が溢れているということですか」

「ほうや、これは地下水なんや」

「上へ噴き出しているわけですから、下から相当な水圧がかかっているんですよね。そうでなければ上へ噴き出すことはないですもんね」

「問題はその地下水がどこから来ているかということになるんやけど、常識的に考えれば高時川の川底から土の中に沁み込んだ水のはずや」

「そう言えば、どこの天井川を見に行ってもほとんど水は流れていなかったですが、そういう水も地下水になっているんですよね」

「たぶん、ほういうこっちゃな。ほれがどういうルートか分からんけど、本来、地上を流れているはずの川が地下で川になっていてやな、ほれが何かの拍子でここから湧き水になってるんやろ。君が前に見た鍾乳洞《しょうにゅうどう》の中の川はどこへ流れて行ってるんやろな」

「いえ、気にはなっているのですが、調べても答えが見つかりません。あんなに大量の水がいったいどこへ流れて行くのか」

「確かなことは地面の中にも川があるということや。しかもこういう平地の何でもない所にでも湧水《ゆうすい》があるということは、地面の下は大げさに言うたら水だらけやし、水が通る隙間《すきま》だらけやし、ひょっとすると穴だらけかもしれん」

「高時川の下に田川があるのが田川カルバートですが、さらにその下の地下にも川が流れている。つまり三重のカルバート。しかも自然が作っている迷路のようなカルバートですね」

「ほうやな」

「面白いですね。地面の下は水だらけ、川だらけ、穴だらけなんですね」

ともう一度井戸を覗いてみた。もくもくもくもくと水が盛り上がっている。

「さあ田川カルバートはこれぐらいにしとこか。これからあとは君が大学にでも行ったら研究してみたらええ」

「そうですね。まだどこに進学するのか決めていないのですが、もっともっと勉強したいですね」

「彦根の人にはピンとこんかもしれんけど、この辺の山のほうへ行けば、冬には平気で2メートルぐらい雪が積もる。その雪は春前から少しずつ少しずつ溶けて冷たい地下水になる。そして地下の川がどこかへ流れ出る。それが地上へ噴き出すのか。ひょっとしたら湖の底から噴き出しているのか。氷のように冷たい地下水は雪解け水かもしれんなぁ」

「あっ」

盛太郎が一瞬固まってしまった。その眼がしわくちゃの奈須和茂の顔に吸い寄せられた。まさかとは思うが、竹生島の底の冷たい水のことを奈須先生は言っておられるのだろうか。

奈須は謎めいた微笑みを盛太郎に返して、「さあ」と言った。

「さあ。せっかく来たんやし、君にまだもうひとつ見せてやりたいものがある、車に乗らんせ」

十五分ほど車を走らせている間も、盛太郎は考えていた。考えていると先生の運転の怖さは紛れた。父といっしょに西野水道を見に来た時に、父が竹生島の西側の湖底洞窟について話し出すと奈須先生が複雑な表情をされたのには、何か訳があるのだろう。竹生島についても奈須先生はもっと多くのことをご存じなのに隠しておられるのではないか。そんなことを考えていると車が急停止した。盛太郎はがくんとなってあたりを見回した。奈須が連れて来たのは尾上《おのえ》漁港であった。

「善行《よしゆき》いるかぁ。ちょっと顔出せや」

奈須が舫《もや》ってある一艘の船の中に声をかけた。真新しい木造船で、盛太郎が見たことのない不思議なデザインの船だ。船尾《せんび》から船腹《せんぷく》にかけて丸太が張り付けてある。船腹の真ん中では丸太の差し渡しが70センチぐらいもありそうだ。無骨な姿だが魅力的だ。船腹の舳《へ》先《さき》に向かう部分には幾何学模様の黒い金属性のものがあしらわれていて、その現代的なデザインが素晴らしい。船尾には鳥居のような木組みがある。帆柱《ほばしら》には何枚かの布を接《は》ぎ合わせた帆が張ってある。

盛太郎が不思議なデザインに感心して胴を撫でていると、船からおじさんが出てきた。足は地下足袋《じかたび》、手は軍手、首にタオルを巻き、いかにも船頭さんにふさわしい笠を被っている。奈須先生の四角い顔によく似た人だ。

「その声は親っさんかいな。また車に乗って来たんかいや。もう乗らんと約束したばっかやろが。ほんまにええ加減にやめてもらわんと、どもならんな」

「おまんは、ひとの顔見るとさいが、説教やな。こっちこそ、どもならんぞ」

「何か急用でも出来たんかいな」

「用事ちゅうわけやないんやがな、この子に丸子船を見せてやってくれんかの」

「おお、この子がこの間、親っさんが言っていた出来のええ、優秀な彦根城高校の生徒さんかいな」

「こんにちは。林盛太郎といいます。彦根から来ました」

盛太郎が帽子を取ってぺこりと頭を下げた。学校へ行く時も日曜日に出かける時も、いつも外出時は制服制帽姿の盛太郎であった。

「はい、こんにちは。この子が親っさんのいうような優秀な子やったら、ますます車になんか乗せせんといてぇな。事故起こしたらどうすんや。恐かったやろ、盛太郎君」

盛太郎はにこにこして答えた。

「恐いことはありませんでしたが、スリルはありました」

「ごめんやで。さっきからこの船を撫でまわしてるがそんなに珍しいかいな」

「はい。今まで見たことのない船です」

「この子のお父さんはな、林賢次郎《けんじろう》さんいうて近江経済大学で土木工学を教えておられるんや。去年やったかいいなぁ、親子ふたりで西野水道の見学にござって、その時に仲良うなったんや。そうやな、盛太郎君」

「はい。先生のお家のおいしいよもぎ餅とうちの母が作った玉子焼きを交換してもらいました。今日は田川カルバートを案内してもらったんです」

「ほうかいな。盛太郎君は高校一年生やったな」

「はい。日曜ごとに滋賀県のあっちこっちの洞穴やらマンポを見学しています」

「ひとりクラブ活動ってとこかいな」

「そうですね。部員がいないクラブ活動かもしれませんね」

「ほれにしても田川カルバートの見学とは恐れ入ったな。大学生で土木を専攻している学生でも滅多に来んのに。さあ船に乗らんせ。彦根までやと時間がかかりすぎるけど、長浜港なら盛太郎君を下ろしても日のあるうちに帰って来れる。親っさん、そうするけどええか」

「おお、ほれがええな。盛太郎君もほれでええやろう」

「はい。お願いします。でもその前に僕はこの船を見るのが今日初めてですので、いろいろ教えてほしいのですが」

「ほうやな。乗る前にひと通り説明してやるか」

「この船腹の太い丸太は何ですか」

「これは『おも木《ぎ》』というて、二つ割りにしたスギの丸太を取り付けてある。目的ははっきりせんが、わしの考えでは船縁《ふなべり》に重い木、しかも浮力のある丸太を付けることで左右からの波に対する復元力を持たせたんやと思うわ。普通、船は本体が重けりゃ、ほれだけ荷物が積めんわな。ほれをわざわざ重い丸太を取り付けたんやさかい、冬の突風対策かいなぁと思うんや」

「あっ」

「どうした」

盛太郎があまりに大きな声を出したので奈須親子が心配げな顔をした。

「それ、読んだことあります。重さで復元力を作るっていう話が母の持っていた本に書いてありました」

「ほぉ、丸子船の復元力がかいな」

「いえ、そうじゃないのですが、母の蔵書に幸田露伴《こうだろはん》の『五重塔《ごじゅうのとう》』があって、その隣に並んでいた『五重塔はなぜ倒れないか』という本にそんなことが書いてありました」

「ほぉ、『五重塔はなぜ倒れないか』とは面白そうな本やな。しかしまあ、ほんまに君は勉強家やな」

「その本では風に煽《あお》られたり地震で揺れても五重塔が倒れないための工夫がふたつ書いてありました」

「ほう言えば、周りの木が五重塔に倒れて塔が倒壊したというのはあっても、地震や台風で倒れた五重塔って聞いたことないな」

「はい。工夫のひとつは家でいうと大黒柱というのでしょうか。心柱《しんばしら》を基礎の上に置かずに塔のいちばん上から吊るすんです。そうすることで地震の揺れを心柱に吸収させて建物を揺らさない工夫です」

「ほれは知らなんだ。大黒柱やから当然基礎の上に置くか土に埋めてあるんやと思てたけどなぁ」

「埋めると地震の時に、埋めた柱が地面との境目で折れてしまうのだそうです」

「なるほど。上と下が同じように揺れたらええけど、別々に反対方向に揺れたらひとたまりもないわな」

「もうひとつが屋根です。屋根は軽いほうが安全だと思っていたのですが、昔の大工さんはまったく逆のことを考えたんだそうです」

「屋根は重いほうがええのか」

「五重塔ではそれぞれの階の屋根の先端をなるべく長く伸ばして、そこに重い瓦を載せることで天秤《てんびん》のようにバランスを取ることが出来るそうです。地震の時に塔が東に傾くと、天秤棒の反対の西の屋根の重みが元へ戻す力になって揺れを吸収する、と書いてありました。これがおも木の役割と似ていると思いました。あれと同じじゃないでしょうか」

「聞いたか、善行。負うた子に教えられるとはこのことや。目からうろことちゃうか。わしが見込んだだけのことはあるぞ」

「まいったな、やっぱり親っさんの宝物やなこの子は。もう二度と車に乗せるような危い目に合わせるんやないで」

奈須親子が心底感心している。

「昔は船大工と宮大工がよういっしょに仕事したらしいからな、五重塔を建てた大工の智恵が船の建造に生きていてもおかしくはないわ」

「おも木ってほんとに面白いですね」

盛太郎の目が船の前方に移り不思議な金具を撫でながら聞いた。

「こちらのきれいな模様は何ですか」

「これはなあ、『伊達《だて》かすがい』というもんや。墨と菜種油《なたねあぶら》を錬りあわせた塗料を塗った銅板を板の継ぎ目に補強して、水が沁《し》みてこんようにしてあるんやけど、何とも言えんええアクセントになってるんやなぁ」

「かっこいいですね」

「実用があってこんなものにしているんやけど、飾りとしても秀逸なんや。おも木とともに丸子船のいちばんの特徴やな」

「もしこれがなかったら、船首の感じに勢いがなくなりますよね」

「ほうや。丸子船は何よりもかっこいい船やしな」

「はい。僕もそう思います」

「さあそろそろ出発するし、親っさん、艫綱《ともづな》をはずしてくれんか」

盛太郎を先に乗せ、父和茂が舫《もやい》を解《ほど》いて身のこなしも軽く船に乗り移った。

「こういう木の船に乗ったことがないから何だかドキドキします」

盛太郎は善行の勧めで善行が舵を操る船尾に座り、和茂は胴《どう》の間《ま》でごろりと横になった。

盛太郎が善行に様々な質問をぶつけている。

「いつ頃まで丸子船は運航していたのですか」

「わしの子供時分にはまだようけ走っていたけど、親っさんの時代は滋賀県の運送業のかなりの部分を担っていたんやろな」

「ほうやで。米や薪《まき》、炭に肥料にヨシや魚、下肥《しもごえ》言うてな、あの頃は肥料になるから人糞《じんぷん》まで積んでた。考えられるもんは何でも積んでた。ほればっかりやないで、先生の嫁さんはな、塩津《しおつ》から丸子船で来よった。うちにはばあちゃんの嫁入りの写真がまだ飾ってあるんや。なんとも言えんぐらい別嬪《べっぴん》さんやったぞ。盛太郎君のお母さんにはかなわんやろけどな」

と豪快に笑った。

昭和三十年を過ぎると湖上運搬はさすがにトラックや鉄道の貨物に取って代わられたし、帆掛け舟では能率が悪すぎるからエンジンを搭載するようになった。

息子の善行が舵を取り、棹《さお》でひと突きすると船は滑るように桟橋《さんばし》を離れた。

「便利さから言えば鉄道やトラックの勝ちですよね」

「もちろん北陸から京都大阪への荷物のほとんどは鉄道と自動車に代わったけど、例えば沖島《おきしま》の石材運搬にはどうしても必要やったしな。湖の上や岸近くで作ったり獲ったりしたものは、いちいちトラックに積むより直接船に積んだもんや」

善行が舵を操作しながら聞いた。

「盛太郎君は琵琶湖一周の玻璃丸《はりまる》とか外輪船《がいりんせん》のミシガンには乗ったことあるかいな」

「いいえ。僕が乗りたいなぁと思った頃に玻璃丸は引退していました。でも家族でインターラーケンⅡに乗って竹生島《ちくぶしま》に連れて行ってもらいました。この船よりずっと速くて、あっという間に竹生島に着きました」

「ほれはええ経験をしたなぁ」

「大津から乗って多景島《たけしま》を過ぎたところで船底のほうから子猫の鳴き声がしたんです。その話を母にしたら、私もその子猫見たかったなあと今でも言っています。船底ですから船員さんが飼っておられたんでしょうね」

「なぁ善行、インターラーケンのようなちゃんとした観光船で船員が猫を飼うなんてことがあるやろかなぁ」

「何とも言えんな。長い航海では積み荷の穀物を狙ってネズミが入り込むから、ネズミ退治のために乗せて行くことがあるし、天候異変を予知できるともいうから、船で飼うことは珍しくないかもしれん。ただ観光客が乗る船やし、食事も出すのんやし、禁止していたと思うけどな」

「ほうやなぁ。まさかその猫が竹生島に上陸して棲《す》みつくなんちゅうことはないわなぁ」

「ほらまたどういう発想や」

「いや、前からな、美穂を連れて西野水道の先で葦笛《よしぶえ》を吹くとさいが、竹生島から猫の鳴き声が聞こえるちゅうしな」

「美穂がほんなこと言っとったなぁ。さあそろそろ長浜港が見えてくるで」

盛太郎は思いがけず琵琶湖固有の丸子船に乗るという貴重な体験をさせてもらうことが出来た。長浜港で下ろしてもらってからは長浜駅まで歩いて北陸線に乗り、米原で乗り換え、彦根の自宅に着くと四時を回っていた。夕ご飯の時に田川カルバートと丸子船の話をすると父親は大変喜んでくれた。

「奈須先生親子とお知り合いになれたことは、君の一生の宝物になるかもしれないから大切にするんだよ」

「はい。分かりました」

父親から奈須先生親子が宝物だと言われて、盛太郎は泣けるほどうれしかった。尾上漁港で若い奈須先生が盛太郎のことを「親っさんの宝物やな、この子は」と言ってくれたばかりである。

盛太郎の心の中に「宝物かぁ」とあたたかい空気が広がった。

湖北の長い冬が何回かゆるりゆるりと過ぎた。和茂は八十歳を過ぎた頃から、これが最後の春だろうといつも覚悟を決めてきた。西野水道の入り口までの田んぼ道は朝日をいっぱい浴びて雪が急ぎ足で消えていく。マンポの向こうでは午後の日差しが湖面をきらめかせている。近頃マンポの向こうに着くと、いつか盛太郎に教えたように湖に向かって、唱歌などから一曲、葦笛を吹くのが決まりになっている。

「朧月夜《おぼろづきよ》」　菜の花畠《ばたけ》に　入日《いりひ》薄れ、見わたす山の端《は》　霞《かすみ》ふかし。……

「冬の夜」　燈火《ともしび》ちかく衣縫《きぬぬ》ふ母は　春の遊びの楽しさ語る。……

「紅葉《もみじ》」　秋の夕日に照る山紅葉、濃いも薄いも数ある中に、……

「夏は来《き》ぬ」　うの花のにほふ垣根に、時鳥《ほととぎす》　早《はや》もきなきて、……

以前はそれを対岸の竹生島で黒猫が楽しみに聞いていることは和茂の頭にはなかったが、盛太郎がインターラーケンで子猫を見たという話をして以来、猫が岩場の上で身体を揺すりながら聞いているように思えてきた。何度も何度も吹いてきた「朧月夜」などは、子猫もいっしょにミャアミャア声に出して歌っているかもしれないとさえ思う。

和茂は帰り道、背負子《しょいこ》にフキノトウ、タラの芽、ミズセリ、ヨモギの若い葉などを摘んでは持ち帰る。晩酌のつまみに素揚げにしてもらったり、辛子味噌《からしみそ》で和えたり、塩もみして食べるのだ。

ある日背負子を肩から下ろしながら、和茂が嫁の久恵に言った。

「久恵さん、わしも年やなぁ、もうあかんわ」

「あらまあ、突然何を弱気なこと言うてぇ。米寿まではまだだいぶんありますで」

「今日なぁ、何がどうなったんか分からんのやけど、マンポを20メートルぐらい入った所でふらっと目眩《めまい》がしてな、ひっくり返ってしもた」

「えっ、どっか怪我してるんとちがいますか」

「怪我は大したことないわ。この通り、軍手もヘルメットも長靴も完全装備やし」

「うそや、ズボンの膝が破れて血がにじんでますがな、すぐに赤チンつけるさかいに待っててくださいや」

「こんなことでは水道を見にござった人の案内人は務まらんわい。どもならん」

と、しわくちゃの頬と顔を手のひらで撫でまわしている。

八十歳を過ぎて毎日、西野水道の見回りに出かけようとする、こんな和茂を誰も止めることは出来なかった。妻も息子の善行夫婦も、中学生になった孫の美穂も一生懸命に頼んでみたが、言うことを聞いてくれなかった。自動車で送り迎えをしようとしても、みんなに迷惑をかけてまで行きたくはない、歩けなくなったらやめる、と言うので諦めざるを得なかった。

西野水道は、教育者奈須和茂の心根《こころね》にぴったりと寄り添った、先人の残してくれた宝物だった。庶民に知恵はあったが如何《いかん》ともしがたい機械の未発達。それを補って余りある暮らしへの執着と惜しみない汗と努力。それらが結実した西野水道は、奈須の教育者としての誇りと自信の源であった。百五十年前の普通の人々がどのような仕組みや努力や心のありようをもって暮らしてきたのかを知り、当時の人々の思いを何とか現代社会に伝えたかった。毎日見飽きるほどに見てきた西野水道の天井、床面のデコボコ、鑿《のみ》の痕《あと》のひとつひとつを慈しんできた。

そして帰って来る度に息子の善行に「あとを頼むな」と言ったが、その言葉の裏には重大な意味が込められていた。和茂の目には西野水道の捩《ね》じれがはっきり分かるぐらいに大きくなったというのだ。二十年の間に南側が下がり北側が上がる形で少しずつ捩じれてきたのが、ここ数年は一年に何センチもずれるようになっている。西野水道の安全上の問題もないことはないが、これは西野水道の問題だけではなく、湖北の湖岸から竹生島にかけての変異かもしれないというのだ。

和茂は近江経済大学土木工学の林賢次郎先生に度々このことを知らせていたから、賢次郎先生が何度か見分《けんぶん》に来てくれた。京都の大学の研究者を伴って調査に来たこともある。

しかし本格的な調査をしようとすれば、1000メートル級の湖底ボーリングと音波探知機による調査が不可欠で、その予算の捻出の方法がない。学者はデータによらない不確かなことは発言しないから、和茂が二十年間に蓄積してきた和茂の目による捩じれ情報は外部に発信されることはなかった。奈須の家族と盛太郎親子だけが真摯に受け止めたが、世間は老人の戯言《たわごと》としか受け取らなかった。

和茂は、西野水道の出入り口の捩じれが湖岸でもいろいろな形で表れていると、善行に注意を促した。この冬、気になるのは湖側の草地で雪の積もり方が一様ではないことだ。所々に湧水があるらしく、いつもなら一面雪の原になるべきところがへこんでいる。その部分だけは地表で雪が解《と》けているのだろう。家の者たちは一月二月の極寒の日々、70センチも積もる雪の中をスコップで雪掻《か》きしながら西野水道に向かう和茂の後姿に鬼気迫るものを感じていたが、せめて雪の中で行き倒れて死ぬことだけはないように祈るしかなかった。

和茂は戻ってくると善行に「竹生島にもどこかに異変が起きるはずや。いや、もう起きているはずや。見逃したら承知せんぞ」と厳しい口調で言うのが日課になっていた。西野のマンポの捩じれは気になるが、和茂一人の力で何か出来るわけではない。とてつもなく巨大な自然の力が琵琶湖といっしょに悪戯《いたずら》を始めようとしているのだろうと、和茂はむしろ優しい気持ちで見守っている。

その夜、夕食の後で和茂がみんなを座敷に集めた。和茂が改まった調子で正座をするから、春休みで京都の大学から帰省している美穂まできちんと座って静かにしている。和茂がみんなに礼を言った。

「夕方、久恵さんには言うたんやが、今日マンポの中で目眩がして、こけてもてな」

「……」

全員がそのことは聞いている。

「ほやし、西野水道へ行くのはもう今日で終いにするわな。長いことみんなに心配かけてすまなんだ。美穂にまで『気ぃ付けて行ってらっしゃい』って心配かけたしな。じいちゃんの散歩はもうやめるで安心してや」

「うん」

美穂が大きく頷いた。

「年寄りが田んぼ道で行き倒れになっても厄介やし、ましてマンポの中で往生してもたら、来た人にえらい迷惑がかかる。明日からは西野水道行きはやめて今まで見てきたことを帳面に整理することにするわ。酒もちょびっとにする」

「おお、ほらええことや。親っさんはほんまに長いことがんばったでな。奈須の家の自慢の親父や。なぁ母ちゃん、なぁ久恵、美穂もほう思うやろ」

みんなが涙を拭きながら頷いている。

「わしの言いたかったんは、ほんだけや。おおきに、みんなおおきに。ほたら、ばあさん、みんなでご先祖さんにお参りしよかいな」

「はい」

と全員が仏壇に向かった。朝な夕なにお参りは欠かさないのだが、今夜は特別な気分で蠟燭《ろうそく》を灯し線香を立て一家そろって正信偈《しょうしんげ》をあげることにした。

それから数日、和茂は縁側に文机《ふづくえ》を持ち出して、春の柔らかな日差しの中で今まで書き散らしてきたメモを整理したり、帳面に簡単なスケッチをしたりした。酒飲みのくせに甘いものも大好きで三時には嫁が必ず渋茶とおやつを用意した。丁稚羊羹《でっちようかん》、田舎饅頭《いなかまんじゅう》、がらたて、ういろう、最中《もなか》など田舎の饅頭屋ならではの素朴なお茶請《ちゃう》けを久恵が買ってくる。甘いものを食べた後は決まってごろりと縁側に横になる。久恵が薄い毛布を掛けると気持ちよさそうに寝息を立て、起きると風呂に入って食事をして隠居所《いんきょじょ》に引っ込む。

毎日がその繰り返しだったが、ちょうど一週間経った日。「やっと、温《の》くとなったなぁ。梅が咲いたで」と言いながら最中を食べて横になった。夕方、久恵が「おじいちゃん、お風呂が沸きましたで」と呼びに行ったが返事がない。

和茂は眠りながら息を引き取っていた。男としては長寿で八十五歳の寿命を全うした。湯灌《ゆかん》が終わり仏間に横たえられた父に息子の善行が合掌した。

「偉い親っさんやったでほんまに。とてもあんな真似は出来《でけ》んなぁ」

老妻が目を泣き腫らして枕経《まくらきょう》の準備をしている。

「お父ちゃん、明日、よもぎ餅をこさえる心算《つもり》やったのに一日早過ぎるがな。もうすぐうちもそっちへ行って、よもぎ餅作ったるさかいに待っててな」

嫁の久恵がお仏飯《ぶっぱん》を用意して来た。

「こんな楽往生さしてもろて、ほんまに偉いお父さんやったなぁ」

美穂がリンを鳴らして手を合わせた。

「うちはじいちゃん大好きや。いつもみんなに自慢してたもん」

「ほやって思うのは美穂だけやないやろなぁ。わしもほうやし、村の人も誰もがほう言うてくれるやろなぁ」

「じいちゃん、おおきに」

家族は笑顔で和茂の死を受け入れた。西野水道顕彰会の会長奈須和茂の死に顔は穏やかだった。

滞りなく自宅での葬儀が終わって火葬場へ向かった。田には一面のレンゲの花。道端にはタンポポ。春の野辺送りだ。

善行が葬儀の責任者に「西野のマンポをもういっぺんだけ見せてやってくれんか」と頼んで霊柩車に寄り道してもらった。

西野水道公園の駐車場で葬送のクラクションを鳴らしてもらった。クラクションの大きな音がマンポの中で響き渡って、琵琶湖側まで抜けて行った。ぽわぁんと柔らかな音がした。哀しくはなかった。

竹生島に棲みついていた黒猫のフーコは毎日楽しみにしていた葦笛の歌が、しばらく前から聞こえないのがとても淋しかったが、今日突然聞こえてきたこのぽわぁんという音もずっとずっと忘れられないような気がした。


奈須和茂の死後、息子の奈須善行が西野水道顕彰会の会長を引き受けた。

善行は高校の社会科教師を退職した後、市の教育委員会からの依頼で、日曜日と祝日には丸子船を尾上漁港から竹生島まで航行させ観光客の写真の被写体になったり、質問に答えて丸子船の存在を啓蒙する係も頼まれていた。同時に竹生島の国宝や重要文化財、自然などの管理点検も委嘱された。夏場は大勢の観光客と参拝客で賑うから、港も神社も寺も店も十分な体制を整えているが、冬になると島に通う人もぐっと減り不測の事態も起きかねないので、奈須善行が竹生島の対岸にある尾上漁港から島の保守点検をしにいく。主な仕事は不審な侵入者の痕跡がないか、国宝や重要文化財に損傷がないか、島の北側の樹木を糞害で全滅に追いやったカワウが神社とお寺、土産物屋が立ち並ぶ南半分に営巣《えいそう》していないか、その他、水道の水漏れや凍結、漏電などをひと通り調べる。週に三、四度は竹生島に渡る。今では竹生島の島守《しまもり》的存在になっている。

滋賀県の気候は夏場は湖北も湖南もさほど差がないが、冬はがらりと様相が一変する。米原市を境にして北の長浜市と南の彦根市では空の色の抜けと湖の波の重さが違う。彦根から南、大津までの空は琵琶湖西岸に連なる比良《ひら》山系が雪を冠っていようと雪が降ろうと冬は冬としての碧《あお》さが際立っていて、その晴れやかさに変わりはない。湖面を動く波も軽い。長浜から先の湖面は鈍鬱《どんうつ》な雲の色と分かちがたく暗く灰緑色に沈み、時雨《しぐれ》模様か雪模様の毎日になる。北琵琶湖に浮かぶ驚くばかりの数のカモもこの季節には岸に近いヨシの中に身を寄せてもくもくと餌を摂るだけだ。

湖北時雨と呼びならわしている、霧よりはわずかに粒が大きく小糠雨《こぬかあめ》と呼ぶには冷たすぎる独特の冬の雨が小船にまとわりついているだけなら、それも冬の情緒だと思えるが、一月から二月にかけては三角に波頭を蹴立てて風雪が迫ってくる。湖とは思えぬほどの険しい白波が船縁《ふなべり》を叩きつけると、観光気分で船に乗っていることなど出来ない。そうなると奥琵琶湖と呼ばれる竹生島周辺には人を寄せ付ける雰囲気が消えてしまう。だが、西国三十三所の札所でもある竹生島に参詣する人は冬でも多く、彼らの便に供する目的もあって、限られた便の船だけが竹生島を訪れる。

奈須善行は今日もそんな荒れた琵琶湖の岸沿いに巧みに丸子船を操って竹生島の桟橋に船を着け、定期点検を行ってきたが、いくつか異変が見つかった。カワウの糞が以前より島の南側に広がってきていて、都久夫須麻《つくぶすま》神社の裏側から見ると湖面に近い樹木に点々と白い糞が見つかった。島の北側は回復不能なまでの糞害のために枯れた木々は骨が乱立しているように見える。東と西にもかなり広がっているが、まだ立ち木の何割かは緑を残しているし、桟橋のある南側にはカワウは寄り付いていなかった。今までにも糞害が見つかった場所には、ネット状に細い紐《ひも》を差し渡し営巣を妨害しているのだが、大きな効果は得られていない。とにかく島の周囲は厳しい断崖だから紐を張るだけでも大変な労力がかかる。カワウの糞害を防止する方法は今のところ無いに等しいが、国宝の都久夫須麻神社本殿や宝厳寺《ほうごんじ》唐門《からもん》だけはどうしても守らなければならない。奈須はこのカワウの糞害を写真に撮って役所の商工観光課と教育委員会に報告することにしている。

もうひとつ気になることがあった。今までついぞ見たことのないものが宝厳寺の裏手で見つかった。血に塗《まみ》れたカモの死骸だ。竹生島の周囲は切り立った崖で、カモが寄り付きそうな浅瀬もヨシの林もないから、今までカモのような水鳥が島に上陸した記憶はない。この死骸は猟師に撃たれて傷ついたカモが竹生島まで飛んできたが力尽きて落ちたものか。だが仮にそうだとすれば銃弾による血痕はあっても、このように何ものかに食いちぎられた跡があるのはおかしい。これは文化財を汚したり観光の妨げになることはないだろうから敢えて報告する類の話ではない。カモの死骸とカワウの糞に気を取られている間に、いつもより時間がかかった。そろそろ早い夕暮が迫る島から尾上漁港に戻らねばと桟橋から離れ舳先をめぐらした。

奈須はいつもの段取り通り左回りをして西側の洞窟付近に異常がないかを調べる。奈須がいちばん気にしているのは、十年ほど前に学者が発表した琵琶湖の湖底が一年に3ミリから5ミリ程度沈降しているという学説と、父の和茂が死の数日前に西野水道が捩じれている、やがて竹生島にも異変が起きるだろうと言い残したことである。沈降速度が一年に5ミリなら十年経てば5センチになる。それならどこかの地点を決めて上手に計測すれば確かめることが出来るかもしれない。奈須は洞穴の入り口に奈須にしか分からない目印を付けてある。そうしておいて全く波のない凪《なぎ》の時間帯に目印の位置を確認する。もちろん琵琶湖にも潮汐《ちょうせき》があるから、毎年同じ月、同じ日の同じ時刻に目印を比較してきた。今日も洞窟の入り口に船を寄せて点検する。今日は四年前のこの日と同じ完全な凪である。

危険を承知で船の舳先を洞窟の入り口に押し込み目印を確認した。やはり学説は正しかったようだ。少なくとも2センチほど湖面が目印より上にある。つまり湖面が上昇しているのか、島が沈んだのかどちらかである。

「生きている。琵琶湖は生きている」

奈須は確信を持った。写真を撮った。

「親父が言っていた通りや。西野水道の入り口より出口が少しずつ下がっているような気がすると言うとったけど、竹生島にも異変が起き始めたんやろか。やっぱり琵琶湖は竹生島の近辺で沈み始めたんやろな」

奈須は凪が終わると、再び風が波を呼ぶことを知っているから、今日の点検を終了した。この沈み込みのことを市役所に報告するつもりはなかったが、親父の遺志を継いで林盛太郎君にだけには写真を送ろうと決めた。


三年生の春休みになっても盛太郎の洞窟探検は続いていた。高校生とはいえこれだけ毎週実地見学に行き、前後に図書館で調べ物をするのだから、知識レベルがどんどん上昇していった。夕ご飯の時に疑問点を専門家の父に確かめることが出来るのはありがたかった。

「お父さん、調べてもよく分からないことが出てきたので教えてほしいのですが」

「ああ、何でもどうぞ」

母は食器を片付けながら「盛太郎さんはお勉強がよく出来るから大丈夫でしょうけれど、そろそろ受験勉強にかからなきゃいけないのじゃないですか」と心配している。

父が笑いながら「そんなに心配しなくても大丈夫だよ。盛太郎の力なら夏休みから受験勉強を始めてもどこかの大学には入れるだろう。今はまだひとりクラブ活動をしていてもいいことにしてやろうよ」と悠々としている。

「それならよいのですが、今年に入ってからは休みのたびにずっと洞穴探検でしょ。それにこの頃は靴とかヘルメットとか何だか恰好《かっこう》まで本格的になってきて、大学受験のことなんかまるで頭にないんですもの」

珍しく母が盛太郎の生活に注文を付けた。

「うーん。母さんを心配させない約束でずっと許可してきたのだけれど、別の面で心配をかけてはいかんなぁ。じゃあ五月の連休が終わったらクラブ活動は終了して、受験勉強に取りかかるということでどうだろうか」

「分かりました。そうします」

「よし決定だ。母さんもそれで納得だな」

母が機嫌を直して食器を洗い始めた。

「さあ、質問はなんだい」

父が熱いお茶を啜《すす》りながら盛太郎の質問に答える態勢を作ってくれた。

「はい。洞窟や天然の穴で変わったところがないかと調べていたら、『甌穴《おうけつ》』っていうのにぶち当たりました。このことで教えてほしいのです」

「おお、盛太郎もとうとうそんなところまで来てしまったか。高校の図書館では甌穴の詳しい解説まではたどりつけないだろうな」

「天然記念物になっている甌穴もたくさんあって、近くだと岐阜県の飛驒《ひだ》川の河原には天然記念物に指定されている甌穴があるらしいのです」

「写真は見たのかな」

「はい。天然記念物というから凄いものだろうと思ったのですが、岩に穴があいていてそこにかなり丸い石が入っているだけのシンプルなものでした。はっきり言ってどうしてこれが天然記念物なんだろうと思いました」

「確かに写真では凄さが分からないだろうな。見た目で言えば大きな鳥の巣に大きな鳥の卵が一個ある様子というのがいちばん分かりやすいかもしれないな」

「鳥の巣に卵ですか、ああ、それだと写真のイメージに近いですね。そもそも肝心の甌という漢字が今まで見たことのない漢字なんです。やっと調べたのですが、訓読みが『ほとぎ』で、意味は高貴な赤ちゃんの産湯に使う『かめ』って書いてありました。ますます分からなくなってしまいました。いったい甌穴って何ですか」

「甌穴というのはまず漢字が難しすぎるからなぁ。むしろ英語のほうが分かりやすいかもしれない。英語ではポットホールと言っている。ポットは壺とか深い鍋とかカメという意味だな。日本語でも甌穴などという難しい漢字を使わずに『かめ穴』と呼んでいる書物もある。要するに河原や海岸で比較的硬い岩の小さな割れ目にその岩よりもさらに硬い石が入り込み、その石が研磨材になって周囲を削り取って穴をだんだん大きくして出来た穴だ。穴の中に研磨材の石が残っているケースもある。滋賀県にもあるけれど天然記念物に指定されているわけではない」

「天然記念物に指定される理由というのはどうしてですか」

「それは簡単なことだよ」

「え？」

「君は中学校の時に庭に穴を掘ったけれども、あの時に使った道具は何だったかな」

「スコップです」

「西野水道は鑿《のみ》と槌《つち》を使って掘ったよな」

「はい」

「では、河内の風穴は？」

「道具は使っていませんが、毎日毎日、毎秒毎秒、水が石灰岩を溶かして巨大な洞窟を作りました」

「そしてこの甌穴はというと天然の石が天然の岩を穿《うが》って穴を掘った。しかも一年の間におそらく数日間だけの激流がエンジンになって、その回転だけで穴を削り続けた。見事な手仕事じゃないかな」

「なるほど石が道具になって石に穴をあけたんですね」

「石が石に穴をあけたんだが、言葉を換えれば時間が自然に穴を穿ったと言えるかもしれない」

「時間ですか」

「そうだ。自然が持っている最大の武器は時間だ。時間はあらゆることに対して止まることを許さない。時間はあらゆるものを動かし続けている。海も山も川も湖も石も木も花も草も人間も動物も空気も太陽もいつも動かし続ける。これをいちばん分かりやすく見せてくれるのが甌穴かもしれない。甌穴を見に行くとしたら時間を見て来てほしい。甌穴を見つめていれば時間が見えてくる」

「時間を見るってどういうことですか」

「どの洞窟でも我々が見ることの出来るのは何万年、何十万年単位の時間が経過した過去形だ。もちろん鍾乳洞の石筍《せきじゅん》や石柱は今も動いているけれども、甌穴は現在も何万年もの間にやってきたことと同じことを見せてくれる。雨が降って上流から急流が襲ってくれば、ポットホールの中の石が回転して穴を穿とうとする。何十万年かの営為を現在進行形の形で見ることが出来るのだ」

「分かりました。ところで甌穴は横穴ではなくて空を向いて垂直方向に穴があいているんですよね」

「甌穴と呼ばれるもののほとんどは空を向いて穴があいているものだ」

「水平方向に出来る可能性はないのでしょうか」

「ないことはない。断崖に打ち寄せる波が岩を割って隙間を作り、その中に研磨材になる硬い石が存在すれば、その研磨石が下へ下へと穴を穿ち、同時に奥へ奥へ穴を深くすることもありえるな」

「西野水道で奈須先生とお父さんが話をされていた竹生島の『湖食洞窟』もそうやって出来た可能性はありますか」

「じつは私も竹生島の洞窟の成因はかなり複雑だと思っている。穴が出来る取っかかりは島の大部分の花崗岩が波の浸食によって節理《せつり》(割れ目)が剥落《はくらく》したり、へこみが出来て始まったのだろう。次のステップとして、その花崗岩に複雑な形で甌穴が生じたとも考えられる。もうひとつは岩盤の表面に近い所に石灰岩があって、それが浸食されて鍾乳洞化していったのかもしれない。残念ながら私は専門外なので、それぐらいしか答えようがない」

夕食の時の話はそれで終わった。盛太郎は母親が心配していた大学受験のことが意識の中に形をとり始めたのを感じた。

盛太郎はその週の日曜日に岐阜県にある天然記念物の甌穴を見に出かけた。東海道線で岐阜まで行き、岐阜で高山線に乗り換え上麻生《かみあそう》駅で下車した。家から三時間以上かかった。汽車を降りて迷うことなく上麻生橋近くの甌穴群に辿り着いた。飛騨川のV字形の渓谷は飛水峡《ひすいきょう》と呼ばれている急峻な渓谷だ。両岸は崖が激しく浸食された形跡があるが、あまりの硬さでこれ以上川幅を広げることは出来ず、川底を深くし、さらに上流からの岩石混じりの激流が轟音《ごうおん》を響かせながら岩を削り込み、さらに川を急流にしてきたことが想像できる景観である。すべての岩盤がいかにも硬そうな岩石で成り立っているが、この岩盤の表面に出来た割れ目に大小様々な礫《れき》が入り込み渦巻運動をおこし、研磨材の役目を果たして穴を穿ってきたのだという。この急流によって作り出された穴が甌穴である。飛水峡では、薄い板を束ねたような縞模様をつくる層状チャートの硬い岩盤に多くの甌穴が集中して作り出されている。長い年月をかけて出来る水の浸食作用の凄さに驚くしかなかった。

いくつかの甌穴と向き合った。差し渡しが数メートル、幅が2メートルもある大きな甌穴もあれば、70センチほどのつるつるの小さなバスタブのように見えるのもあった。西野水道もわんわんの洞窟も鑿で岩を穿って穴をあけた。しかしポットホールは石という道具と水流という力で穴をあけた。それを可能にしたのが時間である。途方もなく長い時間である。父の言った時間が見えた気がした。

盛太郎は驚嘆しながらふとおかしなことを思った。ポットホールの中に研磨材になった石があるが、これはどこかで見た形だぞ。父は鳥の巣の中に卵が一個ある形と言ったが、逆の見方をすれば、これはドーナツと似ている。ドーナツ状の粘土をこの穴の中に詰め込めば甌穴は蓋《ふさ》がれてしまう。

そもそもドーナツの穴は何のためにあるか。穴は食べられない。何もないのだから食えない。食えないのに必要なものが食品としての体をなしている。ドーナツの穴はドーナツをドーナツたらしめるためにある。

ドーナツの穴が盛太郎を困惑させるさらに難しい理屈がある。生地《きじ》の段階では穴をあけてもドーナツの穴は平面である。これを油で揚げ、いざ食べようと手に持った途端にドーナツの穴は三次元に変貌する。しかも体積の測りようのない三次元だ。どこからどこまでがドーナツの穴固有の体積で、どこからが宇宙とつながっているのか仕切りようがない。穴は自分の周りの空気と一体化しているから無限大の体積を持っている虚の空間である。手の中にある穴は大気圏を超えれば宇宙空間と一体化する。だからドーナツの穴の孤立は宇宙レベルであると同時に、この世の中でいちばん巨大なものは宇宙と一体化しているドーナツの穴だと言えるのだろう。中学生の時に庭に掘った穴が宇宙に通じると考えたあの発想がまた甦った。……だが、この先を考える学問的知識が高校生の盛太郎にはまだなかった。

帰り道の盛太郎は汽車の中でもずっと考えた。

掘る前に穴はない。掘ると穴が生まれる。生まれた穴は空っぽである。空っぽを作るために掘る作業をする。穴を掘れば掘るほどに、何もないところが出来る。穴を掘るという「実」の作業で生まれる「虚」としての穴。穴を満たしてしまえば虚であった穴が土という実になり、穴は虚になる。

盛太郎が気になったことがもうひとつある。今まで盛太郎が見回ってきた穴は大自然が作ったか人の手によって作られたかの違いはあるが、当然ながら目に見える穴だ。だが、人間の目に見えない穴もある。例えば小学校から米原駅へ社会見学に行った時に国鉄の人が蒸気機関車の車輪を柄の長い金槌《かなづち》で叩きながら音を聞いていた。それは車輪にひび割れや傷がないかどうかを音で確かめているのだと教えられた。飛行機が墜落する事故の何割かが、使われている金属が疲労劣化してトラブルを起こしたものということをニュースで見たことがある。専門家の話では、鉄の板でもジュラルミンの板でも、人間の目では正常に見えてもそれを電子顕微鏡レベルまで拡大すると、格子状の金属の結晶そのものに欠落があることがある。英語で「ボイド」というそうだ。その欠落を１００％排除することは実際上不可能であると指摘していた。つまり硬い金属の中に極めて微小ではあるが穴があいているということである。見えない穴というものに心がざわざわしたが、それ以上に深く考えることは盛太郎の知識のはるか彼方にあった。

彦根に着く直前に考え始めたのは、琵琶湖は紛《まが》いもなく穴であるということだ。人々は成因にも現況にも将来にもそれぞれの思いと熱を込めて琵琶湖を捉えているが、実態は垂直方向の超巨大な穴である。同時にこんなことも考えた。私たちは琵琶湖なしの滋賀県を思い描くことが出来るか。無理だ。琵琶湖なしでは存在できない滋賀県。滋賀県に住む人々にとって、滋賀県とは琵琶湖のことに他ならないのではないだろうか。自分が住んでいるのは琵琶湖周辺の陸地ではなく、「琵琶湖島」という周りを琵琶湖に囲まれた島に住んでいるというように誤認している。ほら胃袋って袋の中が胃の実態なのに歪《ゆが》んだ氷嚢《ひょうのう》のような、ぼてっとした外観を胃だと認識しているではないか。あれといっしょだろう。滋賀県は胃袋の中の胃壁である琵琶湖が実体なのに、それを包んでいる陸地を胃袋であると考え違いしているのだ。

竹生島は琵琶湖が湖であって陸地ではないことを証明するためにある。水に囲まれている島。陸地に囲まれている水。周縁の陸地なしには存在しない虚としての琵琶湖。さらには島の下部にえぐれた洞窟を隠す竹生島！

林盛太郎の思い込みはもう留まりようがない。

盛太郎はゴールデンウイーク明けから本格的な受験勉強に入り、京都の大学で地球科学や地質学を学ぼうと思った。

翌日の夜のことである。盛太郎の部屋をノックする音がした。盛太郎は苦手教科の世界史の予習中であった。

「お勉強中のところごめんなさい。ちょっとお邪魔しますね」

「はい。どうぞ」

おやつにレーズン入りのクッキーと紅茶を持って笑顔の母が入って来た。

「盛太郎さん。あなたが喜びそうなとても素晴らしいお話があるのですよ」

「はい。何でしょうか」

いつも笑顔を絶やさない母ではあるが、今日は特別うれしそうである。とびきり素直な性格の母だから、他人を欺くとか陥れるとかが出来ないのはもちろんだが、隠し事さえも出来ない。喜怒哀楽がすべて表情に出る。盛太郎は母の顔に出ている喜びの表情から何事が起きたのかと楽しみにしつつ世界史の教科書を閉じた。

数学や理科は論理的に物事を積み重ねていけば理解が出来るから盛太郎の得意科目だが、ヨーロッパの古代史や中世史はいくら理解しようと思っても合理的理由の説明がないままに国と民族が大きく揺れ動くし、どの要素の力がどこに働いてどちらに動いていくのかまるで原理原則が呑み込めない。

例えばローマ帝国が版図を広げたのはあたかも皇帝だけの力のように記述されているが、戦争遂行のシステムや手段はどういうもので、そもそも戦争を維持するだけの経済力は何に拠っていたのか、そういうことがまるで教科書に出てこない。兵士の家族たちはどのような家に住み、どのような食事をしていたのかなど、想像できないことが多すぎる。母が登場したのをきっかけに今日は世界史の予習をやめることにした。

「さきほどお父さまが帰って来られてお聞きしたのですが、大阪のテレビ局の依頼でお父さまが近々琵琶湖疏水《そすい》の中に入られるんですって」

「エー。疏水に入るってどういうことですか。あんな長い水のトンネルにどうやって入るんでしょうか」

「今年は琵琶湖疏水が完成してちょうど百年なので、テレビ局がね、その記念番組を制作するから専門家のお父さまに出演してほしいってお声がかかったんですよ」

疏水というのは農業用をはじめとして湖や大河川から別の場所に導水する用水路であるが、なかでも琵琶湖疏水は、琵琶湖からトンネルを何本も作って京都へ水を引く大規模な工事で、明治維新によって日本の都が東京へ移り寂れる一方の京都の活性化のために大いに貢献した。上水道と灌漑《かんがい》を主目的にし、北陸地方と滋賀県から京都への荷物運輸の動脈として水路を使い、さらには琵琶湖と京都の高低差を利用して水力発電までやってのけた。第一疏水は明治十八年に着工し、同二十三年に大津市三保ヶ崎から鴨川合流点までと、蹴《け》上《あげ》から分岐する疏水分線が完成し、その後も工事は続けられた。

「すごーい。お父さんがテレビで疏水の話をするんですか。疏水の中に入れるなんて、うらやましい限りです」

「肝心なお話はここからですよ」

母が少しもったいぶって微笑んだ。

「放送局の方がおっしゃるには、疏水のような明治時代の立派な事業を現代の若い人がどういうふうに受け止めているのかを考えるというのも番組の構成に入っているんですって」

「はぁ」

盛太郎は自分にも関わりがありそうだと思えて身を乗り出した。

「それでね。お父様が打ち合わせの時に何気なく盛太郎さんの洞窟探検のことをおっしゃったら、プロデューサーが『それは面白い。ぜひ盛太郎さんもいっしょに来てもらってください』ってことになったのですって」

「本当ですか。僕が疏水の中に入れるんですか。うわー、やったぁ、やったぁ、やったぁ」

日頃もの静かな盛太郎が小学生のように飛び上がって喜んだ。自分が疏水に入れるなんてことは一度も考えたことがなかったし、そもそも何らかの方法で定期的に点検はしているだろうが、疏水に人間が入るというイメージさえなかったのだ。

琵琶湖疏水は盛太郎にとって滋賀県最大の横穴である。

テレビ撮影は大津三保ヶ崎の取水口で川船三艘に分乗して始まった。アナウンサーと教授と盛太郎が一艘の船に乗り、あとの二艘にそれぞれカメラマンと照明、音声係、そしてプロデューサーとディレクターが分乗した。疏水に入った盛太郎は動揺した。今まで見てきた数々の洞穴、洞窟、マンポ、トンネルと比べて疏水は別世界であった。想像していたことと何もかもが違いすぎた。何よりもその美しさと静かさに驚いた。工事の跡を感じさせない整然たる煉瓦《れんが》の積み方、天井の曲線、清澄な冷気、流れているのに音のしない水。「水」を運ぶ河としての運河だから流れに速度は不要で、徹底した勾配の管理がなされているのだ。

教授がいろんな角度から琵琶湖疏水の卓越した素晴らしさを説いている。

「蹴上の船溜《ふなだまり》から南禅寺《なんぜんじ》の船溜までの間、船をケーブルカーの台車に乗せて斜面を運ぶというインクラインの発想の柔軟さには驚かされます」

「現代の土木工事より優れている点はありますか」

「あります。しかも最も根源的な部分が現代の工事より優れています」

「と言いますと……」

船は30メートルほど進むとわずかに方向の修正をするため小さく棹《さお》を差す程度で静かに進む。真っ暗な中でテレビ撮影用の照明を灯すからトビゲラやカゲロウなど水棲昆虫が寄ってくる。

「土木工事は毎日の暮らしに役立つものでなければなりません。道路を作るのは子供が学校へ安全に通うためです。車で荷物を運んでくれる運転手さんのために作ります。堤防は水害で家が水に浸かったり人が死んだりしないためです。用水路はお百姓さんたちがおいしいお米を作るためです。作る。運ぶ。使う。生きる。感謝する。これが土木工事の真髄です。今の工事にはなくて琵琶湖疏水にあるのがこういうものなのです」

「なるほど」

「さらに琵琶湖疏水は伝統芸術、クラシックアートの世界です。ですから南禅寺の中でもあれほどしっくり納まるのです」

アナウンサーの質問は教授の簡明な説明を受けて土木工事のデザイン性に移っていった。

「南禅寺水路閣《すいろかく》も見事という他ありませんね」

「南禅寺の境内に疏水を通すのですから相当な議論があったわけですが、煉瓦作りでアーチ状の水路を見事に景色の中に溶け込ませることに成功しています。水路閣は国宝建築物や重要文化財の建築物が威容を誇る南禅寺の境内の中で違和感がないどころか、まるで南禅寺の創建当初からそこにあるような佇《たたず》まいです。土木事業は百年先を見て仕事をしろと言いますが、実際に百年間機能して愛され続けている土木工事というのはそんなにあるものではありません」

盛太郎は父とアナウンサーのやり取りを聞きながら不思議な感覚に襲われていた。着工以来百数十年の琵琶湖疏水が太古の昔から自然界に存在していたように思える反面、五〇万年単位の時間の長さの中で出来た河内の風穴に人工的な造形を感じてしまうのはなぜなのだと。

気が付くとはるか前方に小さな明かりがポツンと見えた。疏水第1トンネルの出口だ。

「それともうひとつ忘れてはならないことがあります。この琵琶湖疏水は誰が作ったのかという問題です。北垣国道《きたがきくにみち》知事だ、田邉朔郎《たなべさくろう》技師だ、お金を出した京都の市民と財界だ、大勢の働いた人々だと様々な言い方が出来ますが、何はともあれ琵琶湖疏水は琵琶湖の自然が作らせてくれたということです。言い換えれば琵琶湖の水質と水位が維持向上できなければ、琵琶湖疏水はただの廃墟のトンネルになってしまいます。豊かな琵琶湖の水が作らせてくれたことを絶対に忘れてはなりません」

第1トンネルを抜けると滋賀県から京都府へと変わる。しばらくは山裾《やますそ》の樹間《じゅかん》を流れるが、ここもトンネル内と同様に静かでひんやりとしている。

盛太郎は父のものの見方に圧倒された。同時に、琵琶湖疏水と比べると西野水道はどういう評価になるのかなと思った。

このあと疏水は西に進み、諸羽《もろは》トンネル、第2、第3トンネルを抜け、蹴上に出て第1疏水より約二十年後に着工完成した第2疏水と合流する。合流地点で下船し、今度は歩きながら蹴上の発電所、インクラインの遺跡、水路閣、ねじりマンポなどをひと通り撮影した。これで終わりかと思っているとディレクターが盛太郎に琵琶湖疏水の設計者田邉朔郎の銅像の前に立ってほしいと言う。疏水のトンネルの中ではマイクを向けられることなく何も聞かれることがなかったのでしゃべらなくてもいいのだと安心していたら、最後の最後に出番がやって来た。父がニヤッと笑って横に立った。両端にアナウンサーと父、真ん中に盛太郎だ。黒の詰襟の学生服に学生帽を被って神妙にしているとディレクターが、

「気を楽にして感想を述べてほしいので思ったことを言ってください」と言う。

盛太郎は少し困って父に、

「思ったことを話していいですか」と同意を求めた。父は、

「思ったまま話さないとお前を連れて来た意味がないじゃないか。遠慮なく話してみなさい」と頷いた。

ＶＴＲテープが回っているのを確認して、ディレクターがアナウンサーにキューを出した。

「今日は特別番組『琵琶湖疏水の百年〜産業遺産の美〜』と題して琵琶湖疏水のすべてをご覧いただきました。近江経済大学の林賢次郎先生といっしょに船に乗っていただいたのは、滋賀県立彦根城高校一年生の林盛太郎君です」

「ありがとうございました」

「盛太郎君はずいぶんあちこちの洞穴を探検というか見学というか……研究しているというふうに伺いましたが疏水の中は初めてですよね」

「はい。もちろん初めてです」

「どうでしたか」

「びっくりしました。武士が権力を持って威張っていた時代からわずか二十年でこんな凄いことが出来た明治の日本人の凄さを感じました」

「そうですよね。当時の多くの土木工事が外国人技師に手伝ってもらったのですが、琵琶湖疏水は日本人だけで作ったのですからね」

「こんな長いトンネルを作って、ちゃんと水が流れて、百年経っても壊れずに、しかもかっこいいですよね。いろんなことに感動しました。ですが何かが物足りないのです」

「おや、これは意外な言葉を聞きますね」

「何が物足りないのかが自分で分からなくて気持ちが悪いのですが……」

「思わぬ感想が出てきましたが、盛太郎君、もう少し話してくれますか、ひょっとするととても大切なことかもしれませんでしょ」

「はい。今までに滋賀県の横穴を随分見ましたが、父が連れて行ってくれた河内の風穴と西野水道の二つを見た時の感動を超えるものはありません。疏水って大変な工事でしたから お金も人手も時間も随分かかっていますよね。お金がなければ出来ませんよね。

………」

「どうしましたか」

盛太郎はこのことについて今まで考えたことがなかったので、うまく論理が転がって行かずに言い淀んでしまった。さきほどトンネルの中では琵琶湖疏水の見事さに圧倒されていたのに、京都側へ出て来たとたんに少し感動が薄れてしまっている。ＶＴＲは回ったままだから後で編集するのだろう。

「ごめんなさい、上手に言えないんですが、奈良とか京都のお寺を見るとものすごく大きくて立派ですが、農業と漁業しかなかった時代にどうやってあんなお金を生み出したのかなって思うのです。あんな凄いものを作れたのは、お金か権力か信仰心かそういうものが必要ですよね。それが見えてしまうからなーんか白けて、巨大な土木建築には気持ちが正直に向き合えなくて困ります。でも西野水道は時間こそかかっていますが小さくてデコボコだらけなのに圧倒されるんです」

「盛太郎君がとても難しいことを言いました。どうでしょうか。極端に言ったほうが分かりやすくなるのでエイヤーとまとめると、土木建築、美術、芸術、すべて、お金がかかっていれば良いのは当たり前ということになってしまうのでしょうか」

林賢次郎教授が助け船を出した。

「いえ、その言い方には飛躍と歪曲《わいきょく》があります。盛太郎のたとえにもかなり無理があります。高級フランス料理と梅干とたくあんのお茶漬けを比べてどちらがおいしいのかという議論は意味がありません。琵琶湖疏水と京都奈良のお寺を比べるのも比較対象の仕方が違います。話を先に進めるのではなく、戻してもらったほうが正確になると思いますよ」

「と言いますと」

「私が連れて行ったふたつの洞穴の何に感動したのかを明らかにしてからのほうが分かりやすいと思います」

「なるほど、そうですね。ではもう一度戻ります。西野水道と河内の風穴のどこに君は感動したのでしょうか」

「はい。西野水道は狭くて低くてデコボコだらけです。どうやら測量ミスか掘削ミスがあったのか、途中で歪《ゆが》んでいたり無駄に天井の高い場所もありました。でもあのマンポのおかげで多くの村人が助かりました。命はもちろんですが、食うや食わず、生きるか死ぬかという生活の根底部分が助かったのです。豊かな毎日が送れるようになったのだと思います。水害で作物が出来ない。体力のない老人子供は飢えや病気で死んでいく。それを何とかしたいという切実な気持ちが硬い岩盤に穴をあけさせました。井伊のお殿様から褒められこそすれ、決して命令されて権力ずくで作られたものではありません。全長228メートルの真っ暗なマンポを出た時、僕は体が震えました。自分があの穴を掘り貫《ぬ》いたような錯覚に陥りました」

「それは凄いことですね」

「行先が分からなくて彷徨《さまよ》っていた余呉《よご》川の水を西野水道に流してあげて琵琶湖というお母さんのもとに連れて行ってやることが出来たのです。村人も喜んだのでしょうが、いちばん喜んだのは余呉川だと思います。そしてそれを見つめる琵琶湖があって、大きな仕事をしたんだぞって胸を張っている西野水道。水と川と湖の関係が西野水道の完成でちゃんと出来たのだと思います」

「それは琵琶湖疏水にも言えますよね」

「はい全部ではありませんが、一部は似ていると思います」

「では河内の風穴はどうでしたか」

「驚いたのは何といっても洞窟内の地下水脈です。ゴーゴーと音を立てて地下の洞窟の中を川が流れていました。その川の流れは五〇万年の歳月の流れです。洞窟に落ちた一粒の雨が石灰岩を溶かして巨大な洞窟を作り、川を作り、水を流し、地下の大空間を作り出しました。誰の手も加わっていない原初の自然が一秒一秒の積み重ねであの風穴を作りました。これは感動以外の何ものでもありません」

「そうだ、君が感動した河内の風穴には琵琶湖疏水にはない時間があるし、西野水道には人々の気持ちがある。そのふたつが琵琶湖疏水にはないものかもしれない」

「時間と気持ちですか」

盛太郎は自分が言葉を口に出したことで、自分が考えていたことが自分でも分かったような気がした。

疏水のテレビ番組が後日放送されたが、盛太郎の西野水道と河内の風穴の部分はすっぽりカットされていた。盛太郎は自分がもっと上手にしゃべれれば良かったのにという思いと同時に、都合のいい部分だけを切り刻んで番組を作るテレビというものに大きな幻滅も感じた。

第四章 湖が沈む

2002〜

長浜市役所商工観光課の白鳥《しろとり》美穂《みほ》の旧姓は奈須《なす》である。

父と祖父のふたりが教育者であったため、地元高校を卒業する時、教育関係に進学するかどうかでずいぶん悩んだ。

「学校の先生だけが仕事やと思わんでええで。美穂が自分で考えて、『将来こういう仕事に就きたくなるかもしれんなぁ、ほやったら、こんな学部かなぁ』ぐらいの幅の広い考え方で選んだほうがええ。人生はびっくりするほど長いんやし、何回でもやり直しがきく。十七歳や十八歳で人生全部を決めんでもええ」

父はいつもそう言った。美穂は何をやりたいというわけではなかったが、京都に出来た新設大学の面白そうな学科名に魅かれて受験した。経済学部観光産業学科というのがそれである。大学では諸外国の文化と観光のあり方を学んだ。京都という町は不思議なくらい新しいものが好きな町だから、空いた時間に日本の観光の総本山京都で吸収できる限りの文化と芸術と伝統と人間についての見識を深めることが出来た。そして卒業後に長浜市役所に就職した。

美穂は定番のグレーのパンツスーツが1メートル67センチの長身にぴたっと決まって、市役所の中でも取り分け目立つ存在だ。化粧は極力薄めにしている。「笑顔よし」が母親の子育ての方針であったから、どんな状況でもすっと笑顔を見せることが出来たし、笑うことで他人はもちろん自分の心も軽くすることが出来た。商工観光課だけではなく庁内でも好感度の高さは群を抜いている。

商工観光課に配属された翌日、課長から言い渡された。

「白鳥美穂さん、来年の三月三十一日まで毎朝七時出勤、十時半まで庁内で掃除、資料整理、連絡事項の片付け」

「はっ、はい。七時ですか」

「観光客の朝は早い。ほやから役所の朝も早いんや」

「分かりました」

「十時半になったら外へ出え。市内の観光地の勉強と点検と改善計画と苦情処理と新規プランの策定せんならんさかいにな」

「はい。それは何時までですか」

「終わりは、なんぼ早《はよ》帰ってもええで。残業は禁止や」

「日曜日はどうするんですか」

「残業と休日出勤は禁止や」

と言われて市内の観光資源をすべて頭に叩き込むことに費やされた。

長浜の最大の観光資源は北国街道《ほっこくかいどう》がらみの古建築の再生利用で一躍人気スポットとなっ

た黒壁《くろかべ》スクエアだ。旧市街の古建築の保存と再生のために町なかを博物館にする構想が出来、平成元年に黒壁一號館《いちごうかん》「黒壁ガラス館」がオープンし、滋賀県特有の食べ物屋、お土産屋、食材店などが人気を集め、周囲の古建築が次々と美術館、ガラスショップ、工房、ギャラリー、カフェ、レストランなどに生まれ変わり、あっという間に滋賀県最大の観光地へと発展したのだ。美穂は一軒一軒の店や施設の特徴から経営者の人となりまで把握できるようになった。

旧長浜駅舎、曳山《ひきやま》博物館、国友《くにとも》鉄砲の里資料館、長浜城歴史博物館などそれぞれの施設の内容を把握するだけでも大変な勉強が必要だった。昼ご飯は毎日のように市内の飲食店を順番に食べ歩いた。立ち食いでフランクフルトソーセージを食べたり、土地に伝わるのっぺいうどんや焼鯖《やきさば》そうめんはもちろん鴨料理の老舗料亭に至るまで食べ尽くした。むろん写真を撮らせてもらって自分だけのデータベースを作ってもいた。

「ご坊《ぼ》さん」の呼び方で親しまれる大通寺には何かあるとお参りし、七月上旬の夏中《げちゅう》法要は「夏中さん」と呼ばれ近隣からの参拝客で大賑わいになるから、駐車場の管理、安全対策などにも大いに気を配ったものだ。

眼病に効くと参拝者の多い木之本地蔵では周辺の店舗にも何かと声をかけて歩く。高月町向源寺《こうげんじ》の国宝十一面観音の前に来ると、大好きだった和茂《かずしげ》じいちゃんの葦笛《よしぶえ》が胸の中に広がり、春の夕暮れ時の温かい空気が甦る。同時に竹生島《ちくぶしま》に棲《す》んでいるはずの猫のミャオという淋しげな声も聞こえて来るような気がした。姉川の古戦場、賤ヶ岳《しずがたけ》などどれだけ時間があっても足らなかった。

実家の父に頼んで丸子船に乗せてもらい、実際に魞《えり》漁がどのように行われていてどんな魚が獲れるのか、カモがシベリアから飛来して来て何を食べているか、早春の稚《ち》アユ漁など湖で行われる様々な漁獲方法もインプットした。

結婚して奈須美穂から白鳥美穂に変わった。

最近、課長の山崎が次から次へ美穂に仕事を命じるようになっている。商工観光課長はどこの市町村でもいまや最重要ポストと言ってもよいくらいで、その課で実績を積んで助役になったり市町村長になる人物もたくさんいる。だが山崎にはそんな野望はないらしい。市内へ出て行くと愛想よく振る舞って仕事に支障はないのだが、市役所内ではただのイヤな奴でしかない。

今回の命令は県内一の集客数を誇る長浜の大ヒット町おこし事業、黒壁スクエアを側面から補助するイベントを開発しろと言う。命令そのものはごく平凡で当たり前のものなのだが、何にせよ一筋縄ではいかない偏屈課長だから命令には不思議な条件が付いていた。開発するイベントは今までどこかでやったことのあるイベントに限ること。無理に初めてのことを考えても企画書の作成に手間はかかるし、上司や議会は概して新しいことを受け入れるのが苦手だから説得にも時間がかかる。第一、初めての企画だと思っていても、たいていのイベントはどこかでやっているものだ。だからどこかでやったイベントを長浜でもやれという。クリエイティブな仕事をしようと思っている美穂に初めから一発くらわしてくるのだ。

ふたつ目の条件もやりにくいことこの上もない。なるべく小規模で地味なイベントにしろ、大型イベントは持続力と反復性がない、そのために結局は費用対効果が悪くなる。それよりは目立たなくてもいいし、口コミによる広がりも参加した人が誰か一人に伝えてくれる程度の小規模イベントを開発しろという。

そして予測は出来たが予算はゼロ。必要な物品は役所内にあるものを利用する。総じて可能な限り見栄えのしない地味なイベントがよいというのである。いちいち上司である自分に報告は要らない。明日から出来ることをすぐにやれという。これほどやる気をなくさせる必要がどこにあるのか。逆に考えてみるとこれだけマイナス条件を付けられて現実に実施できるイベントなんかあるのだろうか。ふっと考えると課長の条件を全部満たすほうが至難の業にも思える。美穂は和茂じいちゃんの言っていた言葉を思い出した。

「にごはち、にごはち。たいがい、たいがい。そこよかれ、そこよかれ」だ。

ま、チョー気楽にやってみるか、と緊張の構えを崩した。

翌日、美穂は駅前にあるうどん屋さんのおばあちゃんに頼んで、店先で「古いもん、ほかさんといてな……イベント」という、およそイベントとは呼べないものを始めてみた。カレンダーの裏紙に「古くなったタオルやTシャツで雑巾《ぞうきん》を縫いましょう」とマジックで書いて壁に貼り、おばあちゃんと美穂がせっせと縫物をするだけのことだ。参加者は美穂ひとり。うどん屋のおばあちゃんが手付きも鮮やかに「うちも雑巾なんか縫うの久し振りやで、おかしなもんやな。小さい字も大きい字もさっぱり読めんようになってもたのに、ちゃんと糸は針に通るしなぁ。あぁうれし」と喜びながら雑巾を縫っている。長浜名物のっぺいうどんを食べ終わった親子連れが珍しそうに見ている。

幼稚園くらいの少女が、おばあちゃんの側に寄って来た。

「ばあちゃん、何してるん」と聞く。

「古いもんをほかしたらもったいないさかいにな、雑巾にしてるんや。おまんは縫いもん出来《でけ》るか」

「うち、そんなん、ようせん」

「ほうか、まだ小さいさかいな。大きぃなったら、おかあちゃんに教えてもらいな。女の子は雑巾ぐらい縫えんとお嫁ちゃんになれんでな」

「うん。雑巾ぬうてお嫁ちゃんになる」と会話が弾む。

母親が恥ずかしそうにおばあちゃんの手元を見つめる。

「うち、ミシンは習ろうたけど、針で縫いもんはようせんわ。指貫《ゆびぬき》も持ってへんし、そういうたら、うっとこ針箱かてあらへん。ああ恥ずかし」

「ほんなら、また、来《き》ゃんせ。うちが教えたるで」

おばあちゃんが少女に色のきれいな雑巾を一枚持たせてやった。

「これは上《うわ》雑巾にしたらええ。おまんはプラッチックのおもちゃ、ぎょうさん持ってるやろ。それをこれできれいきれい、さんせ」

「ありがとう」

「今度やる時また来ます。教えてください。ごっつぉさんでした」と勘定を払って出て行った。

美穂は「よし！」と思わず声に出した。……いけそうや、これやこれや、これはなんかいいイベントになる、という気がした。

次に思いついたのが寺のお御堂《みどう》の掃除である。電気掃除機が出来るまではどこの家でもやっていた掃除の方法であるが、新聞紙をバケツに入れて水を含ませ、ある程度絞ってから千切《ちぎ》り、それを畳の上に撒いて箒《ほうき》で掃き集める。こうすると埃《ほこり》が立たないし電気代のいらない掃除のやり方である。これには寺の檀家さんが三人加わった。お参りに来た人たちが口々に微笑みながら「おきばりやす」とか「お先途《せんど》さんやね」とか声をかけてくれる。

「懐かしいやろ。昔はこうやって畳の上を掃いたんや。このほうがきれいになったさかいになぁ」

「掃いた後でさっと雑巾で拭いたらピカピカのツルツルで気持ち良かったなぁ」

と懐かしんだ。

「ほんできれいになった畳の上でスイカ食べたり焼き芋食べたりしたなぁ」

「ポンせんべ食べたら、せんべのかすが落ちてせっかく掃除したのにぃ言うてエライ怒られたな」

「ほうやほうや。それからはったい粉。食べながら笑ろうたら、そこらじゅう、粉だらけになって、掃除やり直したな」

と思い出話に花が咲いた。

美穂は周囲が考えつかないプチイベントを次々に実施した。

冬には長浜城前の広場で切干大根《きりぼし》を作って干した。参加者同士で自慢の切干大根レシピの交換もしてもらった。早春には四手網《よつであみ》による稚アユ《ち》漁を姉川河口に見学に行った。その場で獲れた稚アユを炭火で焼いて酢味噌で食べた。上手くいったイベントのことは課長に報告したくなったが、「報告は要らん」という嫌味な言葉が美穂の頭にこびりついているから写真だけ撮っておいた。

七月の夏休みに入って実施したのは北国街道《ほっこくかいどう》早朝駅伝だ。朝の六時スタートで七時に終了する。駅伝とは言っても一人が走るのは街角から街角の数十メートルである。メタボの商店主も子供も主婦も大はしゃぎで走った。優勝したのは前日から宿泊していた飛び入りの観光客チーム。町内の銭湯に朝風呂の営業を頼んで湯上がりにはラムネを振る舞った。ラムネの代金は酒屋さんが負担してくれた。

いちばん地味で一般受けしないだろうと思っていたのに不思議なくらい人気が出たのは天気予報のお勉強だった。朝八時半に会場として貸してもらっている文房具屋さんの広間に集まり、元中学校の理科の先生に説明を受ける。そして九時十分から始まるＮＨＫのラジオ第２放送の気象通報を聞く。放送では各地の天気、船舶からの報告、漁業気象、高気圧低気圧、台風や前線の位置、日本付近を通るヘクトパスカルの等圧線の位置が読み上げられるから、それをラジオ用の天気図用紙に書き込み、工夫しながら天気図に仕上げていく。このお勉強なのかお遊びかどうか分からない催しが会を重ねるごとに、老若男女いろんな人たちが大勢集まるようになった。大きな台風が近づいてきた時には夕方四時の気象通報にも人が集まり、自分たちで台風の勢力予想、進路予想や上陸の可能性なども探った。

美穂はこういう地味なイベント開発をこなしながら、ときどきひょいと爪を伸ばす楽しみを味わっていた。ＪＲと共同して土曜日と日曜日の午後に長浜駅と木ノ本駅の間で蒸気機関車を二往復運行してもらったら大盛況になった。Ａ４一枚の簡単な企画書を書いただけで、後は自動的にと言ってもよいぐらいスムーズに事が運び大ヒットイベントになった。但し、三週間六回が終わった段階で山崎商工観光課長に呼ばれて小言をもらうことになった。

「美穂。約束違反やね。蒸気機関車イベントは派手すぎるがな。見栄えが良すぎて僕の言うたことに反してる。口コミを越えて新聞やテレビ局の取材が相次いで大騒ぎや。このままでは客が増えすぎてまうやろ。そうなったらきっと飽きられてまう。ええか、注目を浴びたら飽きられる。飽きられたらザッツオール。地味、地味、地味やで。僕らはな、長浜の空の色を見ながら仕事せなあかん。湖北には湖北の空気がある」

「はあ」と美穂は納得したような出来ないような曖昧な感じだ。

確かにごもっともなお説ではあるが、その前に、「美穂」と呼び捨てにするのはどういうことだ。私はあんたの子供でも恋人でもない、とムカムカした。この課長、頭がいいのだか悪いのだか分からない。意地が悪くて性格が捩《ね》じ曲がっているのは間違いない。おまけに話し出したら止まらない。

「ええか、花でも何でも蕾《つぼみ》のうちがええんや。大輪になったら散る時みすぼらしいやろ。立てば芍薬《しゃくやく》、座れば牡丹《ぼたん》、歩く姿は百合《ゆり》の花、って言うけど美しけりゃ美しいほど最後はみじめや。タンポポ見てみぃ、散る時はふぉわーんと綿毛になって飛んで行くやろ。あれやあれ、分かったな。今回は大目に見たるけど、もっともっと地味なイベントをやってくれなあかんで。ええな。成功が失敗の元やからな」

白鳥美穂は小言らしきものを右から左へ聞き流しながら、山崎課長の服を上から下までそれとなく観察した。この課長の言うことはあまりに分かりやすくて気持ちが悪い。こ奴の腹の底には捩じれた功名心や出世欲があるのではないか、と疑ってかかってみた。そうであればネクタイやシャツや腕時計や靴など服装の一部にブランド志向が隠されていたりするもんだと思って品定めをしてみたが、何も発見できない。ああムカつく。それに何だ。大輪の花は散る時みずぼらしいだとぅ、美しけりゃ美しいほど最後はみじめやとぅ、言い方に棘《とげ》がありすぎだ。母親に「笑顔よし」を厳しく指導されてきたが、さすがに笑顔が凍《こお》りつく。

「以後気を付けます」

美穂は神妙な顔で小言を聞いていたが、心の底では「よし、これはこれでいいかぁ」と小さな達成感を味わっていた。同時に課長の言った「長浜の空の色を見ながら仕事せなあかん。湖北には湖北の空気がある」という言葉が妙に耳に残ってしまった。

次に命令されたのは竹生島観光の見直しと強化である。カワウの糞害《ふんがい》防止の決め手がないままの竹生島だが、観光客と参拝者の来島者の数は減っていない。課長には何か危機感があるのだろう。これは簡単そうで難しいかもしれない。とにかく父親に頼んで丸子船《まるこぶね》で竹生島に何度も連れて行ってもらうことにした。

父の善行《よしゆき》が島内を点検する間が美穂の勉強時間になる。宝厳寺《ほうごんじ》と都久夫須麻《つくぶすま》神社にはいくつもの国宝や重要文化財があるので何度も念入りに見せてもらった。千手観世音菩薩を納めた観音堂から都久夫須麻神社に続く「舟廊下《ふなろうか》」と呼ばれている長い廊下が美穂は大好きで、床も天井も窓からの眺めも何度も何度も繰り返して見、腰板《こしいた》の木肌を手で撫でてはその感触を楽しんだ。舟廊下は豊臣秀吉が朝鮮出兵の際に使った御座船《ござぶね》「日本丸」の船底の骨組みを天井に使用しているという由緒来歴がある。夏には窓から差し込む太陽光が涼しげに映るが、冬には湖北の厳しい風雪に耐えたのであろう。神仏が同時に祀られていた江戸時代までは、今より頻繁に宝厳寺と都久夫須麻神社を行き来したから、この舟廊下はなくてはならないものであっただろう。廊下の下の高い舞台構造になっている木組みも清水寺《きよみずでら》ほどのダイナミックさはないがなかなかのものである。その他にも鳥居に向かってカワラケを投げる拝殿。宝厳寺へ続く急な石段など何度見ても飽きることがない。

善行とは船を舫《もや》ってある桟橋《さんばし》で待ち合わせておいたが、美穂も善行も約束の時間に十五分ほど遅れて戻って来た。

「あら、お父ちゃんも遅かったんやなぁ。待たせたかと思て急いで帰って来たのに」

「お前も珍しいなぁ。今さら竹生島でほんなに時間をかけてみるところもないやろうに」

「うん、ほうなんやけど舟廊下で気になることがあってな、じっくり見てたら遅なってもたんや」

「何があったんや。気になることて」

「いつものように窓から夕陽が沈むのを見てたらな、廊下の下でガサガサって音がしたんや。見たら茂みが揺れてるから、なんやろ思ってじっと目を凝らしてたんやけどそれっきりになってもた。念のためにと思て下に降りて舞台の柱を一本一本見てたらな、柱のところどころに引っ掻《か》き傷があるんや。この島に猫がおるわけないけど、ひょっとしたらガサガサいうた音となんか関係があるかもしれん」

「そうか。舟廊下の下で見たんかぁ。やっぱりおるんかなあ」

「やっぱり……て、お父ちゃんも何か見つけたんか」

「今日やないけど、だいぶ前に宝厳寺の裏手でカモが食いちぎられて死んでたんや。その時はカラスかトンビが弱ったカモを食いちぎって落として行ったんやろと思てたんやけどな、島にいるはずのないキツネかイタチかハクビシンか、そんなもんがいるとしか思えん出来事が前々からあるんや。役所に報告するには何の証拠もないんでそのままにしてあるんやけど」

「ふーん」

「さぁ遅うなるから、島の周りを船で一回りして帰ろか」

ふたりは船に乗り込んで桟橋を離れた。島の崖のぎりぎりの所を時計回りに回るとすぐに、カワウの糞が積もり真っ白に枯れた立ち木が見えてきた。美穂がため息交じりに口に出した。

「カワウの糞ってものすごいなぁ。来る度にひどくなってるやんか。このままやと島は全滅するしかあらへんなぁ。なんぼ『深緑《しんりょく》　竹生島の沈影《ちんえい》』言うても緑が消えたらどうにも恰好つかへんしな」

「ああ。カワウは糞で景色が悪なるだけやのうて、湖の小魚を食うんやし、フナもアユもモロコも大被害や。琵琶《びわ》湖の漁師さんにとっては死活問題になってきてる。県でも環境省でもいろいろ対策を考えてくれてなぁ、あちこちにロープを張ってあるやろ。あれで巣を作るのを邪魔してるんやけど、景観のことだけで言うたら、あんまり見っともええことないわなぁ」

「効果そのものはどうなんやろねぇ」

「だいたい3メートル間隔で木から木へナイロンロープを張り巡らすと、羽がロープに触れるやろ。カワウに限らず池のコイを狙うカラスでもそういうのが嫌いでロープを張ってある場所では巣を作らんらしい」

　カワウの被害は全国あちこちに広がっている。ただ竹生島から追い出してもすぐに別の場所で営巣《えいそう》を始める。竹生島でも北部を守っているうちに島の南の寺や神社のそばの樹木がやられてしまった。県としては従来の取り組みの限界が分かってきて、国の関係部署とも緊密な連絡を取りながら、さらなる対策に乗り出した。その一つはカワウの嫌がる周波数の音波を流して寄り付かないようにする試みだ。卵のある巣にドライアイスを落とし孵《ふ》化《か》能力をなくした卵を親鳥に抱き続けさせることで雛《ひな》の誕生を阻止し個体数を減らすという方法も探った。猟友会に依頼して鉄砲による駆除もしたが、三万羽とも五万羽とも言われる巨大集団を退散させることは容易ではないし、この種の試みに付きまとう新たな環境汚染への対処方法も決定打に欠けるのが現状だ。

「お前、滋賀県や琵琶湖や長浜に観光客を呼ぶのが仕事なら、まず何はなくとも糞害対策と外来魚を何とかせんと琵琶湖は死んでまう。他府県の人に誇れる琵琶湖再生こそが我々の仕事やろう」

「お父ちゃんに言われなくても分かってるわ。これからは容赦なくあらゆる手段を取ることに決まったみたいよ」

「言うとくけどな、天敵を放とうとするのはあかんぞ。今までに何回も失敗してるんやさかいな」

「天敵？」

「ええか、食物連鎖に手を加えると結局は手ひどい目に合うんや。タイワンドジョウ、アメリカザリガニ、食用ガエル、そしてブルーギルにブラックバス。琵琶湖に放り込んだ新しい生物が結局、琵琶湖の宝物を食いつくしてきたんや」

「何か効果的な方法はあるんやろか」

「ないかもしれん」

カワウの糞で枯死《こし》した樹木は立ちつくした化石林の様相を呈している。奈須善行にはそれが林立する墓標に見えていた。

善行が船を停めた。

「ちょっと待ってくれ。あそこに船を寄せるさかい」

「何かあるん」

善行はいつも欠かさず見回る西の洞窟《どうくつ》の側に接岸した。普通の人間が見ればどうということのないことだが、善行は小さな変化を見落とさない。

「洞窟のすぐ上にあった枯れた木が見当たらん。根を生やしていた岩の割れ目ごと剥落《はくらく》して水に沈んだんやと思うけどちょっと水中メガネで覗いてみる」

「枯れた木が自然に落ちたんならしょうがないやん。気を付けて覗いてや」

「大丈夫やて。少し船が傾くからお前は座って見てよ」

善行は船の艫《とも》から身を乗り出して、大型の水中メガネで湖中をしばらく覗いていた。

「見つからんなぁ。しかしあの岩肌の様子からしたら、間違いなく剥落しているはずやけどな」

しばらく覗く位置を変えてみたが見つからないので、諦めて尾上《おのえ》漁港へと戻って行った。


何度か竹生島へ通う間に美穂の頭の中に新しい竹生島企画が形を整えてきた。だが、これは課長が言う地味な企画なのか地味じゃないのか判断が難しい。やるとなれば頼む相手は決まっている。日曜日に父と相談するために予告なしに実家へ戻った。

「おお、美穂か。よう来たな。上がれ上がれ。おーい、母ちゃん、美穂が来たぞ。ようけ、ごっつぉ、こさえたれや。美穂、今、父ちゃんが畑でコウライ取って来るから待っとけ。どうせ来るなら婿さんも連れて来たらええのに。ほうや、よもぎ餅こさえて婿さんの土産に持って帰ってもらおか。なぁ、母ちゃん」

毎週のように竹生島で会ってはいるが、実家へ帰って来たのは確かに久しぶりだ。一人娘に嫁がれて妻と母の三人だけの淋しい毎日を送っている奈須善行は、突然帰って来た娘を歓迎しようとひとりで大はしゃぎだ。だが母親の久恵は夫の狂喜ぶりに苦笑しながら美穂にはじいちゃんにお線香上げるのが先だとたしなめる。

美穂は仏壇に燈明《とうみょう》を灯し線香を立て合掌した。結婚した自分は夫婦ふたりだけの暮らし、父と母は祖母と三人で暮らしている。手を合わせてじいちゃんのことを思い出したら、大勢の家族がいた時の楽しかった記憶がふと蘇った。祭りや法事にでもなれば、いとこやはとこ、おじさんおばさん、おじいさんの兄弟姉妹、その子、その孫などが集まって見事にイベント会場と化したものだ。あの人たちは、どうしてやんすやろ……との思いが課長の言葉を連れて来た。「長浜の空の色を見ながら仕事せなあかん。湖北には湖北の空気がある」と言っていたことが脳裏を過《よぎ》った。

トウモロコシをもぎって来た善行は手際よく皮を剝《む》き、手の平に塩をまぶしてラップに包み電子レンジに入れた。美穂が驚いて声をかけた。

「父ちゃん、なんやそれ？　コウライをレンジでチンするんか、いつそんなハイカラな技を覚えたんや」

「嘘みたいやろう。わしがチンするなんてなぁ。湯で茹でるとコウライの旨みが湯ん中に出てしまいよる。こうしたら旨みを封じ込めることが出来るんや」

「お父ちゃんは古いことにしか興味がないと思てたもん」

「アホ言え。時代は音を立てて崩れとるんや。世の中は三日見ぬ間の桜かな、むべ山風を嵐というらむ。な、ほうやろ」

「変なの。むちゃくちゃや」

「そう言うたらなぁ。こないだ竹生島の報告書を持って市役所へ行ったらなぁ、山崎課長がエライ喜こんどったぞ。蒸気機関車のイベントが大人気やそうやな」

「まあね」

「課長はな、黒壁スクエアだけでは面的にもう飽和点に近いんや言うとった。それをお前が寺のお御堂やら文房具屋さんの店先やら新しい場所を開拓してやな、おまけに早朝マラソンみたいに常識外の時間帯を開発するからこれは大革命です、美穂さんはほんまに才能がありますなぁと課長はえらい喜んでやあた」

「へぇ、あの課長が褒めるんや。ちょっとびっくり、ちょっと気持ち悪い」

美穂は蒸気機関車イベントは黒壁スクエアを離れて長浜駅と木ノ本駅にイベントエリアが広がったことを商工観光課長が評価しているのだろうと思った。地味か派手かというのは、別の観点からすれば同じ場所にこだわっていると加速度的に金のかかる派手なイベントにしかなりようがないことへの戒めだろうと思った。

課長の方向がそういうことならばと早速、父に自分の思いつきを相談することにした。それは近江八幡で人気を博している和船による水郷めぐりをバージョンアップして、丸子船による湖北遊覧をする企画である。美穂が電子レンジで蒸したトウモロコシを「ほんまにこれのほうがおいしいわ」と食べながら父に聞いてみた。

「お父ちゃんなぁ、今日はその長浜の観光のことで知恵を借りに来たんやけど、丸子船で長浜から竹生島への定期船が出来んやろか。もちろん申請やら手続きをきっちり済ませてからの話やけどな」

父は目を輝かした。

「おう、ほんなことは造作《ぞうさ》もない。丸子船で竹生島へ客乗せて行くんやったら、一応エンジンだけはつけておかんとべた凪《なぎ》の時にどうもならんが、それ以外何の心配もない。ほやけど、山崎課長がええと思うかどうかは別やと思うぞ」

「どういうこと」

「丸子船を動かすのは大賛成やけど定期船にするのは反対や言うやろな。丸子船はな、織田信長、豊臣秀吉以来、琵琶湖の象徴になるべき船やった。エーゲ海のヨット、北米などのカヌー、長崎のペーロン、霞《かすみ》ヶ浦《うら》の帆引き船みたいにな。言うてみたら最後の切り札のはずや。それを使うのは今やないやろ。今はもっと町に力がつかんとあかん。定期船にするのはまだまだ早すぎるのとちゃうか」

「うーん、丸子船は切り札なんや。分かったような気がする。もうちょっと練ってみるけど、例えば魞《えり》のすぐそばまで行って魚の様子を見ることは出来るやろか」

美穂は父親の言うことを即座に理解しながら定期航路以外のアイディアを出してみた。

「観光船の場合は安全を考えて早目に船を湖の深い場所へ出して行くんやけど、丸子船は船底が平らで喫水《きっすい》が浅いさかいな、沖でも岸に近い浅瀬でも安心や。ほやから魞に船を寄せることぐらい造作ないで」

「ほれやったら見るだけでなく魞漁を体験することも出来るかな」

「漁はあかんわ」

「なんでや」

「そんなもんお前、魞はただの風景ちゃう。魞で食っとる人がぎょうさんいるんやさかい、邪魔になるやろが」

「そら確かにそうやな。魞のそばってなんとなく波が静かなイメージがあるやんか。それで思いついたんやけど、あかんかぁ、残念」

「波のことは全然心配ないんや、いつも乗ってるから分かってるやろ。かなりの波でもどうちゅうことないで」

「うちは分かってるけど。実際にイベントで使うとなるとやっぱり心配やな」

「よし、ほんならお前が自分自身で乗ってみて身体で感じてみぃや。母ちゃん、ごっつぉが出来る前には帰ってくるがなぁ、ちょっと美穂を乗せて魞を見に行ってくるわ」

自動車で五分の尾上漁港に繋留《けいりゅう》してある丸子船に美穂を乗せ少し沖合まで出てみた。

「わぁ、遅いね、やっぱり。動いてるのか止まってるのか分からへんわ」

「これがええんやないか。普通の船は底を三角にしてスピードを出すように造ってあるんやけど、丸子船の底は何せ平ぺったいさかいな。しかも普通は帆で風受けて、艪《ろ》で操るんやし船足《ふなあし》は速くないわいな。美穂。あそこに高速船が見えてきたやろ。あれが通るとけっこうな波を立てるさかい丸子船がどうやって波を吸収するか身体で体験してみぃ。必ず役に立つで」

父はわざわざ大波を受けやすいように丸子船を沖の高速船に近づけて平行にした。高速船が通り過ぎた直後に2メートル近い波が来た。しかし船は直接の波をおも木で撥《は》ね返し、ぐらりとしただけで大波をやり過ごし、反対側の舷側《げんそく》のおも木で復元した。見事に大波を吸収する。

「なるほど、これが切り札丸子船の強さなんかなぁ。よう考えたもんやな。これなら大丈夫やな」

「丸子船に関する企画はどんな企画でも安心して考えてええぞ。安全面は大丈夫やし」

「おおきに。また別の観点から考えてみる」

「さぁ帰るぞ。母ちゃんがちらし寿司作って待ってるさかいな」

実家に戻ると母の手料理が待っていた。しいたけ、かまぼこ、錦糸玉子《きんしたまご》、紅しょうが、ちりめんじゃこ、三つ葉などをのせた色鮮やかでかわいいちらし寿司。鶏の唐揚げ。丁子麸《ちょうじふ》の辛子味噌和え。にんじんのなます。豆腐の白和《しらあ》え。茄子の味噌汁。きゅうりの漬け物。さらに常備菜の海老豆《えびまめ》、たくあんの古漬けの炊いたものなどが座敷の大机の上に所狭しと並べてあった。

「こんなにぎょうさん誰が食べるんや。うちかて嫁には行ってってもまだ女の子の端くれやで、デブになるのいややや」

「親元腹七日いうてな、実家の飯はいくらでも入るんじゃ。食うてけ食うてけ」

大半の料理が残ったので、パックに詰めて嫁ぎ先へ持ち帰ることにした。今夜は夕ご飯の支度は要らない。帰り際にもう一度仏壇に手を合わせた。

「じいちゃん、また来るね。さいなら」とリンを叩いた途端「アッ！　その手があった。

じいちゃんや。そうやそうや」と叫んでドタバタドタバタと隠居所《いんきょじょ》に走って行った。

「なんやアイツ」

「変な子」

「久恵、隠居所を見て来い」

美穂が隠居所で踏み台に乗って、鴨居に掛けてあるばあちゃんの嫁入りのモノクロ写真をはずしている。

「何してるんや、あんた」

「ちょっとこれ借りるわ。一週間くらい借りるわ。さいなら」

と大急ぎで帰って行った。


黒猫フーコが竹生島に棲みついた頃、時間はゆったりと流れていて島に新しいことは起きなかった。

三重塔《さんじゅうのとう》が建立されても猫のフーコにとって物珍しかったのはほんの一、二週間で、その後は何事もなく島の毎日が過ぎて行った。カワウが棲むようになって糞害の影響で立ち木が枯れ、保水能力がなくなった島では飲料水が涸れ、平成十四年に130メートル岩盤を掘って水脈を探り当て、「瑞祥水《ずいしょうすい》」が湧き出るようなこともあったが、何かが変わったわけではない。一日一日の積み重ねで二十年の歳月が流れてしまった。

　フーコの気持ちに細波《さざなみ》が立ち始めたのは白鳥美穂が父の奈須善行と頻繁に竹生島を訪れるようになってからだ。美穂の姿形に昔の自分の飼主斎木《いっき》朱美《あけみ》の面影を見出しては、島を探索する美穂の後ろを付いて回った。ストーカーのように彼女が島に来るとそっと後ろを付いて回る。彼女はどうやら舟廊下がいちばんのお気に入りのようだと分かり、気を引くために舟廊下を支える舞台の柱に小さく爪を立ててみたことがあった。案の定、彼女は相当長く掻き跡を眺めてくれた。フーコはこの女性が気になって島を出ないことにした。

　ある年の五月のことであった。定期船が来る前の早い時間に、白鳥美穂が黒い上下の正装に着飾り、テレビカメラマン数人を連れて上陸した。土産物屋の店主たちも一張羅《いっちょうら》の服をまとって桟橋でそわそわしている。都久夫須麻神社の神官が衣冠束帯《いかんそくたい》の正装で石段を降りてくる。猫は何事が起きるのかと土産物屋の屋根に登って見物していた。やがて丸子船がやってきた。今日は帆柱を立て紅白幕で船を飾っている。桟橋に船が着くと中から文《ぶん》金高島田《きんたかしまだ》の花嫁御寮《ごりょう》が紋付《もんつき》羽《は》織袴《おりはかま》の花婿に手を添えられて静々と降りてきた。テレビカメラが近寄り新郎新婦を撮影し、裁付袴《たっつけばかま》に木綿の仕事着、菅笠《すげがさ》を被った船頭をカメラに収めた。

　この結婚式は長浜市役所商工観光課の美穂が、竹生島見直し企画の一環として考えたもので、彼女の実家の隠居所に飾ってあったばあちゃんの丸子船での嫁入り写真をヒントにして思い付いたものである。結婚式、銀婚式など家族のアニバーサリーイベントを「晴れの日を竹生島で」というキャッチフレーズで募集したところ、思い出になる結婚式をと考えていた長浜在住のカップルが市役所の広報でこれを見つけて申し込んで来たのだ。

朝の観光船第一便が着くと、人々は目の前で繰り広げられようとしている古式ゆかしい嫁入りに巡り合って、桟橋は喧噪《けんそう》の渦となった。神官が先導して坂道を登り始めた。猫は久しぶりに胸をときめかせながら、茂みの中を先回りして神社の拝殿に身を隠し、じっと様子を窺い続けた。

竹生島には音楽の神様である弁天様もお祀りされているのであるからと、雅楽の演奏にも人を増やしてもらい、とても荘厳《そうごん》な式になった。フーコは坂本の神社で朱美が祭事になると子供用の巫女《みこ》装束《しょうぞく》を着てお手伝いをしていたことを思い出してうれしかった。大好きな雅楽も本格的でフーコもとても晴れやかな気分になった。いつもと違って美穂がいろいろ指図する声を聞くことも出来た。フーコはますます美穂が好きになったが、フーコにとっては黒い服の女性美穂も、龍笛《りゅうてき》を吹いていた巫女さんも、自分の飼い主朱美でないことをあらためて確認することになってしまって少し淋しい思いもした。

滞《とどこお》りなく式がお開きになっていつもの静かな島に戻った。

十月に入って間もない朝、市役所に出勤すると山崎課長から商工観光課全員に緊急会議の招集がかかった。

会議室のデスクにはすでに二通ずつコピーが置いてあった。一通は滋賀県の外部機関である社団法人びわこビジターズビューローから長浜市商工観光課への依頼文書であり、もう一通は東京のＢＳテレビ局から滋賀県に宛てた番組企画書とそれに関する依頼文書であった。

依頼内容はＢＳテレビ局の開局記念特別番組「決断」の制作をサポートしてほしいというものである。番組のテーマは世界が直面している地球温暖化、環境破壊、戦争、少子高齢化、犯罪多発などである。それを番組化して日曜日の朝七時から夕方七時までの十二時間の生放送をするというのである。

企画書に目を通した何人かは、このテーマで滋賀県や琵琶湖をどう扱うのか解《げ》せないと囁《ささや》き合っている。みんなの目には山崎課長はとにかく変わり者としか映っていないので、「朝っぱらからなんの会議や」と緊急呼び出しそのものに反発し、じっくり企画書を読み込もうという姿勢が希薄である。白鳥美穂も、この中で関連があるとすれば竹生島のカワウの糞害による環境破壊だけやなぁ、としか思い当たることがなかった。

課長は皆の緊張感のない姿勢などお構いなしに、会議室のプロジェクターに自分のパソコンからの映像を映し出した。美穂は課長が誰にも頼まず自力でノートパソコンからパワーポイントの画像を映し出したのをみて、へーえ、この課長、こんなことが出来るやんか、やっぱし正体不明のヘンな奴やというイメージをあらためて強くした。

課長が挨拶も前提も何もなしで話し出した。まさに単刀直入だ。

「この映像を新聞とかテレビで見た人もおるやろけど、南太平洋のツバル王国の写真や。サンゴ礁だけで出来てる島やさかい、台風が来たら島全部が水に浸かる。南極やら北極の氷が溶けたら島がなくなる。つまり国がなくなる。ここまでで質問あるか」

誰も何も言わない。当たり前だ。配られた資料とこのパソコン画面の関連が何も説明されていない。

「白鳥美穂さん。こっちへ来てくれ」

どうしてこのオヤジは何でもかんでもこういうふうに藪《やぶ》から棒なんや、と美穂が戸惑いながら席を立つ。課長がパソコンをいじっている。リターンキーを押したらしい。会議室のスピーカーから音楽が流れて来た。

「ほい。美穂の出番や」

また軽々しく美穂と呼び捨てにする。

「この音楽の説明をしてくれ」

「あっ」と美穂が思わず声を出した。

　これは美穂が大ファンである斎木朱美の最新のＣＤだ。だが美穂は腑《ふ》に落ちない。……なんで私が斎木朱美の大ファンであることを課長が知っているのか。イヤだ。何かを盗み見られたのだろうか。

「偶然としか言いようがないが、白鳥美穂さんはこれを演奏している斎木朱美さんの大ファンであると、履歴書に書いてた。なっ」

「は、はい、そうです」。美穂はどぎまぎした。確かにそう書いた。

「説明せぇや」

「何のためにですか」

「企画書の最後のページに書いてあるやろ」

　美穂は飛び上がった。

　企画書には「番組の最後の締めくくりは斎木朱美の『湖笛沈影《こてきちんえい》』の生演奏にします」とある。滋賀県大津市出身の和楽器ジャズ奏者、斎木朱美。彼女が出したＣＤ「湖笛沈影」のことは新聞の地方版に載っていたたし、彼女の所属事務所からも長浜市商工観光課宛てに案内が届いていた。美穂は憑《つ》かれたように説明を始めた。

「私、斎木朱美さんの大ファンです。学生時代から京都で何回もコンサートに行っています。彼女は大津市坂本の神主さんの娘さんで理知的な美人です。子供の頃から雅楽の演奏が大好きで笙《しょう》、篳篥《ひちりき》、龍笛なんかを吹いていたのですが、小学校時代にポピュラー音楽を吹くようになり、高校でジャズを知り、アメリカのボストンにあるバークリー音楽大学に留学しました。最近のCDでは龍笛、能管《のうかん》、篠笛《しのぶえ》以外に葦笛《よしぶえ》も吹いています」

「ほぉ、葦笛も吹くのか」

「はい。コンサートの曲目とメンバーによって葦笛を吹くか吹かないかまでは分かりませんが」

「美穂、ちょっと待ってくれ」

課長がスクリーンに次の写真を映し出した。

「これが最新CD『湖笛沈影』のジャケット写真。竹生島の西の洞窟や」

課長の説明は手品のようだ。もう一度ツバル王国の明るいサンゴ礁の写真に戻った。

「白鳥美穂さん。みんなの前でテストする。この二枚の写真から読み取れるキーワードは何ですか」

美穂はほとんど憎悪の目で課長を睨《にら》みつけながら、そして交互に映し出される写真を見た。

「『沈む』です」

「その通りだ」

課長の指示で席へ戻った。

「正解。沈むが番組のテーマや。質問は」

年若い観光係の大野木がおずおずと発言した。

「企画書に詳しく書いてあるのだと思いますが、番組タイトルの『決断』というのは何を意味するんですか。テーマは大きいけど、温暖化ストップのために電気をこまめに消しましょうとか、暖房は低いめに冷房は高いめに、てなこと訴えてもしょうがないじゃないですか」

「その通りやなぁ。地球規模の話と個人の決断の間のどえらい距離はどうがんばっても埋められへんからなぁ。葛籠尾崎《つづらおざき》の先にあった村は湖底に沈んでいるし、米原《まいばら》の筑摩《ちくま》の浜の前にはもうひとつ村があったんやけどそれも沈んでるんや。沈むもんは沈む。三重県にあった琵琶湖がここまで動いて来てどんどん深《ふこ》なったんやもんなぁ。わしらみたいな小《ち》っこい人間が寄ってたかってがんばって、地球規模の動きに対して出来ることはなんやろなぁ。なあ、大野木君、どう思う」

「いや、それは……何でしょうか、分かりません」

「考えたことあるか」

「いや、ありません」

「それを考えるだけでええ……考えることそのものを『決断』しょうやないか、それがわしのテーマやと、わし自身は思てる」

大野木はピンと来なくて、不満顔を丸出しにした。

「はぁ。それにもう一つあります。カワウの糞害も有効な手段がないままですが、あの不《ぶ》様《ざま》な真っ白の竹生島の映像が全国に流れると思うとぞっとします」

課長が大野木を無視して画面に戻る。

「ツバル王国の写真をもういっぺん見てもらう。この写真とこっちの写真を比較すると砂浜が減っているのが分かるわな。これは海面が上昇してこうなったんとちゃう。ツバルの砂浜は石で出来てるんではなくて貝殻の破片で出来てたんや。その砂浜の大部分を作ってきた貝がゴミやら有機物やらでだんだんいんようになって、砂の元になる貝殻が減って砂が減ってるんや。ええか、島がゴミで埋まると環境が悪化して砂浜が減って、国が沈む。大野木君。最後を大きな声で復唱せぇ」

こういうイヤなことをやらせるからイヤな奴と思われているのだが、課長は一向に気にしない。

「環境が悪化して砂浜が減って、国が沈む……ですか」

「そうや。貝がおらんようになるだけで国が沈むんや。竹生島で井戸掘ったん思い出せ。カワウの糞で立ち木が枯れて、島の浅いとこの地下水が無《の》うなった。カワウの糞害は見た目が悪いだけとちゃう。このまま全島の木が枯れたら誰が竹生島に来てくれる。島が滅びる。『深緑　竹生島の沈影』は水があって木があってこその琵琶湖八景や。カワウの被害は景観だけの問題とちゃう。観光課だけの問題とちゃうんや」

会議室が鎮まり返った。課長の脈絡のない会議の進行に一本筋がありそうに思えてきたからかもしれない。

「ここからは岩田さんの嫌いなテレビの話や。岩田さん、文句垂れんと聞いとくれな」

「へいへい」

いちばんの年嵩《としかさ》の商工係の岩田が呟《つぶや》いた。

「このツバルの写真からプロデューサーの閃《ひらめ》きちゅうのかなんや知らんが、琵琶湖八景『沈影竹生島』に辿り着いたわけや」

「やっぱりテレビは強引や。それが嫌いや、わしは」

「岩田さん、おとなしゅう聞いてて言うてるやろ」

岩田が首をすくめた。

「滋賀県がこの企画の候補地に選ばれたのは、『沈』という漢字が沈むツバル王国と竹生島の沈影でつながってやな、それをリサーチャーと呼ばれるネタ探しの名人がインターネットでもっと何かないか、面白そうなネタはもっとないかと探り続けてプランにまとめ上げたらしい。このリサーチャーは竹生島には環境問題としてのカワウの糞害があることを知ってこれもネタになると思ったんやろ。番組全体の象徴としてオープニングにツバル王国を持ってきて、滋賀県部分のエンディングは斎木朱美カルテットの生演奏で締めるということや」

「おおさわな話やなぁ。ほんまにテレビは強引や」

岩田商工係が苦笑したのを受けて課長が続けた。

「あはは。岩田さん、テレビ業界ではそういうことを強引と言わんと手腕と言うそうやで」

「手腕ねぇ」

「但しやなぁ、プロデューサーの神崎さんは沈むという言葉に物理的なことだけやのうて、気持ちとか町とか未来とかいろんな意味を込めてるんやと電話で言うてた」

「それならますます滋賀県とは関係がないんとちゃいますやろか」

今度は観光課の中堅で堅実に仕事をこなしている北村が発言した。

「うーん。もっともな意見にも思えるが、今は、無視」

「なんでですか」

「なんでもや」

美穂は課長と部下のやり取りが少しおかしくなって、プッと吹いてしまった。北村は馬鹿にされたにしては、あまりにおかしな返答に、返す言葉を探しあぐねた。

「君への答えはいずれ歴史が出してくれることにしておいて、もうちょっと説明さしてくれ。ツバル王国、沈む、竹生島をキーワードにした検索から、さらに琵琶湖、滋賀県をキーワードとしてプラスしたところ、当然のように彦根出身の地質学者、近江経済大学の林盛太郎《もりたろう》教授の名前が浮かび上がったんや」

「ほほぉ」

身を乗り出したのはテレビ嫌いの岩田商工係だ。

「企画書では、斎木朱美さんを林盛太郎教授のトーク相手として起用しつつ、レポーターの役割も果たしてもらうと書いてある」

「林先生は何回も竹生島の湖底洞窟を調査しておられますなぁ」

最初に強引だと言った商工係の岩田が黙っていられなくて前のめりになった。このオヤジは中小企業診断士の資格を持っているのだが、本当は学者になりたかったらしい。大学の四年の時に発表された琵琶湖北上説の学説を知って、その道に進みたかったが、商学部卒業らしく就職口としてはまっとうな道を選んで、市役所の商工観光課に勤めることになった。卒業後も趣味で琵琶湖北上説を勉強し続けていて、課長と飲むと酒の肴《さかな》に琵琶湖北上説を語るのだ。こつこつと仕事をするやり方は学究肌と言えなくもない。だからテレビは嫌いでも学者さんは好きらしい。

「林先生は琵琶湖と竹生島は沈んでしまうかどうか研究してやあるんやから、名前が出てくるのは当然や。さあ、こうなってもたら若いもんには任しとけんやろ。おっさん出番や。琵琶湖北上説を説明してや」

課長におっさん呼ばわりされた岩田商工係が立ち上がった。

「はい。少々時間が必要ですが、ええですか」

「もちろん」

「まず最初に琵琶湖の歴史は新しいことを覚えておいてくれますか。現在の場所で現状に近い形になったのはついこの間です」

「ついこの間て……昔々の大昔からあるがな」

誰かが不満げに呟いた。

「それが、せいぜい四〇万年しか経ってないんです。四〇万年という歳月は地球の歴史から言えば秒単位の短さ。仮に地球誕生の四五億五〇〇〇万年前に三時間ぐらいのコンサートが始まったとすると、四〇万年という時間はアンコールが終わって拍手が終わってすべての電気が消えて守衛さんが安全確認して、よし、と点呼する最後の数秒ぐらいのもんです。陸続きだったロシアと日本の間の地面が少しずつ沈んでしまい、いつのまにか巨大な水たまりが出来ました。その動きは止まらんとユーラシア大陸から日本列島がはっきり切り離されたのが一五〇〇万年前。その時には、まだ琵琶湖は影も形もありません」

「気の長い話やで」

「人類の元になる類人猿が誕生したのは約六〇〇万年前。それから四本足で歩いてたチンパンジーやゴリラと違う道を進むと決断して二本足で歩き始めてヒトはヒトらしく進化してきたんやけど、このちょっと後、おおよそ四〇〇万年前に現在の三重県伊賀地方に出来たいくつもの水たまりが少しずつ沈んで深く大きくなり、隣の水たまりといっしょになってさらに大きくなって琵琶湖の原型が出来たんです」

「ちょっと待って。琵琶湖はもともと三重県にあったんか」

「そうです。それがこれから言う方法で動いて来た」

「動いて来た……って琵琶湖がかいな。なんやらあほらしい話やなぁ」

「もうちょっと聞いてぇな。三重県にある時から琵琶湖は、北から流れてくる軽い砂で南側が埋まってしまい、北側が新たに沈み込むという動きを繰り返して、二四〇万年前に滋賀県東南部の蒲生《がもう》地方に辿り着いた。人類が石で道具を作り狩猟や採集に役立てた頃が一五〇万年前。さらにさらに北が沈んで南が埋まり、九〇万年前に滋賀県の南西部にまで移動して堅田《かたた》湖と呼ばれる湖の姿になった。人類が意識的に火を使うようになったのは五〇万年前の北京《ペキン》原人だと言われていますが、その後も琵琶湖の北部の沈降と南部の堆積《たいせき》は続き、四〇万年前にようやく現在の位置に落ち着いた。北部の湖底が沈み込むのと同じように、北の浜辺も地滑り的に湖底へ崩落して北へ面積を広げました。合計すると三五〇万年の時間をかけて１００キロメートルほどの距離を北上してきたことになるんです」

「ほぉ」と会場のあちらこちらから声が上がった。

「一年に３センチの移動は猛スピードと言うべきです。一方で下へ沈み込む速度は一年に３ミリと見積もられている。十年で３センチ。百年で30センチの計算になる。沈み込みながら北へ北へと進むんです」

課長が口を挟んだ。

「みんな、ここまでは分かってくれたな。問題はこれから先、どうなるかちゅうことや。岩田さん、続けて」

「はい、ざっと説明いたします。林先生は、数々の調査結果をもとにして、琵琶湖の遠い未来について大きく三つの方向を示唆しておられます」

こういうことになると猫背も直って見事に標準語で話すものだと美穂は眼を白黒させた。

「ひとつは安曇川《あどがわ》沖の琵琶湖最深部がさらに深くなりつつ、琵琶湖北西部の今津、マキノ近辺の湿地帯をも沈降させながら、琵琶湖の面積が拡大するという方向。このことは最近度々、高島沖の琵琶湖最深部で土砂が噴き上がったのが観測されていますが、今津から長浜を結ぶ線から北の湖底と周辺ではすでに相当地殻《ちかく》が揺れていると思います。ですから葛籠尾崎から竹生島が分離したのと同じ動きがまた始まって、おそらくは琵琶湖は北へ数十メートル移動するのでしょう。やがて余呉湖《よご》と琵琶湖の合体、さらに進んで福井県の三方五湖《みかたごこ》や敦賀湾との合体。これらを統合する形での琵琶湖の北への拡大と移動を示唆されています。

もうひとつはまだ全容が明らかになっておりませんが、湖底に横たわる石灰岩質の地層が鍾乳洞《しょうにゅうどう》化しやがて大陥没をすることで生じる深湖底《しんこてい》の拡大です。これは北湖《ほっこ》の容積を増やすことになりますから南湖《なんこ》の底が浅くなって湿原化し消滅せざるを得ないとも述べておられます。

そしてもっとも分かりやすいのが三つ目です。竹生島そのものが沈降して消滅し、同時に葛籠尾崎が岬の付け根で陸地から切り離されて竹生島に取って代わる新しい島が誕生するという方向性です。移動と沈降は現在も終わっているわけではなく、北琵琶湖の湖底はずっと沈降を続けます。沈影竹生島と呼び習わしてきた竹生島を学者さんたちが沈降竹生島と呼び変える時がやがて来ることに、さほど不思議はないんです。やがての時間単位は十万年単位では足りずに百万年単位にはなるでしょうが……。以上です」

「みんな分かったか。見事な説明をしてくれた岩田さんに拍手」

パチパチと若いメンバーが特に大きく拍手した。

岩田が自席で頷《うなず》いた。観光の係長が苦虫をつぶしたような顔で反論する。

「商工観光課としては、そんな話はマイナスイメージになりませんか。琵琶湖も竹生島も沈むなんちゅう話は、こらえてもらわな、かなんなぁ」

岩田が長浜言葉に戻って観光係長を一蹴する。

「だんない、だんない。林教授の調査でも琵琶湖の湖底が沈んでるんは一年に3ミリから5ミリなんやで。十年で3センチ、百年で30センチ、わしもあんたも死んでるがな。上手にやったら観光資源にかてなるやろが。何よりも『沈影竹生島』の名前とイメージが一気に売れる。つまり沈むという言葉で浮かぶんや」

「岩田さん、よう言うてくれた。おおきに、その通りや。沈むは取っかかりのキーワードに過ぎん。全国ネットのテレビ番組で滋賀県と琵琶湖を沈めるか浮かべるかは、こっちの手腕や。なあ美穂さん」

また突然話を振られて美穂は驚いた。

課長の気合の入り方がいつもと違う。口癖の「長浜の空の色を見ながら仕事せなあかん。湖北には湖北の空気がある」という言葉とは大きくかけ離れているように思える。ちょっとそこをつついてみる。

「課長、林盛太郎先生のお話は地味ですし、難解だと思うのですが大丈夫でしょうか。いくら手腕やと言うても」

「そうやろ。わしもそう思うわ。ここからがどうやら我が商工観光課の手腕の見せ所になるんやけど、なあ、竹生島企画の担当者である白鳥美穂さん」

「私が竹生島企画の担当者ですか」

「何を今さら寝ぼけとるんや。竹生島観光の見直しと強化対策をせぇて言うてあったやろ。そのために奈須善行先生と何べんも何べんも竹生島を見に行ってるやろが」

美穂は質問の答えを探す前に課長のことがますます分からなくなってきて動揺した。自分の考えているより何手も先まで読み切って仕事をしているとしか思えない。普段のイヤな奴のイメージがすっかり変わってきた。

美穂が答えあぐねていると、課長が「決め手はないんか」と促す。美穂には企画の具体的な方向が見えていないのだが、課長には何か思うところがあるようだ。美穂はじいちゃんを思い出し、父親を思い出し、ばあちゃんの嫁入り写真を思い浮かべた。

「決め手は丸子船の使い方やと思います」

「よし、それでよし。説明は終わり。仕事を分担する」

全員が課長の魔術のような会議の進行術に翻弄された。恐るべき会議のエンディングだ。

山崎課長からの説明は、テレビ番組「決断」の放送に県も市も全面的に協力する。しかも観光関連部局だけではなく環境保全部局も協力をすることが決められている。長浜市の商工観光課としては企画書に則《のっと》って構成台本に合う撮影ポイントのリストアップと先方スタッフへの画像による情報提供、スタッフの宿泊・食事の紹介、船舶での機材とスタッフの運送の許認可の手助け、電源のアドバイス、その他様々な手配を制作陣に代わって担当するフィルムコミッション的な仕事をすることになった。映画やテレビにその市町村がロケ地として映像化されることはその地方の大きなプロモーションになるから、可能な限り協力をするということであった。課長が日頃「地味なイベントを開発しろ」と言っていたのとは大違いである。

「放送時期は来年の三月の日曜日に決まってるがな、十月中にあらかたの準備をしておかんとさいが、十一月から二月末までは天候のこともあるかさかいな。これからのさらに細かな分担は一週間後に決めるので、それまでいろいろ調べておいてくれや」

沈影竹生島がツバル王国の消滅と言葉ひとつでつながった。

市役所に「TV番組対策プロジェクトチーム」が出来た。大きく分けて三つのチーム。一つ目は電源の確保、輸送体制、出演者とスタッフの控室・食事・宿泊等のインフラ整備班である。苦慮したのは雨天の想定だった。放送局サイドはすべてを屋外からの生放送でやることを大前提にしているが、それは荒れた琵琶湖の恐ろしさを知らない者たちの考えることで、春の嵐や思いもかけない雪やみぞれのことを考えようとする市役所側の配慮は一笑に付されてしまった。それでも山崎課長は防災担当の協力を取り付けながら最悪の天候をケーススタディし、万全の準備を取ろうとした。しかも、そのことは敢えてテレビ局側には伏せたままにしておいた。大小取り混ぜて山のような無理難題をエクセルに落とし込んでチェックリストを作成し、発注すべきものはどんどん処理していった。

二つ目のチームはテーマに沿った形でカワウの糞害をどう見せるか、今後の対策をどのように説明するかを担当するのであるが、このチームの仕事は予想をはるかに上回る難題であった。山崎課長は口を開けば「ええなぁ、番組がツバル王国から始まるのを忘れたらあかんで。たかが海岸のゴミで貝が減り、貝殻が無《の》うなり、砂浜が消えただけで、国家が消滅するんや。たかがウ、ほやけどウ！」と注意を喚起してきたが、ツバルのゴミから始まる連鎖反応を参考に、カワウの害をシミュレーションしていた担当者のひとりが「ウの糞害の連鎖は竹生島を崩落させる」という結論を導き出した。松の木が枯れて根っこが死ぬ。雨水がもろい花崗岩《かこうがん》の隙間《すきま》に沁み込み、凍る時に膨張しながら岩を割り、竹生島の岩が次々に湖に崩落する。それは万年単位じゃなくて、何十年単位の危機だという結論だった。しかしそれを聞いた課長は「それは分かったが、そのシミュレーションを今回の番組の中に放り込むのは無理があるやろう。来年の新年度予算に調査費をむしり取って来るさかい、それ以上の研究は待ってくれ。今回はカワウの現状を報告するだけに止《とど》める」と悲しそうな顔をした。

　三つ目は番組内容に即して、林盛太郎教授の研究成果をどこでどのように表現してもらうか。トークだけではなく、何らかの映像を付加してしゃべってもらう必要があるから、その候補地を選ぶこと。それと斎木朱美の最新曲「湖笛沈影」の演奏場所の選定だ。この班のチーフを任された美穂は斎木朱美が演奏するステージを迷わず父の丸子船にすることを決めた。「切り札丸子船」を使うチャンスがこんなに早く訪れるとは思いもしなかった。

放送局のそれぞれの担当者と市役所の担当者の間では何度もメールのやり取りをした。大方の態勢が見えてきた段階で、東京から下見をしに行きたいという要請があった。メンバーは神崎プロデューサーと構成作家とディレクター三人と技術チーフ。そして出演者の林教授と斎木朱美である。

局側と市役所側の全員のスケジュールが合致するのは、勤労感謝の日を含む三連休が終わった後しかなかった。十一月も末ともなると竹生島は急速に寒く淋しく静かになるが、今日は小春日和、白鳥美穂は一行八人を新幹線の米原駅まで迎えに行き、役所の車で長浜港まで連れてきた。長浜港からは父に頼んだ丸子船で竹生島を目指すことにしてある。

乗船する前に改めてお互いが自己紹介をしていると、林盛太郎教授が奈須善行を見つけて駆け寄った。

「奈須のおじさん。僕です、林盛太郎です。お父さんの奈須和茂先生に昔、西野水道や田川カルバートを案内してもらったことがあります。おじさんにも尾上漁港から長浜港まであの丸子船に乗せてもらいました」

奈須が一瞬眼を眇《すが》めてから破顔一笑した。

「おお、あん時の盛太郎君か。こんなに大きゅうなってしもて。道で会うても分からんぞ。ネクタイまで締めて、見違うわいなぁ。よう来たなぁ。こらまた、なんという巡り合わせや」

　盛太郎の頭から顔から全身を撫で回さんばかりの喜びようである。ふたりの顔を交互に見ながら美穂がびっくりして口を挟む。

「お父ちゃん。なんで林盛太郎先生を知ってるんや」

「お前のおじいちゃんの奈須和茂はな、この辺の名物じいさんやったやろ。学校の先生を退職してから、県の文化財になっている西野水道のお守《もり》をしたり、近隣の古い大事なもんを一生懸命守ってやあたんや」

　盛太郎もニコニコ顔である。

「私が父といっしょにその西野水道を見学しに行った時に案内していただいて、それから湖北に来ると奈須先生のおうちにおじゃましてたんです。滋賀県にも面白い場所はいっぱいあるんですよ」

「美穂がまだ小さい時で、美穂はお母さんと遊んでたから盛太郎君のことは覚えがないんやろ」

「私もかわいい女の子がいるなぁと思っていましたが、いつも和茂先生と夢中で話していましたから」

　美穂が心なしか顔を赤らめて先を急がせた。

「そうなんですか。その話は船の行き帰りに伺うとして、お父ちゃん、とりあえず船を出してくれる」

「よっしゃ」

奈須が舫《もやい》を外して船を出した。船尾《せんび》側に乗った盛太郎に善行が質問を続ける。

「今、美穂は盛太郎君のことを先生と言うとったが、盛太郎君はどこで何を教えてるんやいな」

「はい、近江経済大学で地質学を教えています。面白いもんですね。中学生の時に庭に穴を掘っているうちに穴って面白いなぁと思い始めたんですね。それで父が西野水道に連れて来てくれて以来すっかり洞窟の虜《とりこ》です。高校に進学してからもずっと気になって勉強しているうちに、こういうことになってしまいました」

「蛙《かえる》の子は蛙とはよう言うたもんや。うちの親父は盛太郎君のことを宝物やと言うてたけど、その通りになってくれたんやなぁ」

「うちでも父が奈須先生はお前の一生の宝物やと言っていたんですよ」

「そらまたうれしいなぁ。その宝物の地質学の先生が今日はどういう役割でここへ、来てくれたんですか」

「長浜市と滋賀県からの要請で竹生島のこれからのことをテレビで話すように言われて

やってきました。米原駅に迎えに来てくれた観光課の白鳥さんがおじさんの娘さんとは思いもかけない偶然ですね」

「ほうや。美穂は美穂で子供の時分から暇があると、わしが竹生島へ行く時について来るんや。親子そろって、いや、じいさんを入れて三代続けての竹生島の島守やな、うちの一家は」

盛太郎と奈須が話しているのをじっと聞いていたもうひとりの出演者斎木《いつき》朱美《あけみ》が、恐る恐る口を挟んだ。

「あのぉ……、林先生ちょっとお聞きしていいですか」

「はい、どうぞ」

「うちの主人のことなんですが、いつも訳の分からないことばかり言っていましてね。こんど林先生とお仕事するんだと言ったら、ぜひお聞きしてくるように言われたことがありますの。ちょっと教えていただけますでしょうか」

「私に分かることでしたら、なんなりとどうぞ」

「ありがとうございます。うちの人は、地面の下は穴だらけだ。琵琶湖の下にも穴があってもうすぐ琵琶湖はその穴に沈むはずだ。そうなると坂本の実家も危ないから引っ越し準備をしたほうがいいって言いますの。何かが琵琶湖に沈むというのなら分かりますが、琵琵琶湖が沈むって言うんです。嘘だと思うのなら林先生に直接確かめて来いって言うのです。うちの人ってアタマ変じゃないんでしょうか」

「アタマは変じゃありませんよ。ご主人のおっしゃっていることは正解です。ただそのもうすぐっていうのが曲者《くせもの》で、蕎麦屋《そば》さんのもうすぐは十分か十五分ですが、地質学者のもうすぐは一万年ぐらいです」

プロデューサーがニタリとしながら口を挟んだ。

「斎木さん、まさにその『沈む』ってことが今回のこの番組のテーマなんですが」

斎木朱美がびっくりしたような照れくさいような顔をして林先生と美穂の顔を交互に見ている。

「あらいやだ。私、自分の演奏のことばかり考えていて、全体のことを全然把握していないんです」

盛太郎が助け船を出した。

「それはお互いさまです。私も斎木さんの演奏を昨日初めて聞いたばっかりなんですよ。それにしてもすごい勉強家のご主人ですね。失礼ですが、ご主人は何のお仕事をなさっているんですか」

「それがぁ……」

「いえいえ、差し障りがあるのならけっこうですよ」

「差し障りはありません。吹田大学で電子顕微鏡を覗いている研究者なんです」

「そうですか。それなら言わば同業者ってわけですね」

「私は音楽活動ばかりですから主人の研究の中身は分からないのですが、主人は大変な話好きで、私が聞いていようがいまいが、ひとりでおしゃべりしているんです。電子顕微鏡で物質の中身を見て、結晶とか分子とか原子とかそういうものの配列とかなんとかを調べているんですって」

「斎木さん。これまた奇遇としか言いようがないですが、実は私は高校から大学へ入る時に、ご主人がやっておられるような金属工学へ進むか、金属のもとになる鉱物が出来る地球のことを勉強するか悩んで、結局は地質学を専攻したのです。私のほうこそ最新の金属工学とか材料工学の話をお聞きしたいものですね」

「何かのご縁ですから、一度私どもの家へお越しくださいませんか。専門家のお話を聞けたら主人がどんなに喜びますことやら」

「そうですね。議論させていただくのも一興ですね」

「それにしても盛太郎先生って、うちの旦那とはえらい違い。うちのは金属の結晶格子の欠落を調べるために電子顕微鏡をいじってるんだから、いかにも堅物のようだけど、相当おバカさんでね」

美穂が話に加わった。

「吹田大学の教授でしょ。おバカさんのわけがないじゃないですか」

朱美が美穂を見ながらうれしそうに返事する。

「いつも真剣なんだか空想なんだか訳の分からないことばっかり言っているのよ」

「訳が分からないって、どういうことをおっしゃるのですか」

「主人が言うにはね、生物って自分の怪我とか病気とか欠落を自分で治せる力を持っている。しかも下等な生物になればなるほど、時間を味方にしたり環境と仲良くなったりして自分の不具合を治癒していくんですって。彼らは、私は大したものではありません、急ぎませんから私の欠陥を直してください、って謙虚になるから自分で自分の身体のメンテナンスが出来るんだって。ところが金属はいかにも丈夫そうにみえて自分で自分をメンテナンス出来ないでしょ」

「なんか金属と下等生物を比べるのも大胆ですね」

「そうよね。主人は夕ご飯の時にこういう話をし出すの。金属には、『ボイド』っていうらしんだけど、うーんと小さな孔《あな》っていうか隙間っていうかそういうものが空いていて、折れたり壊れたりすると自分で直す力はない。でね、おかしいのは、金属の欠落を直すには注射すればよいはずだっていうの」

「へぇ、金属に注射するんですか。訳が分からないですね」

「あたしが、言葉のニュアンスで言うと金属注射って筋肉注射みたいだから効くかもね、って混ぜっ返したら、うーん筋肉注射ね、その洒落《しゃれ》いいねって喜ぶのよ。主人が言うのには陽電子の寿命が尽きると金属が弱るのだから、陽電子を注射すれば金属は長持ちするはずだって考えているみたい」

「よく分からないけど面白そうですね」

「面白そうだけど分からないでしょ。本当なのか嘘なのか。何考えてんのか、分からない」

「昔から天才であればあるだけ、近い所にいる人には評価されないんですよ」

言いつつ、美穂が真剣な表情に立ち戻った。

「あのぉ、湖底洞窟のことですけど」

「そうそう、こんなバカ話をしてちゃいけないわね、私たち」

「いえ、バカ話じゃなくて湖底洞窟もひょっとしたらそのボイドですか、つまり欠落っていうのと同じなんでしょうか」

「地球規模からいえばごく微小なボイドってことなのかしらね」

「生物じゃないから洞窟は自分で自分を直すことは出来ずに、ボイドは大きくなる一方ですよね」

「そういうことになるわね」

「湖底にも、どこにもかしこにもやっぱり穴がいっぱいあるんでしょうね。こういうことを本番で先生にお聞きしてよいのでしょうか」

　朱美はまだまだ話し続けたそうであるが、もうすぐ竹生島に着くところまで近づいた。朱美が船から西の方角を指差した。

「ほら、あちらに湖西のマキノとか饗庭野《あいばの》の低い山々が見えるでしょ。うちの人はさっき降りた新幹線の米原駅近くで生まれたんだけどね、小学校の裏山に登るとあちらがかすんで見えたんですって。ちょうど朝鮮戦争が終わった頃だったから、頭上を飛ぶ双胴の輸送機はアメリカに飛んで行くはずだ、つまり琵琶湖の向こうはアメリカだって、信じ込んでいたみたい。バカみたいでしょ」

「うわぁ、ロマンチックっていうか想像力たくましいというか」

　盛太郎教授もにこにこしながらこの話に同意した。

「僕だって似ていますよ。彦根城の城山《しろやま》に登ると琵琶湖が見えますからね。この湖を渡ってポルトガルやスペインから宣教師がやって来たんだって思っていましたもん」

「小学校の時に考えたんですよね」

「はい。恥ずかしいですよね」

「そろそろ着きますで」

と船頭の奈須善行が話にピリオドを打とうとした。

話の盛り上がりにプロデューサーが口を挟んだ。

「私たちはこういう仕事をする時に、古臭い言葉ですが『座組み』という用語で、どういうスタッフとチームを組んで、どなたに出演していただくかを考えるのですが、今回みたいに嵌《はま》りすぎぐらいにぴったりのチームってなかなかないものなんですよ。ある意味、恐いぐらいにそれぞれのメンバーに結節点があるじゃないですか。わたし的には久しぶりなんです、ここまで揃うのは」

「水を差すようで悪いがな……」

善行がにっこり笑って言う。

「座組みちゅうたらな、北陸の漁船なんかではなぁ、日和見《ひよりみ》さんちゅうのがいちばんの仕事や。朝から晩まで舳先《へさき》に座って海と空を見て煙草吹かしとるんやけど、海が荒れる気配を感じたら『網揚《あみあ》げぇ、戻るぞぉ』って叫ぶんや。誰も文句を言わん。というか言えんのや。進むのは船長の仕事やが止めるのは日和見さんの仕事や。あんたの言うテレビの座組みにはこういう人は、おらんのかいな」

「そういうふうに面と向かって言われると困りますが、私たちはいつも行け行けどんどんで、止める役割ってのはないですね」

「ははは、止める人がおらんのかな、テレビ局には」

「はあ、そうなりますね」

「分からんでもないな。長い航海では日和見さんの代わりを猫が務めることもありますんや。猫はネズミを捕る上に天候に関する予測能力があるからですわ。猫が騒いだら港へ戻れちゅう合図なんですよ。予知やないですよ、予測ですよ」

「ほぉ、猫が天気を予測するのですか」

盛太郎と朱美が期せずしていっしょに声を出しかけた。互いに譲り合った末に盛太郎が口を開いた。

「おじさん、僕が最初にこの船に乗せてもらって話したこと覚えておられますか。小学校の時に父が琵琶湖一周に連れて来てくれて船が多景島《たけしま》を過ぎたあたりで、僕が子猫の声を聞いた話。琵琶湖の船でも日和見さん代わりに猫を飼っていたんじゃないでしょうか」

斎木朱美がグッと身を乗り出した。

「すみません。その船って大津港から出ていたインターラーケンですか」

「そうですが……」

「間違いないわ。その子猫、フーコです。鼻の先と前足だけが白い黒猫で、私が大津で飼ってたんですが、港で行方不明になってしまったんです。船に乗ったとしか思えなくて、しばらく探してもらったんですが、結局見つかりませんでした」

奈須善行と白鳥美穂が顔を見合わせた。ふたりは竹生島に猫が棲んでいたことを確信した。だが桟橋がすぐそこまで近づいたので話は立ち消えになった。朱美の心がざわざわとざわめいた。

船頭の奈須が桟橋にロープを投げると、先に島に着いていた山崎商工観光課長が器用にロープを受け取り係船柱《けいせんちゅう》に結び付けた。船から下りた彼らは桟橋で何事かを話し合ってから石段を登り始めた。石段の途中で立ち止まり付近を見渡して話し合い、また登って写真を撮りながら話し合い、都久夫須麻神社の拝殿の前の広場では、それぞれが神社を背にしたり琵琶湖を背にしたり横位置になったりして、生中継にふさわしい場所を決めるためにさんざん動き回った。

島にゆったりした時間が流れている。フーコはいつもの丸子船に美穂が乗って来たのを確認して石段を登り、これから何が始まるのかを舟廊下の屋根の上で眺めることにした。

眠るふりをしながら話に聞き耳を立てている。フーコはみんなが舟廊下へ入って来たので屋根から降りて観音堂に逃れようとした。だが、大好きな美穂が近づいてきた。美穂のしゃべる声の魅力に勝てずにそのまま背を丸めてじっとしていた。俗に猫の香箱《こうばこ》座りという姿勢で、胸の下に両足を隠すように抱え込み、背を丸めて香箱のようにじっとしていた。

すでに東京でプロデューサー、構成作家、ディレクター、技術チーフの間で何度もミーティングを重ねてきていて番組構成は固まっている。今日は現地で出演者との細かなすり合わせをするので、都久夫須麻神社の拝殿を借りて打ち合わせが始まった。市役所から山崎課長と白鳥美穂の他に商工係の岩田や観光係長など数名もオブザーバーとして出席している。美穂は全体の調整係の役割である。

「決断」は朝の7時にツバル王国からの中継で始まる。滋賀県からは三回に分かれて放送することになっている。パート1が8時ちょうどから8時20分、パート2が11時から11時20分、パート3が15時から15時半である。1と2の打ち合わせと下見はすんなりと終わったが、斎木朱美カルテットが生演奏するパート3に大きな問題が残っていた。

斎木朱美は自分たちの演奏する場所を、西の洞窟の前に停泊させた丸子船の上でやりたいと主張したが、技術チーフがそれは１００％不可能だとして譲らない。笛ひとりならなんとかなるが、打楽器の望月傳左《もちづきでんざ》、三味線《しゃみせん》の本條勘次郎《ほんじょうかんじろう》、ジャズベーシストのゲイリー・チェンバースを船に乗せることはどう考えても無理である。四人にそれぞれマイクを立ててカメラを置けば演奏も出来ないし、映像も作れない。しかも演奏する四人が船上で揺れる上にカメラも揺れる。それぞれがそれぞれの揺れで動いたら視聴者に届ける映像は見るに堪えないものになる。さらに水しぶきが機器に悪影響を及ぼすだろうし、漏電の恐れもある。いくら安定しているからと言って、丸子船から音楽演奏を生中継するというような離れ業はあり得ない、と断固として反対する。チーフは演奏場所は竹生島を背景にした桟橋の奥の広場か、琵琶湖を画面に取り込む形で都久夫須麻神社の拝殿にするべきだと主張する。

斎木朱美が拝殿の向こうに見える鏡のような湖面を見つめ、うつむき加減で話し始めた。

「私がわがままを言っているように思っていらっしゃるかもしれませんが、私がなぜ丸子船の上で演奏したいのかを説明させてください」

山崎課長と美穂のふたりは朱美の話の思わぬ展開に目を見合わせた。舟廊下の屋根でそっと様子を窺っていた猫のフーコは、今の声に聞き覚えがある声ような気がしたが、まさか朱美がここで話しているとは思わず、暖かい日差しを背中に受けてうとうとしたままだ。

「私は今回演奏する曲『湖笛沈影』を私の母に捧げたいのです」

課長がこのタイミングでなぜか美穂に頷いてみせる。気持ち悪いが、課長ってひょっとしたらイイ奴かもしれないとふと思う。

「母は今の高島市今津で生まれ育ち、京都の女学校を出してもらったあと実家に戻り、習い事をしながら縁談を待っていました」

テレビ局のスタッフたちも事のなりゆきに戸惑いながら静かに話に聞き入っている。

「習い事の合間には女学校時代に京都で習ったお能のお囃子方《はやしがた》のおさらいをしていました。なかでも能管は玄人裸足《くろうとはだし》の腕前だったのですが、美人で賢くてお能まで出来るとなると、かえって適当な結婚相手がなく、気が付くと当時としては婚期を逸したも同然の二十八歳。ようやく坂本にある神社の神主と結婚話がまとまって嫁ぐことになりました。母は嫁ぐ以上は笛のお稽古なんか出来ないし、してはいけない。良き妻であり嫁であり何よりも優しいお母さんになりたかったのです」

胡座《あぐら》をかいていた神崎プロデューサーが座り直して正座した。

「母は竹生島で笛の吹き納めをしてから嫁ぎたいと両親に頼み、今津港から大津港まで丸子船に乗って行く途中、竹生島に寄港してもらって笛の演奏を奉納したのです」

「その場所が洞窟の前なのですか」

白鳥美穂が真剣な表情で聞いた。

「その通りです。決意を込めて笛を吹いた後、母は鏡のような湖面にそっと笛を置き、何度か手で波を立てて洞窟の中に沈めました」

斎木朱美がうれしそうに哀しそうに微笑みながら話を続ける。

「母は嫁いでから一切笛を吹かなかったのですが、私が雅楽で笛を習うことを反対はしませんでした。それどころか私が浜大津まで笛の練習に行くようになるとサンドイッチやお握りを持たせてくれました。亡くなった母の笛が沈んでいる洞窟の前で『湖笛沈影』を演奏したいのです」

ここまで言って朱美はもう口を開かなくなった。

しばらくの間、拝殿は深い静寂に包まれた。舟廊下の屋根にいるフーコはミャオと鳴くのを我慢して何度も何度も左の手で顔を洗っている。

じっと考えていた白鳥美穂が沈黙を破り、斎木朱美カルテットの演奏場所について提案をした。

「演奏は30分間に三曲ですね。最初が『ダンシングレディ・フォー・レイン』で、二曲目が『ボイド』、そして最後が『湖笛沈影』」

「そうよ」

「私の考えは、朱美さんだけ丸子船に乗ってもらって、他の三人、ベースとパーカッションと三味線は、港の広場に作ったステージで演奏してもらえばどうかと思います」

「だから船の上での演奏は無理だと言ってるだろう」

と技術チーフが気色ばんだが、美穂は淡々とアイディアを披露する。

「丸子船の船の安定性についてはあとで実際に乗ってみて検証してもらうことにしますが、二曲目までの演奏の時に丸子船は桟橋に繋留して動かないようにしておきます。最後に『湖笛沈影』を演奏する時が来たら、船頭である父が波ひとつ立てず滑るように桟橋から洞窟に向かいます。朱美さんの笛だけが洞窟の前で演奏することになります。お互いは一応視界に入りますし、音のモニターも映像モニターも工夫していただければ、これでやれそうに思えますが」

「美穂さん、ありがとう。それならきっとうまくいくわ。技術さんやディレクターさんはどうでしょうか」

「分かりました。後で船に乗せてもらってもう一度確認させてもらえば、いけそうに思います」

「どうかよろしくお願いします」

斎木朱美は、白鳥美穂の奇を衒《てら》わず、それでいて大胆な仕事の仕方に信頼感を高めて満足している。美穂がもう一度身を乗り出した。

「もうひとつ、ほんのアイディア程度なんですが提案させてもらっていいでしょうか」

「美穂さんの提案って面白そうだから楽しみだわ。どうするの」

「ダメならダメとおっしゃてくださいね。三味線とパーカッションとベースの方の演奏場所ですが、そういうのって普通は板で仮設舞台を作りますよね」

それに対してはディレクターが答えた。

「そうです。私たちがサブロクの平台《ひらだい》と呼んでいる畳一畳の広さの板、変でしょ、このデジタル時代に私たちはまだ尺貫法《しゃっかんほう》を使っているんですからね。幅三尺長さ六尺高さ四寸を単位とするサブロクの板を三十枚ぐらい敷いて使おうと考えていました」

「そうですよね。で、その上にアクリル板か何かを敷きますよね」

「はい、さきほど白鳥さんからリズムセクションを桟橋でやってはどうかという話があった時に考えたのは、サブロクの平台を鎹《かすがい》で固定して、天板には歌舞伎の舞台なんかで使う波模様の描かれた青い浪布《なみぬの》を敷きつめようかなと思っていました」

「なるほど、浪の布は面白いですね」

美穂が一瞬自分のアイディアを披露するのを躊躇《ちゅうちょ》していると朱美が先を促す。

「美穂さんのほうのアイディアはどういうものなの」

「はい。仮設舞台には板ではなくて琵琶湖のヨシを使いたいと思います。ご承知のようにヨシは琵琶湖の水質と環境浄化に役立っていますし、葦簀《よしず》や簾《すだれ》にしたり、屋根材など大変使い道が多いんです。茎が中空だから船にすれば軽くて丈夫です。イメージは日本的で質素で、しかも笛にもなりますから斎木朱美さんの雰囲気に合うような気がします」

「あら、私って日本的で質素なの」

斎木朱美がうれしそうに合の手を入れた。

「バラバラにならないようにヨシを棕櫚《しゅろ》縄で結《ゆ》わえて敷き詰めれば、ちょっと雰囲気の良い舞台になるかなって思ったんです」

「いいね、いいね。それでいこうよ、素晴らしいアイディアだ」

プロデューサーが手を叩いて喜んだ。

技術チーフは、「それであれば、こちらも対応できます」と納得した。

奈須善行が小さな声で呟いた。「人間は考える葦舟《あしぶね》ちゅうやっちゃなぁ」

林盛太郎も呼応した。「パスカルの原理。閉じられた空間の中でどこかの空気を押せば力は等しく全体に伝わる。美穂さんがこの場の空気を押したから、全員に等しく伝わりましたね」

難問を解決させた一行は揃って都久夫須麻神社に拝礼し、境内から船着き場に降りて行く。途中で斎木朱美が白鳥美穂に話しかけた。

「中学校の時に、龍笛の人間国宝藤舎完峰《とうしゃかんぽう》さんに教えを受けたことがあるの。先生が私に怒りながら教えてくれた言葉があって、ずっとそれを守ってきたつもり」

「どんな言葉ですか」

「空も地面も山も海も川も湖も全部神さんが作らはった。もちろん人間もや。それやのに神さんが作らはった空を汚し、山を削り、川には洪水、海は汚染させてしまい、人間は自分たちでどんどん堕落してしもた。せやから神さんはいつも怒ってはる、神さんの代わりに恐い顔して笛に穢《けが》れのないきれいな息を吹きこんで、世の中を美しゅうするのが笛吹きの仕事や。笛は神さんみたいに怒って吹かなあかん。せやから、ほんまは女の人は笛を吹かんほうがええんや。笛吹いてたら、お母さんになった時に優しい顔が出来へん。美味しいご馳走も出来へん、って」

「怒って吹くのに、優しい音がするんですね」

美穂はこのイベントの奥の深さに今さらながら少しの戸惑いを感じた。朱美が話題を変えた。

「打ち合わせで葦笛も吹くつもりだって言っていたけどねぇ、私がステージで使っているのはちゃんとした音階の笛でけっこう大きな音が出せるんだけど、子供が吹くような簡単な葦笛って手に入るかしら」

「それだったら、うちの父が作れます」

「それを七、八本作っておいてもらえないかな」

「ああ、そんなことならおやすいご用です。林盛太郎先生は中学生の頃、うちのおじいちゃんから葦笛をもらったとか言っておられましたよ」

「へぇぇ、そうなんだ。じゃあこの辺の子は葦笛なんか簡単に吹くのでしょうね」

「でも、盛太郎先生は別じゃないでしょうか。先生が上手に笛を吹くのって想像しにくいですよね。あの先生、あんまり器用そうには見えないでしょ」

「うふっ、そうね。学者になるために生まれてこられたみたいな方だもんね」

「そうです。私、遊んでばっかりいてあんまり勉強しなかったから、勉強の出来る人とか学者さんにコンプレックスがあるんです」

「あるある、勉強の出来る人って、ちょっといじめてみたいと思うわね」

「ねっ、そうですよね。いじめたい人、こん中にいますよね」

「いるいる、せーの、」

「盛太郎先生！」

女ふたりが脇腹を突つきながら、くすくす笑っている。美穂の悪戯《いたずら》心に火がついた。

「パート2で朱美さんが湖底洞窟の説明を聞くところがありますよね。プロデューサーには黙っておいて『盛太郎先生、洞窟って風が吹けば音がしますよね。この笛と同じ原理ですよね』とか何とかおっしゃって、葦笛を先生にお渡しして……」

「『ちょっとこの葦笛を吹いてくださいませんか。昔取ったなんとやらで』って……」

「やっちゃいましょうよ」

「やっちゃおう、やっちゃおう」

と意気投合した。


フーコは舟廊下の屋根を降りてふたりの後を見つからないように歩いている。かなりのご機嫌らしく、尻を振りながら歩くから、まるで犬が尻尾を振って歩いているように見える。朱美と美穂が仲良く歩いているのを見て安心したようだ。途中でフーコはくるりと向きを変え、宝厳寺の裏手から島の西側の斜面に回った。フーコの勘が、このままみんなは丸子船に乗って洞窟を見に行くと教えていた。フーコは枯れ木の間をときどきずるずると滑りながら、慎重に岩場まで降りて待った。沖合で何が起きようとしているのか理解する術《すべ》がない。いっそ暗い所であれば夜目《よめ》が利くが、船はフーコの場所からは南西にあってまさに逆光のど真ん中だ。どんなに目を細めてみても明るすぎる。

斎木朱美と林盛太郎教授と神崎プロデューサーが乗った善行の丸子船は、島の東からぐるっと竹生島を一周した。船は舳先を西に向け、50メートルほど沖合に出て行った。そこで善行が神技のように船を操った。西向きの舳先を左回りにぐるぐる回転させながら島に近づけてくる。なんと全長17メートルの回転する舳先に斎木朱美が立っている。丸子船の先端は尖っていて安定が悪いはずだが朱美はぴくりとも動かない。同じくプロデューサーと林盛太郎教授は舷側に立っている。三人とも不動だ。いくら凪に近い時間帯とはいえ、船を回転させれば身体は不安定に揺れて当たり前なのに三人とも微動だにしない。これは奈須が丸子船の安定性を実感させるために試みているものだ。美穂と相談のうえ、わざと美穂を船に乗せずに出演者ふたりと責任者だけを乗せて、一見危険極まりない乗り方をさせた。番組の成否が西の洞窟近辺で丸子船の上に現れると踏んでのことだ。

斎木朱美が笛のことで確かめたいことがあるので船を西の洞窟の前に回してほしいと大声を出した。奈須はそのままゆっくり丸子船を回転させ、洞窟の前でぴたりと停めた。朱美は船倉《ふなぐら》に戻ってバッグから龍笛を取り出し船首に立った。

唇に龍笛を当て、ひと際高く撥《は》ねさせるような音を出すと、フーコがびくっと身体を震わせた。今の音は何だったのか。栈橋の観光客も跳び上がった。何十羽ものカワウが飛び去った。フーコは慌てて崖を登った。

他のスタッフが乗っている船はやや離れた場所でなりゆきを見守っている。

斎木朱美が大きく頷きながら「湖笛沈影」のサビの部分をソロで吹いてみた。白鳥美穂があっと声を挙げた。CDで聞いた「湖笛沈影」と同じ曲とは思えないほど尖った音がしている。

フーコは笛の音色と笛の吹き方で朱美が吹いていることを確信した。この音は紛れもない朱美の音である。

朱美が数分間のソロを終えて笛を置いた。

わずかに船が揺れたが、それに気付いたのは善行と盛太郎だけだったかもしれない。左右ではなく上下に揺れたのだが、波に変化は起きなかった。

フーコは思いもかけなかった朱美の登場と笛の演奏に動揺して逃げるように崖を這い上った。後ろ足で蹴った石が枯れ木の斜面からコロコロ落ちて洞窟の前にチョポンと音を立てて沈んで行った。

美穂が今の水音は何の音なのか確かめようと善行の顔を覗き込むように見た。善行が首を左右に振って知らないふりをしておけと合図した。

テレビ局との打ち合わせが済んで、商工観光課は様々な手配と準備に本格的に取りかかった。

白鳥美穂は地元の環境保全ボランティアグループにヨシのステージ製作を依頼した。長さを1メートルに切り揃えたヨシを幅20センチ高さ5センチに縛って束にし、さらに十束を繋留ぎ合せて1メートル四方の部材が出来た。これを本番前日に島に運び込み組み立てるつもりである。

ときどき山崎課長が作業場に顔を出す。

「白鳥さん。地味なイベントになりそうかいな」

「はい。課長に叱られないように、とことん地味にしてもらっています」

「頼むよ。滋賀県も琵琶湖も竹生島も、今回の一回の放送のためにあるわけやないさかいな。滋賀県は琵琶湖のためにある。琵琶湖は竹生島のためにある。そして竹生島は……なっ。白鳥美穂にはそれが分かる。斎木朱美さんにもそれが分かる」

美穂は課長の言う意味が少しだけだが分かった気がした。でもイヤな奴であることに変わりがない。以前は美穂美穂と呼び捨てにしていたのに、近頃は白鳥さんとか白鳥美穂さんとか微妙に使い分ける。こういうことも好きになれない原因の一つである。

美穂は思った。琵琶湖の周りに滋賀県があるのではない。琵琶湖という澄んだ水をたたえた巨大な穴の堤防を形成しているのが滋賀県という陸地だ。滋賀県という堤防が蟻《あり》の一穴で綻《ほころ》びを作ればたちまち琵琶湖は消滅する。滋賀県人は心の中では琵琶湖の中に住んでいる。琵琶湖の周辺ではなく琵琶湖の中に住んでいるのだと。

大津や石山周辺、いわゆる湖南の人々は「近江八景」の中で呼吸をし、汗を流し、食べ、飲み、笑い、哀しみ、生まれて死んでいく。衣服の代わりに「近江八景」を身にまとっている。琵琶湖なしに近江八景はあり得ないし、近江八景なしに暮らしの依るべき空気はない。

「琵琶湖八景」も滋賀県人の心と同化している。つまりは滋賀県全部が琵琶湖なのだ。

美穂はもう一度、課長の言葉を反芻《はんすう》した。「滋賀県は琵琶湖のためにある。琵琶湖は竹生島のためにある。そして竹生島は……なっ、白鳥美穂には分かる。斎木朱美さんにも分かる……」

テレビ局は地球が直面している温暖化、環境破壊、戦争、少子高齢化、犯罪多発などをテーマにして特別番組を組み立てるというが、白鳥美穂の頭の中にはそれとは違うふわっとした温かい何かが広がってきている。それは斎木朱美のお母さん与田深雪《よだみゆき》さんの物語が美穂の心の中に沈潜《ちんせん》したためだろう。川や水の神、学問、音楽の神さま、そして福徳神であり、琵琶を抱え持つ竹生島の弁才天《べんざいてん》にお願いし、笛の音に託して生きる決意を奉納した深雪さんの生き方の温かさの故かもしれない。笛を沈めて人生を浮かび上がらせた深雪さんを美穂は気高いと感じた。

地球がある。そこにもここにも人々が生きている。国がある。空がある。川がある。海がある。島がある。水没して行く島国ツバルに母や娘や幼女やばあちゃんたちがいる。それは竹生島のすぐ隣の島である。水は海でつながり、川でつながり、地下水脈でつながっているのだから。

そして神さんは怒っている。

もうすぐ一年が終わる。

湖北の空が湖北特有の空になると、北国街道は時雨の道になり、伊吹山に雪が降り、春を待って静かに息をする。

竹生島の淋しい猫は、あといくつの冬をやり過ごすことになるのだろうか。

第五章
笛が鎮める

20XX

年が明けたと思っていたら、あっという間に放送当日の三月中旬の日曜日になった。その日、琵琶湖《びわ》の上空は穏やかに晴れ上がった。伊吹山《いぶきやま》にも比良《ひら》山系にも残雪は少なく、そよりと吹く風があちらでもこちらでも湖畔の菜の花を撫でている。

林盛太郎《もりたろう》は昨晩よく眠れなかった。昨日の現地でのリハーサルの時に西の洞窟《どうくつ》の入り口が極端に狭くなっているのがはっきり分かった。リハーサルの後、奈須善行《なすよしゆき》と小声で話したことが頭にこびりついている。

「盛太郎先生、よぞいことにならんかったらええんやけど。西野水道の出口の湧水《ゆうすい》と言い、洞窟の入り口の狭さと言い、ただ事やないで」

盛太郎は頷《うなず》いてはみたがコメントのしようがなかった。

眠る前に盛太郎は、現在の分析に間違いや紛れはないか、もう一度自分で自分の理論をおさらいした。太古の滋賀県は今の場所にはなかった。プレートテクトニクス理論を援用すれば、琵琶湖の湖底も伊吹山の山頂もかつては日本列島よりはるか南東の温暖な海にあったはずだ。珊瑚《さんご》や貝が豊富に生息していた場所がマントル対流に乗って北西に移動し、珊瑚や貝の化石が石灰岩を形成した。その後から押し寄せてきた硬い地殻がそれ自身は深い場所に潜り込みながら、石灰岩を鉋《かんな》で削るように上へ上へと隆起させた。おそらく琵琶湖の土中の深部は石灰岩の地層が大部分を占めていたはずだが、そこへ後から来た花崗《かこう》岩《がん》が覆いかぶさる形で湖底を形成したはずだ。だから花崗岩と石灰岩がまだら状に存在し、大規模な湖底鍾乳洞《しょうにゅうどう》を作っていることが想像できる。

竹生島《ちくぶしま》は花崗岩の岩盤そのものが沈降し、その空洞化した巨大な穴にさらに島全体がすっぽり沈みこむかもしれない。湖底最深部のドーナツの穴に竹生島というドーナツの芯を埋め戻し始めたのだ。やはりこの結論で間違いはない。

眠れないままに朝を迎えた。

奈須善行は仏壇に手を合わせ、父和茂《かずしげ》に報告と願い事をした。

まずは西野水道の報告だ。以前から西の出口から10メートルほど左に行ったネコヤナギの根元に湧水が見つかっていたのだが、昨日はごぼごぼ音がして大量の水が湧き出ている。大袈裟かもしれないが噴き上がっていると言ってもよいぐらいである。琵琶湖の水が伏《ふく》流水《りゅうすい》になって逆流して湧きあがっているのか、余呉《よご》川とか高時《たかとき》川とか離れた地点の伏流水が地下ルートを伝って湧きあがっているのか、それは分からない。父和茂がずっと気にしていた南側の入り口の捩《ね》じれにさらなる変化はなかった。その報告を済ませた後に、今日、美穂《みほ》といっしょに手掛ける大きな仕事が無事終わりますようにと祈った。善行は拝んでいるうちに意味もなく次から次から溢れてくる涙を、照れくさそうに笑いながら手の甲で拭《ぬぐ》った。

白鳥《しろとり》美穂も、明日起きそうなことを想定して、その対処方法を考えていたらなかなか寝付けなかった。起きぬけに熱いシャワーを浴び、いつも通り薄めの化粧、グレーのパンツスーツ。頬っぺたを両手でパンパンと叩き「よしっ」と気合いを入れた。父に作ってもらった葦笛《よしぶえ》を十本バッグに入れて出発した。

山崎商工観光課長は朝の六時半に長浜港近くのホテルに向かい、テレビ局スタッフ全員を歩いて三分の長浜港まで連れて行き、そこから貸切観光船で竹生島に向かった。

課長は薄い草色の防災服に黄色の長靴、黄色のヘルメット、首からホイッスル、手には小型ラウドスピーカーという災害出動スタイルに身を固めている。合流した美穂にもラウドスピーカーを持たせた。

美穂は「この課長は何よりも防災服がよく似合う人なんや」って妙なことに感心した。

斎木朱美カルテットのメンバー三人は長浜からテレビスタッフといっしょに乗船し、都久夫須麻《つくぶすま》神社の拝殿を楽屋代わりにして時間経過の遅さに耐えていた。

猫のフーコが朝からのただならぬ騒ぎに不安と喜びで島中を駆け回っている。きっと朱美が来てくれると確信しているのだ。今日は朱美の前に姿を現そうとも思っている。鳴いたほうがいいのか鳴かないほうがいいのか考えてみるが答えは出ない。

神崎プロデューサーは大津市坂本にいる現場のディレクターとヘリコプターの操縦士に携帯電話で最終確認をしている。ヘリは坂本からほぼ垂直に比叡《ひえい》山頂の根本中堂《こんぽんちゅうどう》付近まで上昇し、上空から琵琶湖全体を鳥瞰《ちょうかん》し、琵琶湖が琵琶の形をしていることを見せる。その後、琵琶湖大橋、八幡山《はちまんやま》、長命寺《ちょうめいじ》、西の湖《にしのこ》、安土城址《あづちじょうし》、沖島《おきしま》、多景島《たけしま》をかすめて、およそ60キロの距離を時速250キロで飛び、彦根城上空を旋回する。そこで盛太郎が少年時代の思い出を語る。短い時間で湖南から湖東をテンポよく見せる。彦根城が済めば朝の第一回の放送は終了し、ヘリは尾上《おのえ》漁港付近で出演者を下ろす段取りだ。このパートでは、カメラはふたりが歩くシーンを撮るのに一台、ヘリの中に一台、琵琶湖博物館近辺に一台、八幡山と彦根城に各一台を置いて上空のヘリを追尾《ついび》する。

放送開始20分前、斎木朱美は生まれ育った大津市坂本の実家から放送現場まで歩いてやって来た。上天気に足取りも軽やかだ。コバルトブルーのブラウスにクリーム色のパンツルックという鮮やかな装い。林盛太郎と合流しマイクテストを終え、7時57分に所定の位置についた。

7時59分30秒になった。「本番30秒前です」というカウントダウンが始まり、8時ちょうどにフロアディレクターのキューで特別番組「決断」の滋賀県部分の中継が大津市坂本から始まった。

ふたりを映し出すカメラが、坂道の上で待ち受け、かすんで見える琵琶湖を遠望した後、穴太《あのう》積みの石垣を歩きながら幼時の思い出を語る朱美と盛太郎にズームインした。ヘリに搭載したカメラが乗り込むふたりの姿を捉えると、もう一度最初のカメラがヘリコプターの外観を映し、ヘリは轟音《ごうおん》とともに上昇していった。

テレビの画面ではコンピューターグラフィックと実際の映像がシンクロして、眼下の風景がどこの場所の何であるかを一目瞭然で分からせてくれる。滋賀県の観光名所を一挙に案内しながら盛太郎が琵琶湖北上説をざっと披露しているうちに彦根上空に到達し、彦根城の上を旋回して、天守の西、内堀のそばに建っているヴォーリズの洋館をアップで映し出した。林盛太郎教授が懐かしそうな口調で話す。

「あの家の庭で僕は深さ1メートル半、幅2メートル、長さ3メートルの穴をスコップで掘りました。穴はそこにある土を捨てると出来ました。穴には何もないのに穴は僕を惹《ひ》きつけました。穴の中は空っぽでしたが充実していました。そこに土を埋めて充足させると穴は消えました。琵琶湖も長い年月をかけて大自然が掘り下げた穴です。この穴がこれからどうなっていくのか、じっくりお話ししたいと思います」

「私は竹生島で『湖笛沈影《こてきちんえい》』という曲を演奏します。お楽しみに」

無事番組がスタートして、8時20分にパート1が終わった。

パート2では丸子船《まるこぶね》に乗った林教授と斎木朱美が竹生島の北側から葛籠尾崎《つづらおざき》を望み、湖底遺跡に触れ、船を反転させてカワウ被害の甚大な北斜面を見せる。そして舳先《へさき》を洞窟前に突っ込んで、湖底洞窟の存在と地学的な見地から判断する竹生島の将来、琵琶湖の将来を語るという構成だ。

湖上には丸子船と並走する形で観光船を置き、スタッフはそこで指示を出す。カメラはパート3と共用で、観光船から丸子船を狙って二台。丸子船の中にトークをする盛太郎と朱美を捉えるために二台。桟橋《さんばし》に一台、広場の左右と背後に各一台、全体を見下ろすことの出来るカワラケ投げの鳥居近くに一台の合計九台と、事前の何回かの打ち合わせで湖底洞窟の内部映像がどうしても必要だということになって、水中しかも洞窟専門のカメラマンを追加した。斎木朱美カルテットの演奏が終わった後のエンディングはヘリコプターからの映像になるのでそれを足して十一台。

白鳥美穂の指示で竹生島の船着き場の広場に葦製ステージが出来上がっている。1メートル四方のヨシの敷物を縦横に並べ市松模様に作り上げた。なかなかにモダンなデザインである。

パート2の放送開始11時まで今から2時間と40分ある。

観光船の客室にスタジオの調整室を設《しつら》え、技術チーフがカメラチェックを始めた。すべてのカメラの明るさと色調のチェックが終わろうとした時に、葦製ステージの左横のカメラマンから待ったがかかった。

「ちょっと待ってください。三脚の水平をちゃんと取ったはずなんですが、いつの間にか傾いて、ほんの少し画面が左下がりになっているのでもう一度調整します」と言う。

観光船の調整室にいるビデオエンジニアは、

「こっちは船自体が微妙に揺れているから、水平の指示は出しようがないなぁ。それぞれのカメラさんが水平とっておいてくださいよ」と答えた。

次がオーディオチェックだ。

トーク用と楽器演奏用以外に、波の音やカワウの鳴き声を適宜ミックスするためのマイ

クをチェックしている。音源に対して指向性が強いガンマイクという銃に似た形状のマイクを操作していた音声マンが、

「すみません。今、猫の声みたいな音がしたんですが、その辺に猫いますか。もう一度チェックお願いします」と首をかしげる。

アシスタントディレクターが駆け回ったがそんなものはいない。

「猫はいません」「そう言えばクジャクって猫に似た声で鳴くって、何かの番組でクイズにしていたなぁ」「猫もクジャクもいるわけはないから、カワウの声か」「カワウの声じゃありません。やっぱり猫です」「猫ぐらい我慢しようよ。あんまりこだわっていると時間がなくなるからさぁ」と、小さなトラブルはあったものの技術班のチェックが終わった。

もちろんクジャクでもカワウでもなくフーコの鳴き声だ。朝から島中を走り回っているフーコが尾上漁港から林盛太郎教授と斎木朱美が丸子船で到着したのを見つけて思わず出した声なのだ。

パート2の開始まで1時間弱になった。

柔らかな日差しが湖面の細波《さざなみ》に浜ちりめんのような模様を描き出している。

10時57分に丸子船が所定の位置についた。観光船のスタジオ調整室が緊張してきた。

10時59分30秒になった。「本番30秒前です」というカウントダウンがパート1と同じように始まり、11時ちょうどに丸子船に乗っているフロアディレクターのキューで特別番組「決断」のパート2が竹生島北西の湖上から始まった。画面ではコンピューターグラフィックで日本全体の地図から近畿地方、滋賀県、竹生島そして丸子船へとズームインして現在位置を説明している。

観光船のカメラが捉えている丸子船は、まるで蕪村《ぶそん》の句のように春の湖上でのたりのたりと漂いながら、船首を真北の葛籠尾崎に向けて停泊している。船頭の奈須善行が微妙に艪《ろ》を操って船を静止させた。座っているのは林盛太郎教授とジャズ笛の奏者斎木朱美である。船倉《せんそう》に隠れているディレクターの合図で盛太郎が話し始めた。

「地面はいつも動いています。山も動いています。川はあちらこちらへくねくねと曲がっています。湖も今この瞬間にここの底は少しずつ深くなっていますし、草津や大津のほうは浅くなっています。どうして私たちはそれに気が付かないのでしょうか。それは私たちが時間を見ることが苦手だからなんです」

皆がオヤッという顔をした。林教授が打ち合わせとは違う話から始めたからだ。スタッフは少し困った表情をしてはいるが、生放送だからじっと聞いているしかない。

「先生、時間を見るって、何なんですか。いきなりそんなことを言われても、ちんぷんかんぷんで困りますが……」

朱美は面食らった様子もなく面白がっている。

「私たちは一年とか十年とか二十年の単位なら自分で分かっていると思っていますが、それは積み重なった時間を記憶や記録と照らし合わせた結果なんですね。記憶はなくても記録があれば一千年単位の平安時代にでも、一万年前の縄文土器時代でも、二億年前の中生代ジュラ紀も実感できます。ですが、大事なことはまったく逆で、今、この瞬間の時間を見ることなんです」

「時間を見るというのは、時計を見るって、ことじゃないですよね」

「違います。時計で時間は分かりません」

「だって、今、時計は11時12分20秒です。そして、21秒、22秒、23秒……」

「それは時刻です。時間というのは動くことなんです」

「もうすぐ長針が動いて11時13分になります」

「時計は止まっているものの集合体ですから、時計には時間はありません。止まっていると思う地面や宇宙やこの波にこそ時間があります」

「うーん。困っちゃいましたね。先生、番組は10分20分単位で動いているので、とりあえず次へ行きませんか」

「ではもうひとつだけ。時間には起動スイッチがあります。この琵琶湖のスイッチは竹生島とこの湖のいちばん深い底にあります。そこでは一万年単位の時間が、今、この瞬間に動いているかもしれません」

「竹生島の底で時間が動いているのですか」

「たぶん一万年前までは、左に見える葛籠尾崎と右に見える竹生島は今より１００メートル以上高い場所でつながっていたはずで、今、湖面になっているここが畑とか村だったのですが、いつも動いている大地が少しずつ沈んで岬と島とに分かれてしまったのです」

「そんなことが、どうやって分かるのですか」

「あの岬とこの島は同じ岩石で出来ていますし、地層のカーブも重なり方も見事なぐらいに連続していますから、同じ場所が沈んだことが分かるのです」

「ということは、この水の下に昔の村や家がある可能性もあるのですよね。村があって、家があって、人々が暮らしていて、子供がいて、おばあちゃんがいて……、そんな平和で静かな暮らしの思い出がこの下に沈んでいるのですね」

　鏡のような湖面から波が消え、船はゆらりとも動かなくなった。

　船頭の善行が、このままでは番組は進まないだろうと、頃合いを見計らって丸子船の船首を時計周りに巡らし始めた。カワウ被害がものすごい竹生島の北側斜面を見せるためだ。

観光船にはスタッフが乗り込んでいるが、山崎商工観光課長と白鳥美穂は別の手漕ぎ和船に乗って番組の行方を見守っている。

「凄いことになっていますね。あれが糞害《ふんがい》の実態なんですね」

「私はパート3で『湖笛沈影』という曲を演奏するのですが、そもそも琵琶湖八景の『深《しん》緑《りょく》　竹生島の沈影』という言葉が私の曲作りのきっかけだったのに、肝心の緑があんなふうに糞害でどんどん失われてしまうと、曲の意味がなくなってしまいます。これからどうなっていくのですか」

「科学の世界では自然が起こした現象は自然以外の力では元に戻せないし、人間が起こした現象は人間以外には元へ戻せないことを摂理として認めています。全島がカワウで蔽《おお》われるまでこの進行は止められないでしょうね。別の言い方をすれば『深緑　竹生島の沈影』の言葉通り、竹生島が沈んでしまわない限りカワウはここに棲《す》み続けるでしょうね」

「そんな……」

善行がもう一度話の流れを断ち切るように船を洞窟前に横付けにした。盛太郎も朱美もそれが話の切り替えのきっかけであること承知しているから、湖底洞窟の話に話題を変えた。

「先生、竹生島には信仰でも観光でも見るところがいっぱいありますが、この洞窟はいったいどういう洞窟なのですか」

盛太郎は湖底洞窟の存在を地質学的な見地から分析し、同時に琵琶湖の将来、竹生島の将来を語った。その間、水中カメラマンが湖底洞窟の内部を映している。

朱美が頷いていると、盛太郎の表情が強張《こわば》って船頭の奈須善行に何事かを問いかけた。

「奈須のおじさん、今の湖底洞窟の映像で天井が低くなっているのがはっきり分かりましたが、この洞窟の入り口はどれぐらい小さくなりましたか」

盛太郎にはマイクが着けてあるが奈須は着けていない。

「そうやなぁ、一年に3センチってとこかな。ほら、この棹《さお》の先を見てくれるかな。尖った岩に赤い針金を結んであるやろ。そこが三年前の満潮の日の水面や。今、間もなく満潮やし、10センチ近く水面が上がっとるやろな」

善行が示す棹の先、水面下に赤い針金が確認できた。朱美が盛太郎に聞く。

「先生。それは水面が上がっているのですか、洞窟っていうか竹生島が沈んでいるのですか」

盛太郎が答える前に奈須が口を挟んだ。

「そら間違いなく竹生島が沈んでるんや」

当然ながら奈須の言葉はマイクに入っていない。この場面で奈須が話すことは想定していなかったからだ。プロデューサーが丸子船のフロアディレクターに連絡用のインターカムで指示を出している。ピンマイクが壊れた時のバックアップ用に積んであるガンマイクで奈須の声を拾えという指示だ。

「わしがこの島の管理を始めてから沈降に加速度がついとるな。どっかでどかんと一気に沈むことがあるかもしれんな」

放送時間があと残り1分30秒しかないが、ようやく奈須の声をマイクが拾った。

「西野水道で湧水が噴きあげているのと、こちらが沈むのが同じ力が働いているように思えるな」

盛太郎が答える。

「相当早い時期に異変が起きるのは間違いないでしょう」

朱美が突然、葦笛を取り出して盛太郎と奈須に手渡し自分も一本を持つ。

「いっしょにこれを吹いてくれますか」

「えっ？」

盛太郎が驚く。

「葦笛です」

「盛太郎先生が昔、奈須先生のお父さんに貰われたのと同じ音階で出来ています。近い将来沈んでしまう琵琶湖と竹生島への思いを込めて吹いてください」

「何を吹けばいいのですか」

「『故郷《ふるさと》』にしましょう」

斎木朱美に命じられて三人が打ち合わせにない葦笛で「故郷」のメロディーを吹き出した。

思わぬ展開になってしまったが、内容はとても興味深いものになりプロデューサーもディレクターも「ま、いっか」と顔を見合せて頷いた。

丸子船のフロアディレクターのガンマイクがミャオというかなり大きな猫の鳴き声を拾ったが、笛の音と同化して他のスタッフには聞こえなかったはずだ。

予定ではパート2終了の15秒前からカメラがゆっくり切り替わって、丸子船に乗っている三人を竹生島の西から見た全景の中にはめ込んで終わるはずだった。しかし洞窟の上の崖で朱美をじっと見つめていたフーコが葦笛の音を聞いた途端に騒ぎ立て、それに驚いたカワウたちが一斉に飛び立った。無慮《むりょ》数万羽だ。

直前まで晴れていた空は青、澄んだ水は藍《あい》、神の棲む島は緑に染まっていたが、カワウの群舞で空は黒く塗り込められ、日の光を遮られた緑の島が影で覆われ、透明だった湖水は灰緑色に沈んでしまった。

特別番組「決断」のパート2を見ていた人々には、それが緑の島を糞で白い枯れ木の島に変えたカワウが飛び立ったに過ぎないと映っただけだ。時間も7秒か8秒であった。そして番組終了時刻の11時20分になった。

プロデューサーの第一声は「凄い番組になっちゃたなぁ」だった。

ディレクターは「ヒチコックの『鳥』みたいになりましたね」と応じた。「企画意図とは大幅に違ってしまいましたが、カワウも湖底洞窟も想像していた以上に強烈なインパクトでした」

「こういう番組は思わぬことで生放送の良さが遺憾なく発揮できる感じだね。斎木朱美さまさまだぜ」

「林盛太郎先生さまさまです」

「奈須善行船頭さまさまだぜ」

「白鳥美穂さまさまですね」

番組プロデューサーとディレクターは思わぬ展開を歓迎して昼の食事休憩に入った。丸子船に乗っていたフロアディレクターがプロデューサーに噛《か》みついてきた。

「船頭さんに話をしてもらう予定なんかなかったし、葦笛を吹く話も聞いていないし、まして猫の声がガンマイクに入ってくるなんて！　おまけにカワウが全部飛び立つなんて、大失敗ですよ」

プロデューサーがにやりと笑った。

「テレビには日和見《ひよりみ》さんがいないからね。やり出したら止まらないのさ。行け行けどんどんこそがテレビの生きる道だぜ。打ち合わせ通りにいかなかったことぐらいで、そうきんきん声を出しなさんな」

技術チーフが照明さんに「念のために、パート3では丸子船にバッテリーライトと照明さんを用意しておいてくれますか。万が一またカワウで空が真っ暗になったら朱美さんに照明を当ててよ」と頼んだ。同時に音響担当に「船頭さんにもワイヤレス着けておいて」と手配した。

パート3の開始まで3時間半。斎木朱美カルテットの最終リハーサルまで2時間である。斎木朱美は出演者控室で食事をとり、リハーサルに備えている。フーコが西の崖から回って来て、そっと朱美を見ている。声を出したいのを我慢して我慢して我慢しているのだ。

テレビスタッフと少し離れて山崎課長と奈須善行と白鳥美穂の三人が食事をしていると、盛太郎先生が出演者用の弁当を持ってきて話に加わった。

「奈須のおじさん。パート3で朱美さんの演奏が最後に近づいたら、それまで桟橋に繋《けい》留《りゅう》している丸子船を湖底洞窟の前まで移動させることになっていますよね」

「ほうや。昨日までは、波ひとつ立てずに、グラッともさせずに笛を吹いたまま移動できると自信を持ってたけどなぁ、ちょびっと心配になってきたな」

奈須が弁当を食べながら言い淀んでいる。山崎課長が珍しく意見をはさんだ。

「盛太郎先生、それに奈須さん。さっき放送で言うてた島がすでに沈み始めてるちゅう話やけどな、通常の十倍、一年に3センチとか5センチにしたかて、今日これから何かが起こるという危険はないわな」

「まあ常識的には、ないけどなあ」

「……」

奈須は課長の言葉に同意して頷いたが、林盛太郎教授は無言のままだ。

「もし！　やで、もし島の沈む速度が急に速《はよ》なったらどうなるんや。先生ある程度説明しとくない」

盛太郎は「少し難しいですが、なるべく簡単に説明します」と前置きをした上で話し始めた。

「先年、竹生島で井戸を掘り当てましたね」

「湖底130メートルの下のほうまで掘ったら水が出たようですわ」

「今までの調査結果から考えて、竹生島は硬い花崗岩だけの岩盤で成り立っていると言われてきました。全部が花崗岩しかないのなら、そこに地下水は流れ込みようがありません。井戸が掘れたということは、花崗岩の地層の下にごろごろした石ころいっぱいの礫《れき》層とか砂の層がなければ水は流れません」

「花崗岩だけで出来ている島というふうに我々も聞いていますがね」

「水が出たということになると、花崗岩層のもう一段下に他の種類の地層があって、その境目に空洞か礫層があったか、あるいは地下に鍾乳洞のような地底湖や川が存在していたかどちらかということになりますね。その水にぶち当たったということかもしれません」

「ということは、竹生島の地下には岩や石がなくて、水が通るだけの場所があるということですな」

山崎課長と林先生の会話に奈須が加わった。

「先生。わしの考えを言わしてもらおうかなぁ」

「どうぞどうぞ」

「だいたい四〇万年前にここに出来た琵琶湖やけど、一〇〇万年前から南湖《なんこ》は埋まり北湖《ほっこ》は沈むちゅうことを続けてきてこうなっとるんやな。今では小学校の教科書にもそう書いてある。そういう大きな流れの中で竹生島と葛籠尾崎の間が沈んでしもうて、そこにあった村が湖の底になったんや。それはせいぜい二千年か三千年ぐらい昔のことや。湖の底から土器やら須恵器《すえ》やら出てくるちゅうことは、そこで暮らしていた人たちが村ごと沈んだちゅうわけやな。この理屈で考えたら、この島はいつか沈むことになってるんやろ」

「そうです。それがどういう形で沈むのか、いつ沈むのかはまったく予想の立てようがありません。ただ井戸が掘れたということは湖底の地層の下に地下水が通っている層があるということですから、その地層に変化が現れれば地上にも影響が及びます」

白鳥美穂も加わった。

「うちのおじいちゃんは、ここの対岸にある西野水道をずっと観察していてマンポの西側の入り口が捩《ね》じれてきたと言っていましたし、父は入り口近くで地下水が噴出しているのを見つけています。こういうことを沈降と関係ありと考えると、どういうことになるのでしょうか」

「はい。科学者が決してやってはいけないことなのですが、想像だけで物を言います。おそらく琵琶湖の湖底のさらに深い地底で、巨大な穴か水を湛《たた》えた湖底湖が沈降し始めていて、それが上部からの水圧に耐えられなくなって周辺で自噴水《じふんすい》を起こさせているのでしょう。捩じれはまさに岩盤そのものが均一的にではなく、左右、東西南北に不整合な形で沈み始めているから起きているのだろうと思います」

「今日にも明日にも沈むということがありうるのでしょうか」

美穂が心配そうな表情で聞いた。

「ないとは言えません」

林盛太郎教授が神妙な面持ちで答えた。遠くでミャオという猫の声が聞こえた。奈須善行と白鳥美穂が思わず顔を見合わせた。フロアディレクターが時間を告げに来た。30分後に音楽部分のリハーサルをやりますので桟橋付近に集合してください、ということだ。パート3の開始時刻、15時まであと3時間だ。


フーコが落ち着ける場所が今日はどこにもない。久し振りに島の東端まで行き、岩に座ろうとしたが、岩の上にもカワウの糞がかなりの量でこびりついている。空を見上げると十数羽のカワウが舞っている。ここもダメだ、いっそ舟廊下へ戻ろうかと考えた時に背後の崖からガラガラと音を立てて50センチほどの岩が枯れた松の木といっしょに落ちて来た。ドボッ、ゴボゴボと大きな音とともに湖の中に沈んでいく。それと同時に体長70センチはあろうかという大きな魚が浮きあがって来た。最大級ではないが湖底から飛び上がって来たところを見るとビワコオオナマズの成魚だ。大きく跳ねて再び潜っていった。なんとせわしいことだ。フーコが何回か前足で顔を洗ってとぼとぼと崖を登っていく。

午後3時から始まった特別番組「決断」のパート3は斎木朱美カルテットの演奏である。ヨシを束ねて作った特設ステージの上には鼓《つづみ》、太鼓、鉦《しょう》、銅鑼《どら》を一人で演奏する歌舞伎囃《はや》子方《しかた》の望月傳左《もちづきでんざ》、清元《きよもと》から津軽三味線《つがるじゃみせん》までジャンルを問わない名手本條《ほんじょう》勘次郎《かんじろう》、親日家のジャズベーシスト、ゲイリー・チェンバースの三人がいる。

放送スタッフの大半は岸から20メートルほど離れた観光船の上でそれぞれの仕事をこなしている。カメラマンと音声担当、照明担当、そしてフロアディレクター、アシスタントディレクターたちは、それぞれ船やステージや階段などの持ち場で生放送の緊張に耐えている。

山崎商工観光課長は昼食時に林盛太郎教授から出た「今日にも明日にも島が沈むことを否定できるものではない」という見解を聞いた以上、出演者並びにスタッフの生命の危険は何が何でも避けなければならないし、同時に番組が無事に進行していくための条件の確保もしなければならない。自分の操船する手漕ぎ和船を葦製ステージに結わえてあるのは、万が一の時に漕ぎ寄せステージからメンバーを乗り移らせる構えだ。

白鳥美穂は都久夫須麻神社の拝殿ですべてを把握することにした。すべてというのは何もかも自分の知覚と神経の中にいれておくということだ。把握するということは対応するということだ。対応することは選択し行動すること。どんな些細なことも見落とさない。そして美穂が巨大な重さを持つ何かを決定することもありえる。美穂はこの重大な責任を自分が取ることになるかもしれないことを喜んでいる。少しも恐くない。……じいちゃん、美穂はお父ちゃんが言った日和見さんの役割を今からやります。見ていてね、じいちゃん。

一曲目の軽快な「ダンシングレディ・フォー・レイン」と二曲目の前衛的な「ボイド」の見事な演奏はテレビ映像的にも満足のいくものになった。

朱美だけは桟橋に繫留されている丸子船で演奏していたが、この後は船を西の洞窟へ移動させる。奈須善行が丸子船の艫綱《ともづな》を緩めた。船が岸壁から数センチ離れた。山崎課長がそれを目の端に入れて盛太郎を振り返る。盛太郎が大きく静かに頷いた。

残された放送時間は10分。最後の「湖笛沈影」が間もなく始まる。曲そのものは斎木朱美には珍しい、いかにもジャズらしい伝統的なスタイルのフォービートの楽曲であるが、音にはさまざまな工夫が施してある。葦笛やカモの鳴き声、さらには湖底洞窟の入り口に風が出入りする音などがデフォルメされて龍笛のパートとして構成されている。荒々しい冬の琵琶湖の音風景が素材として編み込まれている。

斎木朱美が右手で持った龍笛を左手の手のひらにあてて、「ワン、トゥ、ワン、トゥ、スリー、フォー」とゆっくりとしたテンポをメンバーに教えると、ベースのゲイリー・

チェンバースが弦を弓で弾き始めた。ジャズベースでは指で弦を弾くピッチカート奏法が通常の演奏方法であるが、チェンバースはクラシックのコントラバスのように弓によるアルコ奏法で祈るような重厚な主旋律を奏で始めた。チェンバースは演奏中ずっと朱美の乗った丸子船の航跡を目で追い、船が起こす細波に呼応するかのように音を震わせメロディーに余韻を与えている。

栈橋を離れた丸子船は朱美の指定した湖底洞窟の入り口へ漕ぎ寄せられた。

チェンバースが16小節の主旋律を弾き終わり、「イエイ」という唸り声で望月傳左にソロを促す。望月はゆっくりしたテンポを守りつつ、裂帛《れっぱく》の気合を込めてキエー、イヤァ、ハッという凄まじい勢いで鼓を打ち鳴らす。ベースソロと打って変わった高音の連続はスタッフの背筋をゾゾッと寒くさせるような鋭さがある。鼓で16小節の長さを打ち続けるのは容易ではなかろうが、望月は最後の一音を高らかに打ち鳴らして、ガクッと首を垂れた。朱美が湖底洞窟の入り口から目を崖の斜面、島の最高部に巡らしてまた湖面に視線を落とした。

次は本條勘次郎の三味線によるソロだ。勘次郎は朱美が提出しているゆっくりしたフォービートの倍の譜割《ふわ》りで一気にテンポを倍にした。勘次郎が16小節を掻《か》き鳴らすと、そこへ朱美が割って入るようにメインテーマのメロディーを龍笛で吹いて、そこからカルテットによる演奏になる手筈になっている。

しかし異変が起きた。異変は朱美が起こした。

勘次郎が自分のソロを終えようとしても朱美が演奏に加わる気配がないのだ。湖底洞窟の水面をじっと見つめているだけだ。リハーサルではぴったり息のあったアンサンブルで完璧な演奏をしていたのに、朱美は予定のフレーズが自分のところに回って来ても笛を手にしたまま湖面を凝視し続けている。スタッフの表情に心配げな様子が表れ始めた。テレビカメラは丸子船の朱美と葦製ステージのトリオを交互に映し出している。遠く離れた拝殿でテレビモニターを見ながら白鳥美穂は脂汗を流し始めた。朱美の表情に尋常ではないものを感じたからだ。

このことを察知した超ベテランのベーシスト、ゲイリー・チェンバースは約束の勘次郎が担当した16小節の三味線ソロが終わる寸前に、素知らぬ顔で朱美が笛で吹くべきパートをベースで8小節弾いている。こういうことはジャズの世界ではさほど珍しい出来事ではない。生放送で段取りも約束もきっちり決めてあっても、それに優先するのが即興性だ。チェンバースは自分が8小節を弾いた後を今度は三味線に合図して8小節弾かせた。

島のいちばん高い場所にいる美穂はヘッドフォンでこの演奏を聞いているが、朱美カルテットの激しくも悲しい音の交感に小さく身震いをしていた。

次の瞬間アッと声を上げた。

丸子船の真上で真っ黒なカワウが一羽旋回を始めた。パート2の終わりでフーコの騒ぐ声に驚いて一斉に飛び立ったはずなのに、いつの間にかまた戻って来ていたのだ。旋回している一羽がどうやらリーダーらしく、ひと声大きくグルグルグルーと鳴き声を上げると、たちまち百羽千羽二千羽と帰って来て島の北側の営巣地《コロニー》で騒ぎ立てる。

湖面を見つめて放心状態だった朱美がキッとなってカワウの群れを睨《にら》みつけた。

「湖笛沈影」を邪魔立てするのは、母の沈めた龍笛と、この湖底洞窟と、何よりも琵琶湖に対する挑戦的侮蔑だとばかりの憤《ふん》怒《ぬ》の形相になった。

朱美が笛を唇に当てた。すっと表情が菩薩の慈悲の尊顔に変わった。そして柔らかく温かく嫋々《じょうじょう》たるメロディーを漂わせ始めた。ゲイリー・チェンバースが朱美の航跡をなぞって弾く。三味線が爪弾《つまび》きで単音を配する。鼓が忘れたころにカーンと気合を入れる。

CDにはなかったアドリブ演奏は比類のない素晴らしいものなのだが、物理的にはカワウの鳴き声の中に沈んでしまいそうになってきた。空も真っ黒に覆われて照明が効かなくなった。観光船のプロデューサーたちに為《な》す術《すべ》はない。番組が壊れるかもしれない。

山崎課長がこの切羽詰まった状況を回避するために船から美穂の携帯に電話をかけた。

「美穂、急いで社務所へ行け。社務所の横に消防のホースがあるからカワウに水をかけろ」

「はい。すぐ行きます」

「放水する時はな、腰だめちゅうてなぁ、両手でホースを持って腰のあたりにしっかり固定せんと水圧で振り回されるぞ」

「そんなこと分かってます」

珍しく切り口上で返事をしながら社務所へ走る。

「怪我せんように腰を落としてやるんや。ええか。すぐかかれ」

他の商工観光課のメンバーはステージの周囲の異変を警戒しているから、美穂がこの緊急事態を回避することの出来そうなたった一人の人員だ。美穂は何度かやったことがある市役所の消防訓練を思い出してホースから放水を始めた。水の勢いで身体ごと振り回されそうになるが、課長の言う腰だめの姿勢で持ちこたえ、神社の屋根に止まっていた数羽に命中させた。それを見ていたカワウのかなりの集団が上空へ飛び上がった。必死に放水を続けていると連鎖反応的に島中のカワウが飛び立ち、数回上空を旋回した後、対岸の葛籠尾崎に飛び去った。再び明るさと静かさが戻り、朱美の笛の音が静寂の中に激しさを増して広がった。危機は脱した。美穂は再び拝殿からすべてを把握しようと島全体を見回した。

そして新たな異変に気付き課長に電話をかけた。

「課長、来ました！」

「何や、またカワウが来たんか」

ふたりのやりとりは小声ながら切羽詰まっている。

「始まったのかもしれません」

「ほやから、何が始まったんや言うとるやろ」

美穂の声が強張った。次の言葉が出てこない。

「東です。えらいことです。あ、あっ」

課長のいらつく声が耳から襲う。

「辛気臭いな、何がえらいことや」

「東の崖が剥離《はくり》して少しずつ湖の中に沈んでいます」

「アホ言え。そんなに早《はよ》う始まるもんちゃうやろ」

演奏はあと3分少々で終わりになる。課長が特設の葦舞台に目を凝らすがそこに変化は見えない。

「こちらはなんともないぞ」

「岩の切れ目のような所から先が沈み始めています。盛太郎先生はどこですか」

「ここにおられる」

「電話、代わってください」

「よし」

盛太郎はずっと船縁《ふなべり》に座って桟橋と水面の高さを凝視している。盛太郎は課長から押し付けられた電話を耳に当てた。

「先生、東の端の崖が静かに水の中に落ち込んでいきました」

「東の端というと西野水道の対岸あたりのところですか」

「それよりは南です。あっ、今度は西野水道のほうから小さいですが波が走ってきます」

「うーん。そんなに早く来ましたか」

「どうすればよいですか」

「美穂さんがこちらに合流する時間はないですから、なるべく頑丈な材木のある建物のそばにいてください。万が一の時は材木に身体を括《くく》り付けてください。いいですか、手で材木を持っているだけでは駄目ですよ、必ず括り付けてくださいよ」

百万年かけてゆっくり起きるレベルの地質学的変動が、今、目の前で起きようとしている。盛太郎は学者として自分がその場に居合わせる偶然と喜びを噛みしめている。

課長が盛太郎先生から電話を引き取った。

「白鳥クン。消防ホースの格納庫の裏に納屋があるやろ。そこにロープがある。それで身体を縛《しば》っておけ。役に立ちそうなものを持って舟廊下の真ん中の床にいろ。慌てなければ大丈夫だ。島が沈んだら船が神社の高さといっしょになるんだから怖がることはない」

「はい。大丈夫です。こちらにカメラマンがひとりいますがどういう指示にしますか」

「放送は間もなく終わるから、終わり次第、桟橋に降ろしてくれ」

「了解です」

東の異変が島の西にも出現した。

斎木朱美が丸子船の船上で篠笛に持ち替えて短調の哀しげなメロディーを吹いているが、その前の湖底洞窟の入り口がどんどん小さくなっていく。

丸子船の船頭奈須善行の頭脳が激しく回転している。このスピードで湖底洞窟が沈降していけば、沈降の傾斜によっては洞窟内部の空気が一挙に噴き出す可能性がある。その横波の衝撃を舷側《げんそく》で受けるほうが安全か、正面の舳先《へさき》で受けるほうが安全なのか。何せ斎木朱美は舳先に立ったまま一心不乱に笛を吹いている。大きな波でなくとも湖面に放り出される恐れがある。いろんなケースを想定して考えたが、結局のところ奈須は丸子船の「おも木《ぎ》」を信じることにして、そのまま船を湖底洞窟の入り口と並行させてじっとしていた。

桟橋近辺でも沈降が始まったようで桟橋の先端を湖水が洗い始めた。

やがて広場のところどころに水が溜まりだした。葦製の特設舞台の下にも水が入って来た。葦舞台がわずかに浮き上がり始めたが、演奏者たちは自分たちの演奏に酔っていてステージが浮き上がってきた実感はない。

テレビ画面を見ている人たちは、演奏者の背景が沈んでいるように見えるのを「沈影竹生島」の特殊な映像効果だと理解しているだろう。

さきほどまで石段で朱美の笛の音を聞いていたフーコは、朱美の吹く姿を間近で見たいものだと思い、洞窟の崖に回り込みじっと見つめている。

舟廊下にいる白鳥美穂は朱美の演奏が間もなくエンディングに入ることを知っている。美穂は目の前でいくつもの「時間」が同時に動いているのをじっと見つめている。幸せな気分だ。それぞれの場所や人間がそれぞれ固有の時間の中でバラバラに散らばっていたのが、間もなく収束する。朱美が再び篠笛から能管に持ち替え、強く長く何度も何度も能管を吹き納めて演奏を終えた。

しばらくの間、放心状態であった朱美が、

「お母さん、聞いてくれたか。うち、笛吹くのん、上手になったか」

と微笑みながら呟《つぶや》いている。

そして母の笛が沈んでいるはずの湖底洞窟の入り口に自分の能管を静かに置いた。能管は渦に巻かれて沈み、再び浮きあがり……間欠泉《かんけつせん》のように噴き上がり、１メートルほど空に噴き上がって今度は湖中深くに沈んで行った。

洞窟の上でじっと聞き入っていたフーコが大きな声でミャオミャオミャオと鳴き叫んだ。

朱美が顔を上げると5メートルほど向こうの崖の上に黒猫フーコがいた。

「あっ……、あんた……フーコやないか。鼻の頭と足の先が白いもん。フーコやろ」

朱美はまだテレビの本番が続いているので声に出さずに息を呑んだ。

またフーコがミャオと鳴いた。

残り1分ほどの間にヘリコプターが飛来して竹生島を上空から中継しながら「沈む」をテーマにした番組が終わることになっている。時間までのトークは東京のスタジオアナウンサーが持たせるのであろう。「笛を沈める」ことがキーワードになっているに違いない。

朱美はまさかと思いつついつも大津市坂本の神社の杜《もり》で吹いていた雅楽の「越天楽《えてんらく》」を別の笛で吹いてみた。猫がひと際大きくミャアと鳴いた。間違いない。あれはフーコだ。

二十数年ぶりの再会である。

「こんなとこにおったんか。アホアホアホアホ。うちのこと覚えていてくれたんやな。お利口お利口お利口さんやったな。さぁ、こっちへおいで」

フーコが崖を降りてくる。朱美が手を差し出すが、水が怖いフーコが近寄るにはここの崖は急すぎる。朱美が奈須に助けを求めるが奈須が首を横に振る。

「駄目や。猫が降りられるのは北の崖か桟橋しかない。ここで無理したら丸子船もろとも洞窟に吸い込まれるだけや。洞窟に入った空気がどんなふうに吹きだすのか分からんさかいにな。猫は無事なんやから、わしらもここを離れるで」

東京のスタジオには朱美とフーコの映像だけが送られている。巧《たく》まずして作られた再会シーンである。アナウンサーが朱美が笛を通じて母と今巡り合ったことを謳いあげた。同時に猫の話をアドリブでそれらしく作りながら、画面は上空のヘリコプターからの映像に変わった。

番組が終わった。

プロデューサーが「お疲れさまでした」と終了を告げた。

その瞬間に、桟橋に繋留してある和船の山崎課長が船を下りて大急ぎでラウドスピーカーで怒鳴り始めた。

「みんな、今いる所から一歩も動かんといてや。商工観光課長の山崎ですが、わしの言うこと聞いてください。プロデューサーさんもよろしいか。林先生に今から重大な事を説明してもらうさかい、その話が終わるまで、絶対、ええですか、絶対やで、そこを動いたらあきませんで。テレビ局の人も、島のみんなも、誰も彼もや。これから撤収を始めて長浜港へ戻るけども、いつ何時《なんどき》、島にえらいことが起きるかもしれんのや。ほやさかい指揮系統を一本にします。撤収の方法についての指示は全部わしが出します。理由は今から先生に話してもらいます。先生、手短かに状況を説明しとくんない」

課長の突然の指示にテレビ局のスタッフたちが唖然《あぜん》としている。

今、竹生島が沈降を始めたことをはっきり認識しているのは、林盛太郎教授、奈須善行、山崎課長、白鳥美穂の四人だけである。「沈む」をキーワードに番組を作っているのに、竹生島が沈み始めたことを現実のものとして受け止めているスタッフはここにはまだ誰もいない。桟橋そのものが水に浸って来ても潮汐《ちょうせき》の関係だろうぐらいにしか考えなかった。

盛太郎は課長の指示で船着き場の事務室に移動し、全島に一斉に流れる放送設備で話し始めた。説明があまりに簡単すぎるのはかえって恐怖心を煽《あお》るだろうし、慎重に説明しないとパニックを引き起こすから3分と限って説明することにした。落ち着いた声音《こわね》である。

「私に3分の説明時間をもらいました。説明します。琵琶湖は百万年前には三重県にありました。それが土砂の堆積《たいせき》と沈降を繰り返しながら、ここまで移動して来ました。でも湖はじっとしているわけではありません。毎日少しずつ、ある時には突然大きく動いたりします」

スタッフの中に不安と動揺が広がり始めた。課長がもう一本のマイクで割り込んだ。

「もう一度警告しますで。絶対に動かんといてや。絶対やで。あと2分30秒、先生の話を聞いてください」

「こんな話があります。夜店で買ってきたカメがその夜死にました。翌日夜店で『鶴は千年、亀は万年っていうから買ったのに、夕べ死んでしまった、どういうことだ』と文句を言うと夜店の親父さんが『夕べがちょうどカメの一万年目の誕生日だったんですなぁ』って言いました。百万年かけてここまで動いてきて、今は止まっているように見える琵琶湖が今日から沈み始めることがないことではないのです。私たちは地球の持っている計り知れない強大なメカニズムに驚くしかありません。私たちは人類が経験したことのない島の沈降という壮大な儀式に今から立ち会うことになります。慌てふためいてこの場から逃げるのではなく、しっかり見極めながら堂々と巨大な地球の歴史と直面しようじゃありませんか」

何人かが頷くのを確認しながら盛太郎が一段と声の調子を張った。

「ここに一本の天秤棒《てんびんぼう》があるとします。片方の天秤皿にあなたの人生を乗せてやってください。そしてもう一方の皿に沈み始めた竹生島を乗せてやってください。どちらに揺れますか。あなたが天秤皿から降りたらたちまち竹生島は沈みます。みなさん。お願いです。丸子船のおも木のように真正面から堂々と私たちの湖、琵琶湖に向きあう決断をしてやってください。それが番組タイトル『決断』の意味ではないでしょうか。以上です」

スタッフ全員が微動だにせず盛太郎の話に聞き入っていた。やがて神崎プロデューサーひとりが盛太郎教授にパチパチと拍手をした。若いディレクターが「イエーイ」と拳を突き上げた。技術チーフが「よしっ」と頬っぺたを叩いた。白鳥美穂が泣いている。斎木朱美が泣いている。奈須善行が泣いている。

頃や良しと山崎課長が指示を出し始めた。

「奈須さん、わしの言うことでちょびっとでも間違ってることや、指示の仕方に危険なことがあったら合図してぇな」

丸子船の船頭奈須善行が棹《さお》を振って答えた。同時に朱美を乗せた丸子船を桟橋のほうに移動させて来た。

「みなさん。先生の言われた通り、歴史の1ページをひとつひとつ見極めながら動きまっさかいにな。決して闇雲《やみくも》に行動せんといてください。まず大前提としてどこが危険でどこが安全な場所かを言いますんで覚えてください。島の周辺でいちばん危ない場所は西の湖底洞窟です。斎木朱美さんが演奏していた場所です。何があってもあそこには近づいたらあかん、ええですな。次は東のカワラケ投げの崖。今、カメラが一台いるけどかなり危ない。その次は石段の途中とその真下。善行さん合《お》うてるかぁ」

栈橋に近付いている善行がＯＫの返事をした。

「いちばん安全なのは丸子船の上。わしの指示が終わったら斎木朱美カルテットは丸子船に乗ってください。楽器をいっしょに積んでも大丈夫。拝殿に置いたままのメンバーの荷物はあとでピックアップしまっさかい心配ない。その次に安全なのは観光船。二隻あるんで一隻はテレビ局の器材を運搬してください。ほれから島で働いている人はこっちのほうの観光船に大事なものを大急ぎで積めるだけ積んで出航する。大事なもんだけ積むんやで、しょうもないもん積んでたら間に合わんで。時間は1時間ちょうど。1時間経ったらとにかく出航する。長浜港で大事なもんを降ろして、必要やったらもういっぺん戻《も》んで来たらええ。間に合わんかったらそれまでのことや。

　それ以外に別の船を今三隻呼んださかい、そのうちの二隻を機材用に使ってええです。但し、積みすぎは絶対禁物や。無理をせんと半分積んだら出航さします。なんでや言うと万が一、今よりもっと急速に島が沈んだら、大きな波が起きて船は転覆してまう。乗らん分はまた戻って来させるから、そん時に乗せて。とにかく取り返しのつかないものを先に積んでや。

　最後の一隻の船には島の国宝を積むことにする。国宝と神具仏具は可能な限り持ち出すで。選別は白鳥美穂がせぇ、観光課の職員と県の職員は全員宝物の運び出しに当たってください。すべて行先は長浜港や。一時間後に次の指示を出すから、作業にかかってや。さあ、始めとくれ」

課長は、葦舞台は筏《いかだ》のように浮くはずだからこれも使いたかったが、それは最後の手段にとっておくことにした。

盛太郎先生と課長は和船に戻って状況判断を続けることにした。

「やっぱり船を港に返す『戻れぇー』って声をかける日和見さんが必要でしたね」

盛太郎が課長を見て微笑みながら呟いた。


美穂が仕事にかかろうとすると猫が舟廊下にやって来てミャオと尻尾を振った。

「あんたが朱美さんの飼い猫のフーコやな。なるほど鼻の先と前足が白うてかわいいわ。あんた、舟廊下の土台を引っ掻いたことあるやろ。私の大好きな舟廊下に悪戯《いたずら》するなんて許さへんでな。まっあんたも舟廊下は気に入ってるんやろうけどな。ほうや、それからなぁ、カモを食べたやろ。あれはなぁ、鍋にして食べるんやで、あんたみたいに生で食べたらお腹《なか》こわすで。もう食べたらあかんで」

フーコが済まなさそうに小さな声でニャオと鳴いた。

「インターラーケンでここへ来た時に盛太郎先生に見つかっていたことは知らんのやろ

なぁ」

　フーコが左手で顔を撫でた。

「フーコ、今からこの島で大騒動が始まるんや。うちは忙しいからあんたと遊んでるわけにはいかん。心配せんでも最後にあんたを丸子船に乗せて助けてやるさかい、それまではじっと舟廊下の上で見ときや。朱美さんも後で来るさかい、ええな」

　沈降は止まらず桟橋が水浸しになった。

　放送機材を積んだ二隻の船が長浜港に出発して大切なものは運び終えた。島で働く人々は観光船で一往復しておおむね大事なものを運び終えた。丸子船でメンバーを送って行ったはずの奈須がまた斎木朱美を乗せて戻って来た。下船した朱美が美穂を探した。

　葦舞台がジワリと浮き上がり始めた。どこかへ流れ去るのを防ぐために課長の和船と奈須の丸子船で舞台をつなぎとめている。

　美穂が担当した国宝や寺宝などの運び出しは階段の上り下りがある分だけ時間がかかったが、なんとか目途がついた。もちろん国宝の宝厳寺《ほうごんじ》唐門《からもん》や都久夫須麻神社本殿などの建造物はどうにもならない。

　拝殿に設置したカメラはそのままになっていてカメラマンがまだ操作している。美穂はラウドスピーカーで呼びかけた。

「カメラさん早く撤収してください。今のうちに運ばないとすでに桟橋がないので船に積み込むことが難しくなりますよ」

カメラマンは美穂には「分かりました」と明るく答えておいて、インターカムでは、

「沈む竹生島の様子を最後まで回し続けるから、そっちで録画してください。最後の最後はカメラを回しながら、担《かつ》いで湖の側まで行くから、多少ぶれるけど文句言うなよ。腕のせいやない。地球の歴史のせいや」と怒鳴っている。

撤収を始めてから2時間経った。階段が一段ずつ湖面から湖中に沈んでいく。


丸子船で戻って来た朱美が「フーコ、フーコ」と猫を探しまわった。石段を駆け登り、三重塔の内外、都久夫須麻神社、宝厳寺、どこにも見つからなかった。猫はじっと舟廊下の屋根で朱美の行動を観察している。朱美に会えてうれしい。すぐにそばに行ってみたいとも思った。だが、何度か島からの脱出を試みては、結局それをやめた時と同じことを考えた。自分は竹生島に棲み慣れすぎた。もう大津には戻れない。間もなく皆が島から去っていつもの静かな夜が始まりそれを受け入れることを望んだ。淋しい暮らしが身に沁《し》みてしまっている。

合流した美穂が朱美を説得する。

「さっきは舟廊下のところにいたんですが、今はどこにいるか分かりません。朱美さんには気の毒ですが、あの子はもう竹生島を棲み家と決めているんじゃないでしょうか」

「でも美穂さん。助けてやらないと、島は沈んでしまうかもしれないんですよ。フーコは水が嫌いなんです。あの子ひとりでどうやってここから逃げ出すことが出来ますか」

朱美は手に持った篠笛を激しく上下に振りながら美穂に迫った。なおも探しまわろうとする朱美の前に美穂が立ちはだかって腕を組み、きっぱり言った。

「朱美さん聞いてください。今日、林盛太郎先生は琵琶湖の沈降を全国の皆さんに適確にお伝えする仕事を終えられました。斎木朱美さんは『湖笛沈影』を演奏して多くの人に感動を与えられました。あなたにとってそれは芸術であるのでしょうが、同時にあらゆる意味で仕事であったはずです。私の父奈須善行は見事な手並みで丸子船を操り、あなたのステージを支えました。うちの山崎課長はテレビ番組『決断』が無事に放送されるよう細部まで目配りし、防災服を着て仕事をやり遂げました。私の仕事は何だったでしょうか。竹生島の沈降を止めることでしょうか。フーコを沈みゆく竹生島から救うことでしょうか。私は母からあんたの仕事は笑顔を忘れないことよ、って言われ続けてきました」

朱美が怪訝《けげん》な顔をしながら美穂をじっと見つめている。

「いつも笑っていることって大変な努力が必要です。でもこんなささいなことも仕事なんです。この島に私たちが留まっていられるスペースがなくなってきました。私たちに残された時間がだんだん減ってきました。さぁ私の父が仕事をしている丸子船に戻りましょう。島の沈むのを見続けておられる盛太郎先生と合流しましょう。防災服の課長に斎木朱美を無事丸子船に乗せます、と報告させてください。そして私に安心の微笑みを作らせてください」

朱美が島のあらゆる方向を眺めわたして「ごめんなさい。分かったわ」と力なく言った。美穂は力強く見事な笑顔で言い切った。

「フーコに生きる力と運があれば助かります。あの子は強い子でしょ」

美穂が朱美の腰を抱くように階段を降りようとすると、もう一度朱美が立ち止まった。

「確かにお仕事は終わったけど、もう一度だけ笛を吹かせて。さっき母には『湖笛沈影』をたっぷり聞いてもらって『私、上手になったよね』って報告したけど、フーコにも聞いてもらいたい曲があるの。あの頃フーコが大好きだった曲で子供の私が吹くといつも大人たちが拍手してくれた曲なの」

朱美が篠笛を取り出しペギー・リーが歌って大ヒットした映画「大砂塵《だいさじん》」の主題歌「ジャニー・ギター」を思い切りスローテンポで吹き始めた。途中から忍び泣くような音色になって、その音こそがフーコへの別れの気持ちなのだろうと美穂は思った。美穂が固《かた》唾《ず》を呑んで聞き入っていると不意に笛が止んだ。そして朱美が篠笛を力いっぱい湖に放り投げた。笛は湖面にまで届いた。

美穂が振り返ってみるとフーコが舟廊下の屋根の上で顔を撫で回していた。

朱美といっしょに石段の途中まで降り、課長が漕ぎ寄せてきた和船に乗ろうとすると、朱美が「美穂さん、あっち」と葦舞台を指さした。

「ねぇ、せっかくだからあっちの船で帰りましょうよ」

美穂のアイディアで出来た葦舞台で長浜港まで帰ろうというのだ。危ないからやめろという奈須と山崎課長の忠告を無視して、ふたりは葦舞台の真ん中に寝転がった。丸子船と和船がふたりを載せた「葦船」を長浜港まで曳航した。

大津生まれの朱美と湖北生まれの美穂のふたりが同じ季節感を同時に味わうことの出来る滋賀県の春のこの季節のこの青空に向かって思い切り伸びをした。春の湖上で迫るべき「決断」なんかあるものか。

長浜の空の色を見ながら仕事せなあかん。湖北には湖北の空気がある。琵琶湖のいちばん南の端の大津で生まれ育った朱美が見ていた空は、湖北の空よりずっとずっと明るい空だったろう。でも今は春だ。南の空ばかりではない。東も西も湖北の空だって暖かく明るい。

どちらからともなく歌い出した。

菜の花畠《ばたけ》に　入日《いりひ》薄れ、
見わたす山の端《は》　霞《かすみ》ふかし。
春風そよふく　空を見れば、
夕月かかりて　にほひ淡し。

途中から朱美が葦笛で伴奏を付けてくれた。美穂はとんでもないゴージャスな気分に浸っている。

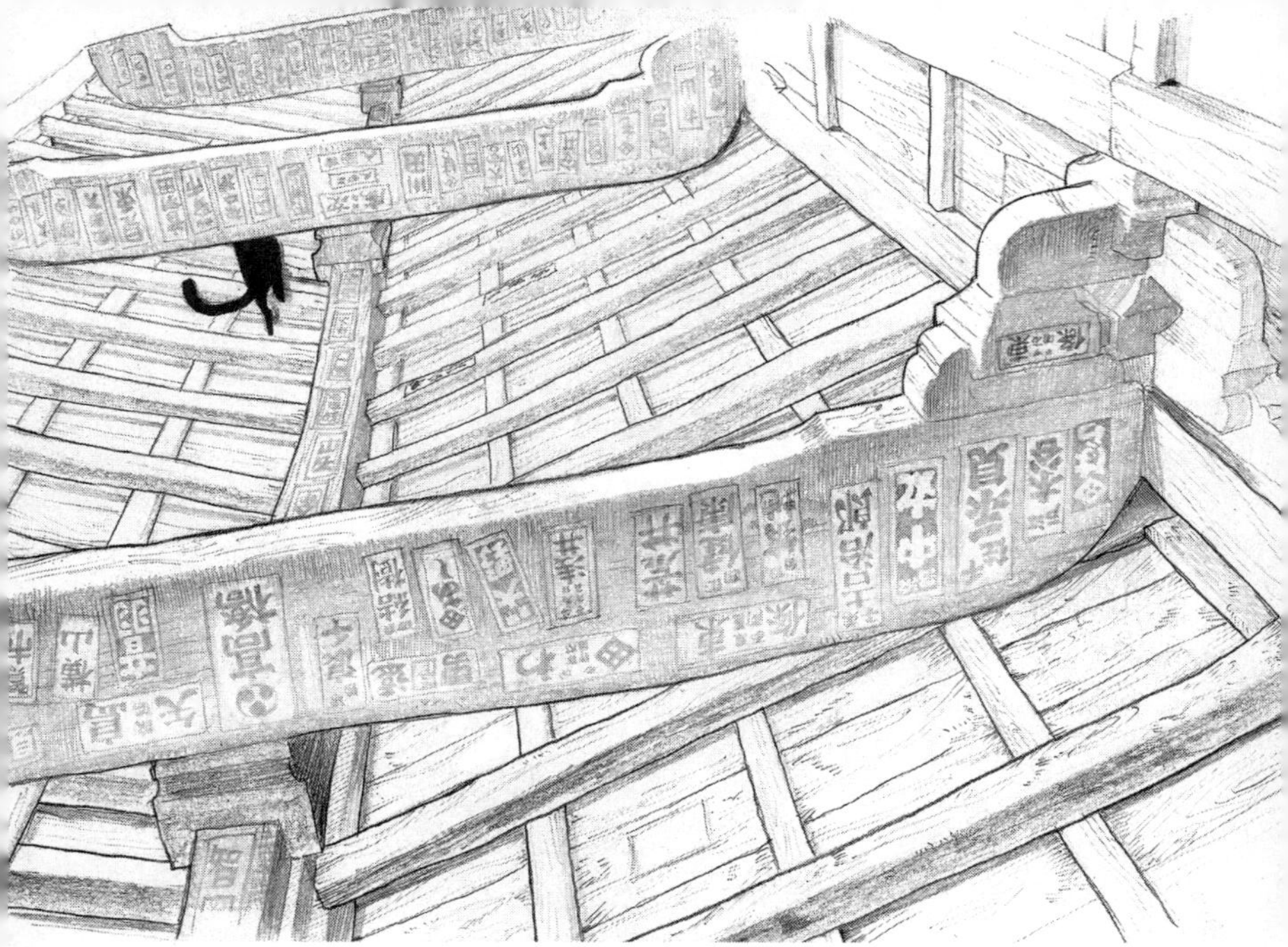

エピローグ

あれほどたくさんのねぐらを持っていたフーコなのに、今夜は安心して眠れる場所がない。

島の周囲の崖のあちらこちらで、めりめりと音を立てて樹木が水中に倒れ込んでいる。

東の崖で岩が真っ二つに裂け、カワラケ投げの鳥居が呑み込まれた。

都久夫須麻《つくぶすま》神社の拝殿が湖底に押しやられた。

あちこちで引きちぎられるように建物が破壊されている。

北の崖で洞窟《どうくつ》に水が入り込むようなボコボコという音がした。西の崖以外にも見えない洞窟があったのだろうか。

この大音響の中で眠ることは出来ない。走り回って怖さを紛らわせるスペースさえも島には残っていない。

真上に来た満月の明るさに不安と恐怖を募らせながら、舟廊下《ふなろうか》の床ですくんでいるしかない。いつか舟廊下の床で寝てみようと思って、ここだけはねぐらにせずに温存しておいたのに、こんな恐ろしい形で舟廊下にへたり込むことになろうとは。

夜明け前に舟廊下を支えていた足元の木組みがバラバラに解体し、湖面が舟廊下の真下まで迫って来た。舟廊下は両端で宝厳寺《ほうごんじ》の観音堂と都久夫須麻神社本殿につながっているから、両方の寺社を量る天秤棒《てんびんぼう》の位置を占めている。両端の宝物が無残にも水中に没する段階で、つなぎ目が外れてしまい、舟廊下だけが単体でその場に浮くことになった。三角の屋根、長い床、連子窓《れんじまど》がある縦長の屋形船のような形でフーコを乗せ、東側の島影を漂い始めた。

フーコが島の様子を確かめようと廊下のあちこちを移動していると、微妙な重さのバランスの変化で廊下がゴロンとひっくり返ってしまった。屋根の三角部分が船底になり、見た目には、まさに船のようになってかえって安定した。フーコは驚きながらも連子窓を横滑りして、さっきまで天井だった新たな船底に無事着地した。

夜明けが近くなった。西の空には満月の明るさがあり、東の山なみの稜線が赤みを帯びてきた。

奈須《なす》と美穂《みほ》と盛太郎《もりたろう》の三人は周辺水域が立ち入り禁止になる前に、丸子船《まるこぶね》で竹生島《ちくぶしま》の最期を見届けに来た。

「もうあれだけ沈んでしもたぞ」

「弁天堂と三重塔の屋根だけしか見えんようになったね。哀しいな、私。大好きな竹生島が沈んでしまう」

「私たちの理論や経験の及ばない恐るべき速さでした」

「これからまだまだ何かが始まるのですよね」

盛太郎が穏やかに答えた。

「地球ではいつも何かが始まっています。自分の見える目の前では何も起きていないようでも、世界のどこかで、さっきも今も、この後すぐにも、何かが始まります。ですが、私たちに見えない土の下、空の上、水の中で何が始まっているのかまで知ることが出来ません」

奈須が船を停めた。

「人が生きて、人が死ぬなぁ。赤ん坊が生まれたら、家庭が生まれるわな。地面が割れたかて、新しい島が出来ることもある」

「そうですね。いつもいつも始まっているんですね」

「おい、あれを見ろ」

奈須が大声を出して竹生島を指さした。

「浮いてる。お父ちゃん、竹生島が浮いてる。先生！　沈んだ竹生島が浮き上がってる！」

「あれは蜃気楼《しんきろう》や。なあ、先生、あれは蜃気楼やな」

「間違いなく蜃気楼です」

湖面から竹生島が完全に浮き上がって見えている。琵琶湖の南部では頻繁《ひんぱん》にみられる蜃気楼であるが、長浜より北ではあまり聞いたことがない。盛太郎が蜃気楼に目を凝らしながら解説する。

「蜃気楼は光の屈折のいたずらで、実際に存在するものが幻のように上方に積み重なって見えたり、下に伸びたりして見える現象ですが、目の前に見えている竹生島が浮いて見えるということは、湖の表面温度と上空の気温に大きな差があって、空気の密度が異なっているから、湖の表面近くの島影が浮いて見えるんでしょう」

「しかし、先生。今までに竹生島の蜃気楼っていう話は一回も聞いたことないけどなぁ」

「県の観光課にも蜃気楼の資料はあります。琵琶湖大橋の蜃気楼はかなり頻繁に出現していて、ずっとウオッチングしているグループもありますが、長浜市には蜃気楼の記録はないはずです」

「おそらく島が沈降したことで湖底の冷水が攪拌《かくはん》され、表面にまで上がって来たことが原因で大気の温度差が生じた結果だと思います」

美穂が大声を出した。

「あっ、三重塔の相輪《そうりん》が東のほうへ傾き始めました」

「あかん。島が斜めに沈むとバランスが取れんようになって北と西の洞窟が上向きになる。よぞいことになるぞ」

「お父ちゃん、よぞいことて……何が起きるん」

「わしにも分からんわ。湖底洞窟から一気に空気が噴き出せば衝撃的な高波が押し寄せる可能性があるし、それに……」

「何なの」

「どんなことが起きるか分からん。先生も美穂もしっかりつかまってください」

その時、ゴー、ザブーン、ゴボゴボゴボというとてつもない大きな水音がして、朱色の三重塔が危険信号のようにゆらゆら揺れながら沈んで行く。標高167メートルの竹生島の最後の二十数メートルが一挙に湖底に沈んで行った。沈んだ跡には大小幾つもの渦巻きが出来て、糞害で立ち枯れた樹木を引きずりこんでいる。奈須はいったん島から丸子船を遠ざけ、渦に巻き込まれないように操船している。さすがの丸子船も島が沈む衝撃で大きな波を受けバランスを崩したがすぐに持ち直した。

その時だ。北の洞窟があったあたりを美穂が指差しながら大声を出した。

「あぁ、ナマズや。ビワコオオナマズや」

「おお、とうとう出てござったか。竹生島のお主様や。1メートル半はあるぞ」

ビワコオオナマズはイヤイヤをするように水面で身体をねじった後、30センチはあろうかというひげを何度か交叉《こうさ》させ、尾びれを湖面に強く叩きつけ跳躍した。凄まじい迫力で空中を舞い、その後、静かに湖底へと潜って行った。

「今度はあんなにたくさんの魚が！」

オオナマズ以外にもフナやモロコやウグイやハスや大小取り混ぜて大量の魚が水面に跳んで出た。

「湖底洞窟の奥深くに棲《す》んでいたのでしょうね」

「あっ。笛じゃないですか、あれは。朱美《あけみ》さんのお母さんが沈められた笛ですよ、きっと。朱美さんのお母さん、深雪《みゆき》さんの笛です」

美穂が船縁《ふなべり》に身を乗り出して笛を見つめている。金襴綾織《きんらんあやおり》の袋が魚たちといっしょに飛び上がって来た。そしてもう一度、沈んで行った。

三人は感慨深げに笛の沈んだ場所を見つめている。

今度は盛太郎《もりたろう》が声を震わせながらさらに北のほうを指差した。

「奈須《なす》のおじさん。あっち。やっぱり出ました」

美穂と奈須が盛太郎の視線の先を見ると、数人の武将が朝焼けの湖上を摺《す》り足で渡っている。

「うーん、やっぱり出てこられたか。葛籠尾崎《つづらおざき》に向かって歩いておられるんやなぁ。親っさんが言うてた賤ヶ岳《しずがたけ》の合戦の武将というのがあれや」

「お父ちゃん、ほんまもんの落武者か」

「あれも蜃気楼やな。洞窟の奥でゆらゆらしていた侍たちの屍蝋《しろう》が蜃気楼になって浮いてるんや」

「琵琶湖で蜃気楼が起きることは何度も報告されていますから、それなりに知識はあるつもりですが、しかしあのような甲冑《かっちゅう》姿の武者となると……」

「お父ちゃん。あれが落武者の蜃気楼なんや。四百年以上湖底に眠っていた落武者の蜃気楼なんやな」

「湖底の冷水域で屍蝋となって漂っているのを見た漁師はたくさんおるけど、今まで一度も引き上げようという話はなかった」

「なんでなん」

「引き上げたら最後、屍蝋が溶けるか崩れるかすることは間違いないでな。その武将がさっきの衝撃で浮いて出たんやろ。なまんだぶ、なまんだぶ」

奈須は口の中で落武者の屍蝋に南無阿弥陀仏を唱えた。落武者の蜃気楼がゆらゆらと湖面を漂いながら、朝日を浴びている。だんだんとその姿が朧《おぼろ》になってきた。
武者の蜃気楼に目を凝らしていた美穂が素《す》っ頓狂《とんきょう》な声を上げた。
「先生。武者の後ろを見てください。竹生島の東から舟廊下の蜃気楼が現れていま
す」
「ほんとですね。舟廊下ですね」
「舟廊下の蜃気楼とは凄いものを見るもんやなぁ」
奈須が丸子船を漕ぐ手に力を込めると、丸子船が蜃気楼に近付いた。武者が舟廊下
を先導する形で進んでいる。北を目指しているところを見ると、行先は賤ヶ岳なのだ
ろうか。
「おい、違うぞ。鎧《よろい》武者は蜃気楼やけど、舟廊下は本物や。舟廊下だけうまい具合
に切り離されて流されてるんや。舟廊下は無事やったんや」
美穂が丸子船の舳先《へさき》から身を乗り出すようにじっと舟廊下を見ている。近眼の盛太
郎はメガネを上げ下げしながら焦点を合わせている。
「先生、あれ見てください。猫です。朱美さんの猫がこっちを見ています。舟廊下に
いるでしょ。鼻の先が白い黒猫だからフーコに違いないですよ」
「あっ、確かに猫がいますね。猫にも落武者が見えているのでしょうか。シャーッと

威嚇《いかく》したり、飛び上がったり……、あっ、二足歩行しています」

「おお、ほんまや、ほんまや。よう逃げられたもんやなぁ。えらい猫やで、他の建物は沈んでも舟廊下が沈まんことを知っとったんや」

「お父ちゃん、助けてやろうな」

美穂は昨日の夕方、朱美に「運か力があればフーコはきっと助かります」と言った言葉を思い出した。

「よし」

奈須がさらに力を入れて漕ぎ寄せる。あっという間に舟廊下の端と丸子船が接近した。フーコはミャアとも言わず、何食わぬ顔で二十数年ぶりの琵琶湖の船旅を舟廊下で楽しんでいる。後ろ足を四十五度にまっすぐ伸ばしてお腹《なか》の毛を舐《な》めている。バレリーナのようだ。あと1メートルになって船足《ふなあし》を止めたその時である。湖底から大きな気泡がぼこぼこぼこと湧きあがって、それで起きた波が舟廊下の向きを変えた。先端を東向きに変え、スピードを上げて湖を滑っていく。北の湖面にあった鎧武者の蜃気楼がこの瞬間に掻《か》き消えた。

「どうする、美穂。猫を乗せた舟廊下は西野水道に向いてるぞ」

盛太郎が真剣な眼差しで舟廊下と猫を見ている。

「美穂さん。猫にとっては舟廊下こそが最後のねぐらだったのですね。助けに行ってやるもよし、放っておいてやるもよし。猫にとってはどちらがいいんですかね」

「このまま沈んでしまうのはかわいそうです。助けてやりましょう」

奈須が丸子船を舟廊下に近付けながら竹生島の真上を通過させた。

「おい、美穂。下、見てみい。『深緑《しんりょく》　竹生島の沈影《ちんえい》』が船の真下にあるやないか。わしらがこの沈影を見る最初で最後の滋賀県人になるかもしれんで、よう見ときや」

盛太郎が船縁から身を乗り出して水中を覗く。

「たった一晩で百万年分沈降してしまいました」


白鳥美穂が勉強した謡曲「竹生島」の一節を語る。

緑樹《りょくじゅ》影沈んで
魚《うお》木に登る気色《けしき》あり
月海上《かいしょう》に浮かんでは
兎《うさぎ》も波を奔《はし》るか
面白の島の景色《けしき》や

「そのままやな。兎の代わりにフーコが波の上を奔ってるんや」

波が収まると、フーコの鳴き声が聞こえて来た。誰を呼んでいるのであろうか。舟廊下が向いている方向には、和茂《かずしげ》じいちゃんが葦笛《よしぶえ》を吹いていた西野水道がある。フーコの声は哀しそうではなく、歌っているようにも葦笛を吹いているようにも聞こえる。

奈須が結論を出してくれた。

「美穂、あのままにしといたろ。フーコは琵琶湖に育てられた猫や。最後まで琵琶湖の上で生きたらええがな」

「うん。ほうやな。最後の淋しい猫になってしまうけど、あの子強そうやし」

猫は身体を何度か動かして態勢を整え、西野水道に向いた。前足を内側に折り曲げて足先を隠して座る香箱《こうばこ》座りをした。安心したのであろう。いい夢を見るがいい。

この物語はフィクションであり、登場する人物・団体・事件などはすべて架空のものである。実在する洞窟などは立入禁止のものもあり、洞内立ち入りによる事故については一切責任を負わない。

本作「湖猫、波を奔る」の原題は「琵琶湖最後の淋しい猫」という。北村想著『不・思・議・想・時・記』（名古屋プレイガイドジャーナル社、一九七九）巻末に著者が本名加藤吉治郎名義で寄せた解説「最後の淋しい猫」にちなんだものである。北村想作「最後の淋しい猫」（『虎★ハリマオ』所収、白水社、一九八二、新装版一九八八）の内容とは直接の関係はないが一読をお勧めする。

作・演出　弟子吉治郎

後　見　上岡龍太郎
解　説　北村　想

方言監修　清水義康
美　術　松本結樹
デザイン　岸田詳子
舞台進行　矢島　潤

著者について

私が頼りにしてきた凄いヤツ

上岡龍太郎

私の四十年の芸能生活の中で面白い芸人や変わったタレントにはたくさん出会ったが、弟子吉治郎は芸人以外では極めて面白いヤツであった。凄いヤツでもあった。

吉治郎はラジオ番組でも舞台でも、発想やアイディアの出て来る回路がどうも妙なのである。次への展開をする時に不思議な回路を通して物事を動かすのである。

ひとつふたつ例を挙げておこう。

私が自分の独演会で「映画評論をやりたい。ただし、すでにある素晴らしい映画をいくら素晴らしいと言ってみても、しょせん映画には敵わないのだから、存在しない映画を解説したい」と注文を出した。

吉治郎は、ある事情で金庫に眠っている幻の映画『浜辺にて』という作品をでっちあげてきた。オホーツクの海岸に住む船長夫婦が、いくつかの不可抗力の死に関わってしまう。

その死の中に映画関係者が関わっている、どうしても隠し通さねばならない死があって、映画を公表せずにお蔵入りにしたという設定なのだ。

この『浜辺にて』を大阪サンケイホールで演じたところ、終演後、ホールの社長と支配人が大感激してくれた。

「上岡ちゃん、今日の独演会、最高やったよ。あの映画、オレ観たもん。仲代達也さんが主演で大谷直子さんが共演やろ。冒頭の十五分、ワンシーンワンカットの長回しで背筋が寒うなったもんなぁ」

私は演出も手がけた吉治郎の顔を見て、くすっと笑った。吉治郎は照れていた。これだけだませたら芸人冥利に尽きると思った。

北村想《きたむらそう》さんが役者として助けてくれた股旅物の舞台では、ラストシーンで私が火田詮子《ひだせんこ》を背負うと喜多郎さんの音楽が流れてきて、客席の上の簀《す》の子から大量の雪が降ってくる。舞台上の私からお客さんの顔が見えないほど降らすのだ。客も共演者も私も雪に酔った。

吉治郎の演出の特徴は、オーソドックスなところをきっちりおさえながら、瑣末な部分に目を見張るような切れ味を見せることにあるのだと思う。

私が頼りにしてきたこの凄いヤツ、弟子吉治郎が書いた小説だから、凄いに決まっている。壮大なスケールと細かな描写。吉治郎の作品はいつも映像的だ。

七十歳を過ぎた私は、毎日、芭蕉《ばしょう》全句集から九百八十三句全部を覚えるのを楽しみにして暮らしています。ようやく二百句を覚えたところ。道半ばまでにもまだまだ遠いのです。

映像的でありつつ大きなスケールと細密な観察が対照的な芭蕉の二句。

荒海や佐渡によこたふ天の河
よく見れば薺《なづな》花さく垣根かな

おまけにもう一句。芭蕉作の猫の句です。

まとうどな犬ふみつけて猫の恋

（かみおか・りゅうたろう／元タレント）

解説

猫は生きている、か

北村　想

昨今、琵琶《びわ》湖を中心にした考古学サスペンス・ロマンに、かの『宗像《むなかた》教授』シリーズの星野之宣《ほしのゆきのぶ》の『血引きの岩』の連作がある。これは『古事記』のイザナキ・イザナミの神話から、現代に蘇ったイザナミの怨念が巻き起こす一種のホラーめいたものだが、加藤吉治郎（本名）の本作品『湖猫《うみねこ》、波を奔《はし》る』は、それをはるかに〈凌駕《りょうが》〉した、地質考古学ロマン小説ともいうべき作品だ。

幸いにして、私は、この作品に登場する殆《ほとん》どの風景を、想像ではなく実景の経験として観たことがある。作者と同じ滋賀県生まれだからだ。私は高校生の頃、自転車を飛ばして安土《あづち》城跡まで行き、城壁だけとなった城の石段をのぼったこともあり、竹生島《ちくぶしま》には、拙著『ぶらい、舞子《まいこ》』の取材のため二度ばかり、その前にも何度か訪れている。また、近江八景の瀬田《せた》（勢田）の夕照《せきしょう》（瀬田の唐橋《からはし》）も、実際にその夕照である黄金の瀬田川の川面《かわも》に小魚が数千匹の数で跳ねるところを観たこともある。

玻璃丸《はりまる》は、幼い頃の経験でしかナイが、夏の夜に「黄昏《たそがれ》ショーボート」という周航イベントに両親ともども乗船したことがあり、思い出深い。河内《かわち》の風穴《ふうけつ》は、いまどの辺りまで探索されているのか知らないが、実際に行き着けるところまで入ったことがあって、これは中学生の頃の経験だが、滋賀県にそのような洞窟《どうくつ》が数多く眠っていることも、この小説を読むまで知らなかったことだ。

「疏水《そすい》」(その詳細は本編を)にいたっては、滋賀県側から、京都側へのこのトンネルを舟でくぐり抜けたこともあるのだが、そのことも含め、世界的な水位の上昇によるツバル王国の消滅の危機から、琵琶湖という湖の神の島たる竹生島が(あるいは、湖そのものが)沈んでいくという壮大な物語の構想は、テレビプロデューサーでもある作者の、ドキュメンタリー・ドラマ番組としての桁違いに大きい企画として、長きにわたって、脳裏にあったものに違いない。

巨匠ヴェルナー・ヘルツォーク監督の最近のドキュメンタリー映画に『世界最古の洞窟壁画　3D　忘れられた夢の記憶』があり、ここでは、フランスのショーヴェ洞窟内の初めての映像が記録映画として収録されているが、この映画においても、「笛」が最古の楽器として、おそらく三〜四万年前の音楽を演奏したろうと語られている(映画の中では、

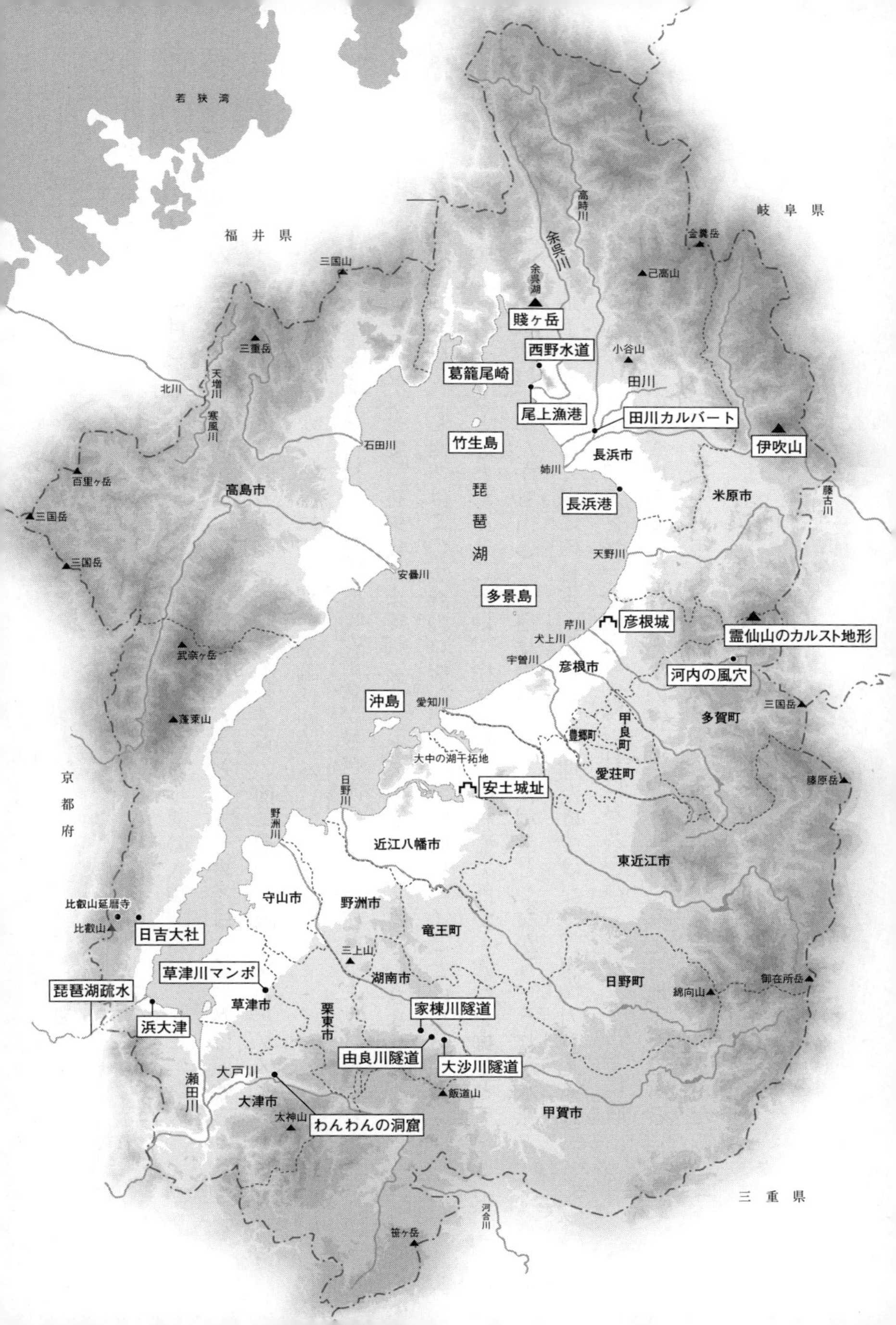
若狭湾
福井県
岐阜県
京都府
三重県
三国山
三重岳
天増川
寒風川
北川
百里ヶ岳
三国岳
三国岳
武奈ヶ岳
蓬莱山
高島市
石田川
安曇川
高時川
余呉川
余呉湖
賤ヶ岳
西野水道
葛籠尾崎
尾上漁港
竹生島
小谷山
田川
田川カルバート
金糞岳
己高山
伊吹山
長浜市
姉川
長浜港
米原市
藤古川
琵琶湖
天野川
多景島
芹川
彦根城
犬上川
宇曽川
霊仙山のカルスト地形
河内の風穴
彦根市
沖島
愛知川
豊郷町
甲良町
多賀町
三国岳
大中の湖干拓地
愛荘町
安土城址
藤原岳
日野川
野洲川
近江八幡市
東近江市
比叡山延暦寺
比叡山
日吉大社
守山市
野洲市
竜王町
三上山
草津川マンポ
湖南市
日野町
綿向山
御在所岳
琵琶湖疏水
浜大津
草津市
栗東市
家棟川隧道
由良川隧道
大沙川隧道
瀬田川
大戸川
大津市
飯道山
太神山
わんわんの洞窟
甲賀市
河合川
笹ヶ岳

実際にこの太古の笛で合衆国国歌を演奏してみせるというおどけたシーンもある）。「笛」は、なるほど、それ自体が小さな風穴だ。三〜四万年前の人類、ホモ・サピエンスは、風穴の音から発想して「笛」という楽器を創ったことにマチガイはナイ。私は原始の演劇というもの、あるいは演劇表現の発祥を、それくらい前に遡って論じないとダメなのではナイかと思っているが、これはまた別の拙論にゆずる。

さて、『湖猫、波を奔る』は、一管の蒔絵《まきえ》の笛音《ふえね》が琵琶湖の水面を流れるように響きわたり、その水面を波立たせて、竹生島にまで到達するところから始まる。いうなれば、その音色にいざなわれて、私たちはこの小説のロマンに入っていけばイイことになる。

この小説の優れていると思われるところは、中学二年生の林盛太郎《もりたろう》が「穴」を掘るところから、その「穴」は、あたかも笛という構築物のごとくに洞穴《ほらあな》とつながり、それが水脈という巨大な地下の連結になり、この日本国土という地理だけではなく、想像力さえあれば、全世界、全地球の地下水脈へと結んで網羅《もうら》され、「目にみえぬ水」という考古学に収斂《しゅうれん》していく、というその完成度の高い構成にあるのだが、その「目にみえる地表」である島が、あたかも、夜店で買った一万年生きる亀の寿命の一万年めが、ちょうど、いま、だというクライマックスとして、当初から予想しているのにもかかわらず、読者をまったく裏切りもせず、けれんもなく、その心象に視覚化されるところだ。そうして、そのドラマツルギーはエンターテインメントとしても、まさに圧倒的だ。
もうひとつ、洞穴、洞窟、地下水脈という「穴」の持つ「実」と「虚」。これは、盛太郎の次の思惑によく現れている。

掘る前に穴はナイ。掘ると穴が生まれる。掘れた穴は空っぽである。空っぽを作るために掘る作業をする。穴を掘れば掘るほどに、何もないところが出来る。穴を掘るという「実」の作業で生まれる「虚」としての穴。穴を満たしてしまえば虚であった穴が土という実になり、穴は虚になる。

これは表現の世界においても「現実」と「虚構」という在り方において、常に私たちの前に立ちはだかる謎だ。この虚実がほんとうのようなうそのような、この地球の私たちのすぐ足下に絡み合っているのだ。

さて、表題にもある猫、これはゆえあって竹生島に住み着く猫のフーコだが、いったいこの猫は、存在しているのかしていないのか。生きているのかいないのか。あたかもシュレーディンガーの猫のごとく、確率の変容のように現れて、おそらくは私たちには聞き取れない波長の笛音の波動を聞きつつ、その生死を湖にゆだねる。私たちは、そこで自らもまた、地表における一匹の淋しい猫ではないかという夢想に「沈む」のだ。

（きたむら・そう／劇作家・演出家）

● 著者

弟子吉治郎（でし きちじろう）

1947年、滋賀県米原市生まれ。本名、加藤吉治郎。滋賀県立彦根東高等学校、関西学院大学卒業後、中部日本放送入社。ラジオ・テレビの制作部を経て、1984年独立し、プロダクション設立。1995年、上岡龍太郎氏に弟子入りし、共著に『引退　嫌われ者の美学』（青春出版社）、『龍太郎歴史巷談　卑弥呼とカッパと内蔵助』（光文社）などがある。現在、岐阜県各務原市在住。

● イラスト

松本結樹（まつもと ゆき）

1989年、島根県松江市生まれ。きのくに国際高等専修学校、成安造形大学卒業。2011年、大学在学中に雑誌「Fellows! Q」（エンタープレイン）創刊号に掲載の「雷が鳴ると」でマンガ家デビュー。2012年、同誌春号に「雪はそんなにきれいじゃない」、「Fellows!」24号販促用小冊子に「塩を少々」掲載。現在、滋賀県大津市在住。

湖猫《うみねこ》、波《なみ》を奔《はし》る

2012年7月29日　初版第1刷発行

著　者　弟子吉治郎

発行者　岩根順子

発行所　サンライズ出版

〒522-0004 滋賀県彦根市鳥居本町655-1

tel 0749-22-0627　fax 0749-23-7720

印刷・製本　P-NET信州

　ISBN978-4-88325-481-1

定価はカバーに表示しています